德富芦花（1868—1927）

陈德文译文选

《枕草子》
《奥州小道》
《三四郎》
《自然与人生》
《破戒》
《晴日木屐》
《阴翳礼赞》

作者简介

德富芦花（1868—1927），日本著名小说家、散文家。他的小说以剖析和鞭笞社会的黑暗在日本近代文学史上独树一帜。他的散文作品文笔精湛，情感饱满，富有画面感和色彩感。他笔下的自然景象，无不生机勃勃、意趣盎然，令人神往。代表作有《不如归》《回忆》《黑潮》《自然与人生》等。

译者简介

陈德文，生于1940年。南京大学教授，日本文学翻译家。1965年毕业于北京大学东语系日本语专业。1985—1986年任早稻田大学特别研究员。曾两度作为"日本国际交流基金"特聘学者，分别于国学院大学、东海大学进行专题研究。1998—2017年任爱知文教大学专任教授、大学院指导教授。翻译日本文学名家名著多种。著作有《日本现代文学史》《岛崎藤村研究》，散文集《我在樱花之国》《花吹雪》《樱花雪月》《岛国走笔》等。

しぜんとじんせい

自然与人生

德富芦花 著

陈德文 译

华东师范大学出版社

图书在版编目（CIP）数据

自然与人生/（日）德富芦花著；陈德文译. —上海：
华东师范大学出版社，2019
ISBN 978 - 7 - 5675 - 9867 - 6

Ⅰ. ①自… Ⅱ. ①德…②陈… Ⅲ. ①随笔-作品集-日本-近代 Ⅳ. ①I313.64

中国版本图书馆 CIP 数据核字（2019）第 250896 号

自然与人生

著　者	［日］德富芦花
译　者	陈德文
策划编辑	许　静
责任编辑	陈　斌
责任校对	李琳琳　时东明
装帧设计	吴元瑛
内文设计	卢晓红
出版发行	华东师范大学出版社
社　　址	上海市中山北路 3663 号　邮编 200062
网　　址	www.ecnupress.com.cn
电　　话	021 - 60821666　行政传真 021 - 62572105
客服电话	021 - 62865537　门市（邮购）电话 021 - 62869887
门市地址	上海市中山北路 3663 号华东师范大学校内先锋路口
网　　店	http://hdsdcbs.tmall.com
印刷者	上海盛通时代印刷有限公司
开　　本	889×1194　32 开
印　　张	13.75
插　　页	15
字　　数	223 千字
版　　次	2020 年 4 月第 1 版
印　　次	2021 年 12 月第 2 次
书　　号	ISBN 978 - 7 - 5675 - 9867 - 6
定　　价	69.00 元
出 版 人	王　焰

（如发现本版图书有印订质量问题，请寄回本社客服中心调换或电话 021 - 62865537 联系）

目录

自然与人生

5	**面对自然的五分钟**
5	此刻的富士的黎明
8	大河
9	利根秋晓
11	上州的山
12	空山流水
13	大海日出
15	相模滩落日
17	杂木林
19	檐沟
20	春天的悲哀
21	自然之声
21	高根风雨
23	碓冰流水
24	栗
26	梅

27	风
28	自然之色
28	春雨后的上州
29	八汐之花
30	相模滩夕照
32	山百合
36	晨霜
37	芦花
39	大海与岩石
41	榛树
42	芒草
43	良宵
45	香山三日云
50	五月雪
51	香山之晨
52	相模滩水蒸气
54	富士倒影
56	提网
58	田家的烟
59	**写生帖**
59	哀音
62	可怜儿

65	海运桥
67	樱
69	兄弟
72	我家的财富
75	国家和个人
77	断崖
82	晚秋初冬
85	夏兴

湘南杂笔

92	元旦
94	冬威
95	霜晨
96	伊豆山火
97	霁日
98	初午
99	立春
100	雪天
101	晴雪的日子
102	初春的雨
103	初春的山
104	三月桃花节
105	春之海
106	春分时节

107	参拜伊势神宫
109	海岸落潮
111	沙滨落潮
113	花月夜
114	新树
116	暮春之野
117	苍苍茫茫的夜晚
118	晚山百合
119	梅雨时节
120	夏
121	凉夕
122	立秋
123	迎魂火
125	泛舟河上
126	夏去秋来
127	秋分
129	钓鲹
136	同大海作战
147	秋渐深
148	富士戴雪
149	寒风
150	寒风过后
151	月下白菊
152	暮秋

153	透明凛冽
154	晚秋佳日
157	时雨天气
158	寒星
159	寒月
160	湘海朔风
161	寒树
162	冬至
163	除夕
164	**风景画家柯罗**

蚯蚓的戏言

183　　**致故人**

198　　**都市逃亡的手记**
198　　　千岁村
205　　　逃离都市

210　　**草叶的低语**
210　　　百花园
216　　　夜来香
218　　　碧色的花
222　　　月夜朦胧
225　　　致雅斯纳亚·波里亚纳的未亡人
234　　　阿安

238　　**麦穗稻穗**
238　　　乡村一年
264　　　云和雨
267　　　夏之颂

273　　**独语**
273　　　农夫

280	露的祝福
281	除草
285	蝶语
286	美的百姓

289	**往日手记抄**
289	纲岛梁川君
295	晓斋画谱

299	**落穗掇拾**
299	草地上
300	小鸟
301	被炉
302	春七日
302	桃花节
303	春雨
304	雨后
305	挖野菜
305	进入彼岸
306	蛇出洞
307	仲春
308	夜
311	春之暮

312	首夏
313	恨和枯
314	麦愁
315	梅雨乍晴
316	无产者
318	蝉
319	夏日的一天
322	波斯菊
323	秋寂
324	暮秋的一天
326	两个幻影
328	雪
332	**熊的足迹**
332	勿来
335	浅虫
336	大沼
340	去札幌
341	中秋
344	名寄
346	春光台
348	钏路
351	茶路

354	北海道的京都
356	津轻
358	**红叶之旅**
358	红叶
363	义仲寺
366	宇治的早晨
370	嫩草山之夕
373	**我为何作起小说来**
381	**胜利的悲哀**
387	**谋反论（草稿）**
402	**附录一　和芦花在一起　德富爱子**
414	**附录二　德富芦花和"大逆事件"　神崎清**
424	**译后记**
429	**新版寄语**

自然与人生

先贤犹自谦。吾只不过于真理之海渚拾得几片贝壳而已。

兹将凡眼所见,凡手所录之写生文数叶,题为《自然与人生》公诸于世。僭越之罪,固难逭逃。

读者幸恕!

明治三十三年七月
芦花生识

——我学会了如何看待自然，
不再像没有头脑的青年人一样。
我经常听到那平静而悲伤的人生的音乐，
它并不激越，也不豪放，
但却具有纯化和征服灵魂的浩大的力量。
——华兹华斯

面对自然的五分钟

我们的这种生活,虽然远离尘嚣,却可以听树木的谈话,溪中的流水便是大好的文章,一石之微,也暗寓着教训;每一件事物中间,都可以找到些益处来。①

——莎士比亚

此刻的富士的黎明

(明治三十一年一月记)

请有心人看一看此刻的富士的黎明。

午前六时过后,就站在逗子的海滨眺望吧。眼前是水雾浩荡的相模滩。滩的尽头,沿水平线可以看到微暗的蓝

---

① 这段话引自《皆大欢喜》第二幕第一场,中文借用朱生豪译文。

色。若在北端望不见相同蓝色的富士，那你也许不知道它正潜隐于足柄、箱根、伊豆等群山的一抹蓝色之中呢。

海，山，仍在沉睡。

唯有一抹蔷薇色的光，低低浮在富士峰巅，左右横斜着。忍着寒冷，再站着看一会儿吧。你会看到这蔷薇色的光，一秒一秒，沿着富士之巅向下爬动。一丈，五尺，三尺，一尺，而至于一寸。

富士这才从熟睡中醒来。

它现在醒了。看吧，山峰东面的一角，变成蔷薇色了。

看吧，请不要眨一下眼睛。富士山巅的红霞，眼看将富士黎明前的暗影驱赶下来了。一分，——两分，——肩头，——胸前。看吧，那伫立于天边的珊瑚般的富士，那桃红溢香的雪肤，整座山变得玲珑剔透了。

富士于薄红中醒来。请将眼睛下移。红霞早已罩在最北面的大山顶上了。接着，很快波及到足柄山，又转移到箱根山。看吧，黎明正脚步匆匆追赶着黑夜。红追而蓝奔，伊豆的连山早已一派桃红。

当黎明红色的脚步越过伊豆山脉南端的天城山的时候，请把你的眼睛转回富士山下吧。你会看到紫色的江之岛一带，忽而有两三点金帆，闪闪烁烁。

海已经醒了。

你若伫立良久仍然毫无倦意，那就再看看江之岛对面的腰越岬赫然苏醒的情景吧。接着再看看小坪岬。还可以再站一会儿,当面前映着你颀长的身影的时候,你会看到相模滩水气渐收,海光一碧,波明如镜。此时,抬眼仰望,群山退了红妆,天由鹅黄变成淡蓝。白雪富士,高倚晴空。

啊,请有心人看一看此刻的富士的黎明。

大　河

子在川上曰："逝者如斯夫，不舍昼夜。"

人们面对河川的感情，确乎尽为这两句话所道破。诗人千百言，终不及夫子这句口头语。

海确乎宽大，静寂时如慈母的胸怀。一旦震怒，令人想起上帝的怒气。然而，"大江日夜流"的气势及意味，在海里却是见不着的。

不妨站在一条大河的岸边，看一看那泱泱的河水，无声无息，静静地，无限流淌的情景吧。"逝者如斯夫"，想想那从亿万年之前一直到亿万年之后，源源不绝，永远奔流的河水吧。啊，白帆眼见着驶来了……从面前过去了……走远了……望不见了。所谓的罗马大帝国不是这样流过的吗？啊，竹叶漂来了，倏忽一闪，早已望不见了。亚历山大，拿破仑翁，尽皆如此。他们今何在哉。溶溶流淌着的唯有这河水。

我想，站在大河之畔，要比站在大海之滨更能感受到"永远"二字的涵义。

利根秋晓

昔年秋十一月初旬,下榻于利根河左岸一个名叫息栖的地方。这里是利根河的主流同北利根北浦的末流汇合之处。河面宽阔,距离对岸的小见川约有八里。客舍濒临水边,夜半惊醒,但闻枕畔橹声轧轧而过。

黎明即起,众客仍在熟睡。悄悄打开房门来到河边。这里堆满了木柴,拂去霜花坐在上面。夜色微暗,天空和河面茫茫然呈铅灰色。背后昏黑的小屋内,雄鸡高唱以报晓。片刻,对面小见川亦传来隐隐鸡鸣。大河两岸,鸡声相呼,实在有趣。查尔西亚的贤人和康科德的先哲①,就是这样隔着大西洋互相呼唤的吗?在我眼里,晨光仿佛由两岸的鸡声之间涌上河面来了。不一会儿,小见川上空变成一片蔷薇色。再一看,河面漂荡着薄红,水雾蒙蒙升起。一切都那样迅疾,甚至不留瞬间的余裕。黑夜向河下游流去,曙光充溢着四方。鸡鸣不已。天空和河水的蔷薇色少

---

① "查尔西亚的贤人"指英国历史学家和评论家卡莱尔(Thomas Carlyle,1795—1881),著有《衣裳哲学》、《英雄及英雄崇拜》、《法国革命史》等。查尔西亚是伦敦西南部的一个自治区。"康科德的先哲"指美国超验主义思想家爱默生(Ralph Waldo Emerson,1803—1882),著有《自然论》、《代表人物论》等。康科德是位于波士顿西北部的小城。

有消退。忽然，一道明晃晃的光芒流过水面，令人目眩。回头一看，旭日杲杲，刚刚离开息栖宫城内树林的梢顶。一只飞离林梢的乌鸦，驮着朝阳，宛如报告黎明到来的神使，凛然搏击着清晨的大气，向小见川方向飞去。小见川依然在碧碧的朝雾里酣眠。

对岸尚在沉睡，而这边的村庄已经醒来。身后的茅舍升起了炊烟。家鸭出栏，足迹印在霜地上，呷呷鸣叫着，踏碎朝日，扑向水里。小鸟在河边杨树的枝头上啼啭。

早起的村人，口吐着白气来到河边，掬河水漱口，洗脸，然后合掌向遥远的筑波方向膜拜。

啊，这里确实是个极好的礼拜堂。我想。

上州的山

织机的声响，缫丝的烟霭，桑树的海洋。这上面高耸着赤城、榛名、妙义、碓冰诸山。远处有浅间、甲斐、秩父的连山，日光、足尾的连山，越后境的连山，或奇峭，或雄伟。根植于地，头顶于天，堂堂而立。

走不尽无边无际的桑原的道路。抬头仰望，这些山峰总是泰然自若地昂着头颅。

那些厕身于日常龌龊的生活之中，而心境却挺然向着无穷天际的伟人们，确乎也是如此吧。

自己每到上州，总觉得群山在向我如此低语。

空山流水

　　某年秋，十月末。我坐在盐原帚川的支流鹿股川畔的石头上。昨夜，秋风劲吹，红叶大抵散落，河床一片艳红。左右两侧皆是高耸的山峰。夹着一带细长的青空，仿佛天上也有一条河流过似的。时值秋末，河水瘦缩。近乎干涸的细流，打乱石中间穿行。河床蜿蜒于高山深谷之间，曲折而下。远处可以看到流水的尽头。恰巧有一座高山当河而立，堵塞了河水的通路。远远望去，仿佛河水已被山峰吸入体内，又好像这山极力抱住水流，规劝道："就停在这儿吧，流进村庄有什么好？停下吧，停下吧。"

　　然而，河水依然流过河底的碎石，钻进红叶厚积的栅栏，高唱着歌儿向前奔去。坐在石头上，用心倾听，有一种声音！松风。这无人弹奏的鸣琴般的声音，拿什么比喻它好呢？身子坐在石头上，心儿却追思着流水的行止。远了，远了，远了——啊，依然隐约可闻。

　　至今，夜半梦醒，潜心聆听，似乎从远处仍能听到这样的声音。

大海日出

　　撼枕的涛声将我从梦中惊醒，遂起身打开房门。此时正是明治二十九年十一月四日清晨，我正在铫子的水明楼之上，楼下就是太平洋。

　　凌晨四时过后，海上仍然一片昏黑。只有澎湃的涛声。遥望东方，沿水平线露出一带鱼肚白。再上面是湛蓝的天空，挂着一弯金弓般的月亮，光洁清雅，仿佛在镇守东瀛。左首伸出黑黝黝的犬吠岬。岬角尖端灯塔上的旋转灯，在陆海之间不停地划出一轮轮白色的光环。

　　一会儿，晓风凛冽，掠过青黑色的大海。夜幕从东方次第揭开。微明的晨光，踏着青白的波涛由远而近。海浪拍击着黑色的矶岸，越来越清晰可辨。举目仰望，那晓月不知何时由一弯金弓化为一弯银弓。蒙蒙东天也次第染上了清澄的黄色。银白的浪花和黝黑的波谷在浩渺的大海上明灭。夜梦犹在海上徘徊，而东边的天空已睁开眼睑。太平洋的黑夜就要消逝了。

　　这时，曙光如鲜花绽放，如水波四散。天空，海面，一派光明，海水渐渐泛白，东方天际越发呈现出黄色。晓月、灯塔自然地黯淡下来，最后再也寻不着了。此时，一队候鸟宛如太阳的使者掠过大海。万顷波涛尽皆企望着东方,发出一种期待的喧闹——无形之声充满四方。

五分钟过去了——十分钟过去了。眼看着东方迸射出金光。忽然,海边浮出了一点猩红,多么迅速,使人无暇想到这是日出。屏息注视,霎时,海神高擎手臂。只见红点出水,渐次化作金线、金梳、金蹄。随后,旋即一摇,摆脱了水面。红日出海,霞光万斛,朝阳喷彩,千里熔金。大洋之上,长蛇飞动,直奔眼底。面前的矶岸顿时卷起两丈多高的金色雪浪。

相模滩落日

秋冬之风完全停息,傍晚的天空万里无云。伫立遥远伊豆山上的落日,使人难以想到,世上竟还有这么多平和的景象。

落日由衔山到全然沉入地表,需要三分钟。

太阳刚刚西斜时,富士、相豆的一带连山,轻烟迷蒙。太阳即所谓白日,银光灿灿,令人目眩。群山也眯细了眼睛。

太阳越发西斜了。富士和相豆的群山次第变成紫色。

太阳更加西斜了。富士和相豆的群山紫色的肌肤上染了一层金烟。

此时,站在海滨远望,落日流过海面,直达我的足下。海上的船只尽皆放射出金光。逗子滨海一带的山峦、沙滩、人家、松林、行人,还有翻转的竹篓,散落的草屑,无不现出火红的颜色。

在风平浪静的黄昏观看落日,大有守侍圣哲临终之感。庄严之极,平和之至。纵然一个凡夫俗子,也会感到已将身子包裹于灵光之中,肉体消融,只留下灵魂端然伫立于永恒的海滨之上。

有物。幽然浸乎心中,言"喜"则过之,言"哀"则未及。

落日渐沉,接近伊豆山巅。相豆山忽而变成孔雀蓝,唯有富士山头于绛紫中依然闪着金光。

伊豆山已经衔住落日。太阳落一分,浮在海面上的霞光就后退八里。夕阳从容不迫地一寸又一寸,一分又一分,顾盼着行将离别的世界,悠悠然沉落下去。

终于剩下最后一分了。它猛然一沉,变成一弯秀眉,眉又变成线,线又变成点——倏忽化作乌有。

举目仰视,世界没有了太阳。光明消逝,海山苍茫,万物忧戚。

太阳沉没了。忽然,余光上射,万箭齐发。遥望西天,一片金黄。伟人故去皆如是矣。

日落之后,富士蒙上一层青色。不一会儿,西天的金色化作朱红,继而转为灰白,最后变得青碧一色。相模滩上空,明星荧荧。它们是太阳的遗孽,看起来仿佛在昭示着明天的日出。

杂木林

东京西郊,直到多摩河一带,有一些丘陵和山谷。谷底有几条道路。登这座丘陵,曲曲折折地上去。山谷有的地方开辟成水田,有小河流过,河上偶尔可以看到水车。丘陵多被拓成了旱地,到处残留着一块块杂木林。

我爱这些杂木林。

树木中,楢、栎、榛、栗、栌居多。大树稀少,多半是从砍伐的木墩上簇生的幼树。树下的草地收拾得干干净净。赤松、黑松等名贵树木,高高而立,翠盖挺秀,遮掩着碧空。

下霜时节,收获萝卜。一林黄叶锦,不羡枫林红。

木叶尽脱,寒林千万枝,簇簇刺寒空。好景致!日落烟满地,空中的林梢变成淡紫色,月大如盆,尤为好景致!

春来了,淡褐、淡绿、淡红、淡紫、嫩黄等柔和之色消尽了。树木长出了新芽。正是樱花独自狂傲争春的时节。

绿叶扶疏时期,请到这林中看一看吧。片片树叶搪着日影。绿玉、碧玉在头上织成翠盖。自己的脸孔也变得碧青了,倘若假寐片刻,那梦也许是绿的。

秋蘑长出的时节,林子周围的胡枝子和芒草抽穗了。女郎花和萱草遍生于树林之中。大自然在这里建造了一座百草园。

　　有月好，无月亦好。风清露冷之夜，就在这林子边上走一走吧。听一听松虫、铃虫、蟋虫、纺织娘等的鸣叫。百虫唧唧，如秋雨洒遍大地。要是亲手编一只收养秋虫的笼子倒也有趣得很。

檐　沟

雨后。庭院里樱花零落，其状如雪，片片点点，漂浮在檐沟里。

莫道檐沟清浅，却把整个碧空抱在怀里。

莫道檐沟窄小，蓝天映照其中，落花点点漂浮。从这里可以窥见樱树的倒影，可以看到水底泥土的颜色。三只白鸡走来，红冠摇荡，俯啄仰饮。它们的影子也映在水里。嘻嘻相欢，怡然共栖。

相形之下，人类赤子的世界又是多么褊狭。

春天的悲哀

野外漫步,仰望迷离的天空,闻着花草的清香,倾听流水缓缓歌唱。暖风拂拂,迎面吹来。忽然,心中泛起难堪的怀恋之情。刚想捕捉,旋即消泯。

我的灵魂不能不仰慕那遥远的天国。

自然界的春天宛若慈母。人同自然融合一体,投身在自然的怀抱里,哀怨有限的人生,仰慕无限的永恒。就是说,一旦投入慈母的胸怀,便会产生一种近乎撒娇的悲哀。

自然之声

高根风雨

今年五月中旬,我在耸立于伊香保西边的高根山峰顶,藉草而坐。

前面,大壑赫然张开巨口。隔着这条沟壑,左首耸立着榛名富士,右首耸立着乌帽子岳。两山之间,夹峙着榛名湖,水窄如一幅白练。湖的对面,扫部岳和鬓栉岳等高山临水而立,将湖面映衬得更加低平。乌帽子岳右面是信越境①的群山,雪光灿灿,如波涛绵亘于天际。

近处诸山,呈现出一派绛紫色的肌肤。其间,屹然耸立于大壑之旁、嵯峨挺拔的乌帽子岳,山头皆由峭立的碧石织成。山肌历经风雨霜雪的剥蚀,形成条条襞沟。适值五月中旬,春天来到了山中。山表和山腹的襞沟里长满了楢类植物,青叶如织,恰似几条青龙蜿蜒下山而来。又像饱涨的绿瀑,从榛名富士山麓跌落下来,汇成绿色的流水,一齐奔注到右边的大壑之中。壑底立即腾起几座小山,掀起绿色的余波。

---

① 长野和新潟两县交界处。

时候正是午后二时许。空气凝重，闷热。西边天空露出古铜色。满眼青山，沉沉无声。吓人的寂静充盈着山谷。

坐了片刻，乌帽子岳上空，浓云翻卷，色如泼墨。不知从何处传来了殷殷雷鸣，为即将袭来的暴风雨敲响了进攻的鼓点。顿时，空气沉滞，满目山色变得忧戚而昏暗。忽然，一阵冷风，飒然拂面。湖水声，雨声，摇撼千山万谷的树木枝条的声音，在山谷里骚然而起，弥漫天地。山岳同风雨激战，矢石交飞，杀声震耳。

抬眼远望，乌帽子岳以西诸山，云雾蒙蒙，一片灰蓝。这里正当风刀雨剑，激战方酣之时，国境边上的群山，雪光鲜亮，倚天蹈地，岿然矗立。中军、殿军排列二十余里，仿佛等待着风雨的来袭。宛如滑铁卢①的英军布阵，沉郁悲壮。使人感到，处处浸满大自然的雄奇的威力。大壑上面，突现着一棵古老的楢树，一只枭鸟兀立枝头，频频鸣叫。

已而，雷声大作。云在我的头上黑黑地遮蔽着。风飒飒震撼着山壑。豆大的雨滴，一点——两点——千万点，噼噼啪啪落下来。

蓦然间，我冲出风雨雷电的重围，直向山口的茶馆飞跑而去。

---

① 位于比利时中部。1815年，英普联军在英将惠灵顿指挥下，在此地击溃拿破仑。

画 ｜ 川 瀬 巴 水

碓冰流水

为探寻秋的踪迹，某年秋季的一日，我独自从轻井泽出发，沿古道而行。距碓冰山峰四里之遥，红叶已经散尽。落木寒山，翠松几点。萧散之致，可画可歌。

再向下走，满山皆是枯萎的芒草。不由感到"秋老群山亦白头"了。这时，浅间山顿时阴暗下来了。山脚日影明丽，而山头却点点滴滴，秋雨落到了帽子上。我一边走一边吟诵："时雨霏霏下，独行萱草山。"一阵秋雨，遍山芒草沙沙作响。声如人语。举伞伫立片刻，阵雨戛然停歇，只剩下一片静寂，周围仿佛空无一物。"山中人自正"① 这话说得有理。正当我心清如水的时候，不知打何处传来清越的响声，萧萧而起，飒飒满山。啊，这就是远处碓冰河的流水穿过谷底的声音吧。

---

① 唐孟郊《游终南山》诗句。

栗

栗为野人。栗树的皮和叶粗糙无光。它是那样木讷迟钝,那样厌恶巧言令色。它有带刺的外壳,厚厚的保护层,还有苦涩的嫩皮,把甘美的肉埋藏得深深的。真是太过分了。然而我却爱栗树。

在我住了两年多的寓所院内,长着许多栗树。每逢初夏,郁郁青青的树梢缀满一串串花朵,同蓝天相辉映。花的形状和颜色酷似海军将士的肩章。转眼间便委弃于地。夏天,栗树黝黑的树梢轻轻摩挲着布满繁星的夜空,微微颤动着,使人顿生凉意。

水井旁边有一株栗树。初冬时节,硕大的叶子干枯了,零落地面,聚成一堆。我时常天不明就起床,仰望挂在疏枝上的残月。

盐原山深山探秋时节,来到长满芒草的山腰。我看到合抱粗的大栗树,根部被烧荒的野火烤焦了一半,形成了空洞。然而,令人高兴的是,它们这里八九棵,那里十五六棵,高高挺立在山麓之上,向四方伸展着枝条。树上缀着金黄的叶子。

走在山路上,草鞋不时踩在带刺的圆球上,令人嫉羡。我吟诵着"落叶满空山"的诗句,一个人在深山踽踽而行。

有时看到栗子的外壳自动爆开,果实掉落地上。我听到了"闲寂"本身到底是一种什么声音。

寂然法师①在歌中唱道:"大原乡间居,山深巅峰连,毛栗落纷纷,寂寂满庭院。"

---

① 寂然法师,即藤原赖业,生卒年不详,镰仓时代歌人。此歌见于《千载集》以后的《敕撰集》。

梅

　　古寺，梅树三两株。有月，景色愈佳。

　　某年二月，由小田原游汤本，谒早云寺。此时，夕阳落于函岭，一鸦掠空，群山苍苍，暮色冥冥。寺内无人。唯有梅花两三株，状如飞雪，立于黄昏之中。徘徊良久，仰望天空，古钟楼上，夕月一弯，淡若清梦。

风

雨,能给人以慰藉,能医治人的心灵,使人的性情变得平和。真正给人哀愁的,不是雨,而是风。

随处飘然而来,随处飘然而去。不详其初起,不知其终结,萧萧而过,令人肠断。风是已逝人生的声音。"人"不知风打哪里来,又向哪里去,闻此声而伤悲。

古人已经说过:"夏秋夕昏寒凉气,皆自飒飒风里来。"

自然之色

春雨后的上州

自伊香保出发时，雨点敲击着伞顶，等到了涩川，雨住了。渡过混浊的利根河，顺着前桥的方向走了四里路光景。这时，乌云向北飞卷而去。正午的阳光，如喜雨普降大地。

雨后，万物沐浴在阳光里，色彩明丽。茂密的桑园宛如浩渺无边的大海。经雨水一番冲洗，片片桑叶沾满了露珠，呼吸着阳光，喷吐着金绿的火焰，摇曳闪灼。桑园之间的田野里，大麦、小麦荡起银白色的波浪。远近村庄，树木一派新绿，翠影映碧。五月的鲤鱼旗①，红白相间，远远近近，随风飘舞。其间，你可以看到，妙义、榛名、小野子、子持诸山，披着纯碧的霞光，若隐若现。你可以看到群峰之中，越路山上的皎皎白雪。这一带人家的屋顶上，大都种着菖蒲。适逢五月上旬，一簇簇菖蒲，紫花绿叶，浓淡有致。使人不由想起，那茅舍倒成了簪花女郎。一阵凉风吹来，桑树的嫩叶欣喜地摆弄着身子，毫无遗憾

---

① 五月五日为男孩子节，升绘有鲤鱼形状的彩旗以示庆祝。

地抖掉那金刚石一般的水滴。人家屋顶上的菖蒲花轻轻抚摩着青碧的天空，频频颔首致意。先前堆积在天空一隅的云，不知何时消融了，散开了，流走了。而今，你看，那经风梳理过的两三条羊毛般的云絮，浮动着，飘舞着，它们也是一边流散，一边消失。多么叫人心醉的景致。听，那拂露采桑的少女唱着歌，歌声在田野里回荡。

我想，上州平原的这些景色是最平凡不过的了。

八汐之花

离开马返的时候，雨潇潇而下，不久即止。春云绵绵，随处舒卷。偶尔露出青紫的天空，给人一种无可名状的温馨之感。

道路渐入深泽峡。大谷川的河水妙不可言。大谷川——与其说是河，不如说是连绵的飞瀑。冰消雪解后的清冷之水，流到此处又复成为原来的冰雪，由一条山峡折向另一条山峡，由一块岩石飞向另一块岩石，奔流直下。一旦跃起，雪浪四溅，飞沫捕捉住阳光，金光紫影，交相辉映。忽而跌落下来，宛转上涌，冷艳清美，且带着无可形容的青绿色。此等色彩唯眼睛可见，而心已不可思，更无法说出它的状态了，我只有兀立岩头，徒然感叹于流水之美了。

眼见脚下流水之美,且不可忘记头顶上的八汐之花开得正盛呢。

这是一种浓于樱花、淡于蔷薇的红花。它与鲜嫩的绿叶相邻接,映衬着灰色的枯树。有的簇立峰顶,衬托着春空;有的一树斜倚岩头。打着朵儿的是深红色,稍稍开放的是浅红色。漫江遍野,一片明丽。八汐之美实在一言难尽呢。时而从男体山峰顶降下一块浮云,如大鹏的羽翼掠过高山深谷。每当这时,光和影互相追逐。云影进入对面的花丛,像轻烟一般淡化开来。而这边的花丛,在日光的照耀下,一树鲜亮,不时翕动着片片红唇。

云朵打空中飞过。山、水、花,时而暴露在阳光之下,时而进入云影之内。或欢笑,或沉郁,极尽变化之妙。

相模滩夕照

太阳穿过云层,昏蒙蒙落在小坪山上。富士东北,只剩下一抹朱黄色的残曛。其余呢,阴郁的紫褐色的云影布满天空,不值一观。

伫立河边,俯首垂钓。忽觉水面次第明亮起来,像是哪里燃起大火,四周逐渐出现了奇异的光明,宛若落日的余晖重返大地。举头一看,富士东北那一抹朱黄色的残曛,像着了魔一般,赫赫然顿时燃烧起来。

啊，那些慨叹无计招回落日的人们呵，你看，行将落山的太阳，眼看着就要返回正午了。天边燃烧着的朱黄色的火焰，逐渐扩展到整个西天。一秒又一秒，一分又一分，照耀着，照耀着，仿佛已经达到了极点。天空剧烈燃烧，像石榴花般明丽的火焰，烧遍了天空，大地，海洋。山野红了。房屋红了。站在门口观望落照的邻家老翁，面如赤鬼。唯有我，为自己没有被这火红的落照烧烂脸面和手脚而惊诧不已。

云被烧得消散了。富士诸山尽带绛紫色。

抬眼仰望，西天宛如半面硕大的军旗。日轮以富士为中心，一道道金光，由细变粗地放射开来，闪着强烈的石榴花的颜色。数十条巨大的光流从地平线直射天心。恰似地心里失了火，巨大的烈焰向着天心冲腾而起，光焰烛天。大海也仿佛燃烧起来，无数的水族生物也许会受惊而死。

过了十分钟光景，满天的黄焰燃烧成了一片血红色，鬼气森森而袭人。又过了五分钟，血红色变成黯淡的黑红色。看着看着，光焰渐渐消退，一场梦醒，天地俄然变得幽暗起来。

山百合

（明治三十三年六月十日记）

　　后山山腹长满了葱茏茂密的萱草。中间点缀着一两棵山百合。白花初放，犹如暗夜的明星。转眼之间，很快开满山麓，含笑迎风。而今，这花比午夜的星星还多。

　　登山访花，花儿藏在深深的茅草丛里，不易发现。

　　归来站在自家庭院里眺望，百花含笑，要比茅草秀美得多。

　　朝露满山，花也沉沉欲睡了。

　　黄昏的风轻轻吹拂，满山茅草漾起了青波。花在波里漂浮，宛若摇曳在水里的藻花。

　　太阳落了，山间昏暗起来，只剩下点点白花，显得有些惨淡。

又

　　住在东京的时候，曾经就百合做过如下的记载：

　　"早晨听到门外传来卖花翁的声音，出去一看，只见他担着夏菊、吾妻菊等黄紫相间的花儿，中间杂着两三枝百合。随即全部买下，插入瓷瓶，置于我的书桌之右。清香满室。有时于蟹行鸟迹①之中倦怠了，移目对此君，神思转而飞向青山深处。"

夏季的花中，我最爱牵牛和百合。百合之中尤其爱白百合和山百合。编制百花谱的许六②翁，一口咬定百合为俗物。然而，浓妆艳抹的红百合，又怎能包括清幽绝伦的白百合呢？不要把我当作似是而非的风流人物吧。身处于人如云事如雨的帝都的中央，处于忙里更忙、急中更急的境遇的中央，心境时常记挂着春芜秋野之外的事物。对于一个不事农桑的人来说，买花钱就是我的活命钱。

我自从买下这瓶百合花，白天作为案旁密友，夜里拿到中庭，任凭星月照耀，夜露洗涤。早晨起来打开挡雨窗，首先映入眼帘的即是此君。一夜之间，减少了几个蓓蕾，增添了几朵鲜花。我从井里打来新水浇灌。水喷洒着花叶，带着粒粒露珠，随后放置于回廊之上。绿叶淋水，青翠欲流，新花初放，不含纤尘。日复一日，今天蓓蕾，明朝鲜花。今日残花，为昨天所开。热热闹闹开上一阵随即衰落，花座渐次向梢头转移。看吧，六千年世界的变迁，从这枝百合花的盛衰上也可表现出来。

---

① "蟹行"，指西方文字，"鸟迹"，指中国文字。中国黄帝时，仓颉见鸟的足印而造字。此处泛指读书写作。
② 森川许六（1656—1715），江户中期俳句诗人。"蕉门十哲"之一。他还长于画技，著有《韵塞》、《篇突》、《风俗文选》等书。

对花沉思，想起了游房州的那个时候。夏还是浅浅的，我没有人相伴，时常一个人孤独地登上海边的山岭。镜之浦平滑如明镜，浮着一两点小船。矶山的绿色同海色相映照。四处阒无人声，只有阳光充溢天地。矶山渐次投入海面的部分，略显秃兀，露出了岩石的肌肤。坐在这座山岩之上，白日亦可入梦。这时，一阵香风悄然而过，回头一看，一枝百合正立于我的背后。

对花沉思，想起了游相州山的那个时候。这地方即使一抔黄土也包含着历史。在倚山茅屋旁边，陡峭的石壁之上，幽深的古老洞穴里，古代英雄长眠的地方，细谷川流经之地，杉树荫下，小竹园中……随处都能看到白色的花朵。有时遇到背草的儿童，草篮上也插着两三枝。有时走在蛙声如鼓的田间小路上，猛然抬头，看见前面有饭粒般的青山。遍山萱草丛生，犹如山岳女神的头发，其间到处点缀着无数山百合，简直像自己亲手簪上去的。无风时，天鹅绒般的绿毯上织满了白色的花纹。一阵风吹来，满山茅草绿波摇荡，那无数白花宛若水面上漂动着的浮萍。

对花沉思，想起那次夏山早行的时候。山间早晨雾气冷，单衣更感肌肤寒。路越走越窄。山上松椎繁茂，山下细竹丛生。披草而行，满山露水尽沾裳。微风过后，送来一阵幽香。定睛细看，一枝山百合杂在细竹丛中开放。蹚着齐膝的露水将它攀折。花朵如一只白玉杯，杯中夜露顿时倾注下来，打湿了我的衣裳。亲手折花，清香盈袖。

对花沉思，想起那高洁的仙女的面影。清香熏德，永葆洁白之色。生在荒草离离的浮世，而不杂于浮世。她虽然悲天悯人，泪滴凝露，面对忧愁，但时常仰望天日，双目充满希望的微笑。它生在无人知晓的山中，独自荣枯，无以为憾。在山则花开于山，移园则香熏于园。盛开时不矜夸，衰谢时不悔恨。清雅过世，归于永恒的春天。这天使的清秀的面影，不正是白百合的精神所在吗？

案头一瓶百合。我每对之，则感到神游于清绝幽胜之境。每有邪思杂念，看到此花则面红耳赤。啊，百合呵，两千年前，你开在犹太人的土地上。① 你在人的眼里，是永远传递真理讯息的象征。百合呵，你开在一个陌生国家的园囿里。百合呵，愿你将清香一半分赠予我吧。

---

① 《新约圣经·马太福音》："何必为衣裳而忧愁呢？你想野地里的百合花，怎么长起来的？它也不劳苦，也不纺线。然而我告诉你们，就是所罗门最荣华的时候，他所穿戴的还不如这花一朵呢。"（6：29）

晨　霜

我爱霜，爱它清凛，洁净；爱它能报知响晴的天气。

最清美的，是那白霜映衬下的朝阳。

有一年十二月末尾，我一大早从大船户冢这地方经过。那是个罕见的霜晨，田野和房舍上像下了一层薄薄的细雪，村庄的竹林和常绿树上也是一片银白。

顷刻间，东方天空露出了金色，杲杲旭日，升上没有一丝云翳的空中，霞光万道，照耀着田野、农家。那粒粒白霜，皎洁晶莹，对着太阳的一面，银光闪烁；背着太阳的一面，透映着紫色的暗影。农舍、竹林，以及田地里堆积的稻草垛，就连那一寸高的稻茬上，也是半明半暗，半白半紫。一眼望去，所见之处，银光紫影，相映成趣。紫影中仍然可以隐隐约约看到霜，大地简直成了一块紫水晶。

一个农夫站在霜地里烧稻草，青烟蓬蓬，散开去，散开去，遮蔽了太阳，变成银白色。逢到霜重，那青烟竟也带上了一层淡紫色。

于是，我爱霜，爱得越发深沉了。

芦 花

"芦花不值得一看。"清少纳言①写道。然而，我所爱的正是这个不值一看的芦花。

东京近郊，从洲崎到中川河口和江户川河口之间，有一带芦荡。秋天，坐在由品川开往新桥的火车上，凭窗远眺，洲崎以东沿海，茫茫一色，那就是如雪的芦花。

一天，由洲崎沿堤岸向中川方向走去。堤上的芒草先是没膝，渐次没腰，最后杂在芦苇中的芒草高过人头，走在里面咫尺难辨。窸窸窣窣信步而行的当儿，忽然撞在什么东西上，摔倒了。对方也惊叫了一声。仔细一瞧，原来是扛着钓竿的渔夫。

再向前行，堤上的芒草和芦苇渐渐稀疏起来。然而堤外东西二十余里，茫茫一片，全是芦花荡。洲外远方，可以看到一条碧水和帆影，才知那是大海所在。一脉水路将这片芦花荡分成两半，宛转萦回，通向远海。潮退了，满布着洞穴的沙滩显露出来。泥浆淤塞的芦根上有小螃蟹在爬动。涨潮的时候，万顷芦花，倒映水中。渔歌和橹声，

---

① 日本平安时代中期（公元十世纪左右）女作家。著有散文集《枕草子》等书。

此起彼伏。

不仅鱼虾之类爱在芦荡里栖息，就连鹭鸶和鹬鸟也喜欢在这里安家。

我站在堤岸上休息了一阵，忽听远处响起了枪声。不一会儿，鹬鸟、百劳等鸟类失魂落魄地鸣叫着，倏忽打我的头上掠过，飞入芦花丛中去了。然后是一片沉寂，只有无边无际的芦花在风中萧萧而鸣。

大海与岩石

(明治三十二年二月二十八日)

空中次第变成混浊的紫色,温暖的南风吹拂着面颊。渔夫们在海滨跑来跑去,忙着收渔网。雨点噼里啪啦落下来了。

不一会儿,雨停了,风越刮越紧。抬头仰望,满天云朵,极尽各种变化之态:有的漆黑,有的暗紫,有的呈现朦胧的银白色,时而消融,时而翻卷,掩没了富士和天城诸山。苍茫幽暗的大海,狂暴恣肆,宛若从深达千丈的水底发出咆哮声,一浪又一浪,飞越岩石,吞噬矶岸,不断地无休止地直奔大陆席卷而去。

极目远望,海上没有一片帆影,只有名岛那巨大的孤立的岩石,像张开大嘴、展开双翅的老鹰,独自抵挡着狂涛巨浪的袭击,时时腾起白色的水雾,岿然屹立于烟波浩瀚的大海之上。

啊,大海呵,你的愤怒是伟大的。岩石呵,你的毅力是伟大的。古代的英杰们,曾经像你那样,仰天长思,以浮世为敌,进行了孤高的战斗。

风犹未止息,海越发凶猛了。千波万浪,一次次被粉碎,一次次又复袭来。看看远方的小坪岬吧,它出现在海面上，刚健粗朴，着褐衣，不带一点青色，稳稳地盘踞着，面对汹汹而来的大海。这使人想起当年的相模太郎①。

---

① 一般指镰仓幕府时代的当政者北条时宗（1251—1284），他曾经抗击过元军的来袭。

榛　树

新芽初绽，含烟笼翠，固然可爱，但那郁郁青青的梢头映着火红的夕阳亭亭而立时，也很好看。然而，等到树叶落尽，伫立于寒空之下时，其姿态尤为美妙动人。

晚秋初冬，东京东北郊最富有情趣。翻滚着金黄稻浪的无边无际的田野，此时已经收获完毕。河流、村庄、人家，以及地里的粪坑暴露无遗。冬天，榛树立于枯寂的村庄上头，遥望着筑波山和富士山，凄凉地笑了。枯芦随风飒飒作响。广袤的田野里，肥料坑两三并列，寒鸦哑哑。榛树峣峣而立，有时，一束稻草裹住树干；有时，高节的肌肤裸露在外面，直指青碧如水的寒空，着实有趣。

大自然能使世界万物表现出绝好的趣味来。

芒　草

　　叶和穗泛白而干枯了,在晚风中乱舞,在夕阳里闪耀,当然好看。而我更喜爱它刚刚抽穗时的秀美姿态。

　　九月末,到东京近郊走走看吧。有的同蓼花、彼岸花共生一丛,临水而立;有的长满山野,同萤草、野菊一起护卫着土地爷爷。它们生在稻粟菽麦的田地里,和蝗虫、螽斯为伍。有的刚脱离包叶,尚未散开;有的虽然散开,尚未蓬松涨大。像银丝,像红绢,淡红,殷红,映衬着碧青的叶子,满含着露水,摇曳于清风之中。或孤立,或丛生。它牵动着人们多少诗思!

良 宵

今夜可是良宵？今宵是阴历七月十五日。月朗，风凉。

搁下夜间写作的笔，打开栅栏门，在院内走了十五六步，旁边有一棵枝叶浓密的栗树，黑漆漆的。树荫下有一口水井。夜气如水，在黑暗里浮动，虫声唧唧，时时有银白的水滴洒在地上，是谁汲水而去呢？

再向前行，伫立于田间。月亮离开对面的大竹林，清光溶溶，浸透天地。身子仿佛立于水中。星光微薄。冰川的森林，看上去淡如轻烟。静待良久，我身边的桑叶、玉米叶，浴着月色，闪着碧青的光亮。棕榈在月下沙沙作响，草中虫唱，踏过去，月影先从脚尖散开。夜露瀼瀼，竹丛旁边，频频传来鸟鸣，想必月光明洁，照得它们无法安眠吧。

开阔的地方，月光如流水。树下，月光青碧，如雨滴下漏。转身走来，经过树荫时，树影里灯火摇曳。夜凉有人语。

关上栅栏门，蹲在廊下，十时过后，人迹顿绝。月上人头，满庭月影，美如梦境。

月光照着满院的树木，树影布满整个庭院。院子里光影离合，黑白斑驳。

八角全盘的影子映在廊上,像巨大的枫树。月光泻在光滑的叶面上,宛若明晃晃的碧玉扇。斑驳的黑影在上面忽闪忽闪地跳动,那是李树的影子。

　　每当月亮穿过树梢,满院的月光和树影互相抱合着,跳跃着,黑白相映,纵横交错。我在此中散步,竟怀疑自己变成了无热池①水藻间的游鱼。

---

① 原为梵语 anavatapta,亦称阿耨达池或无热恼池,想象里的无热、清凉之地。

香山三日云

五月十日

打开格子门,太阳已经升到赤城山上。天空晴碧。山谷中灰云蓬蓬,回旋翻卷。地面被近日来的雨打湿了,树影柔和地卧在上面。清凉的山气,孕育着旭日的光。树上的露珠像钻石一般耀目争辉。喜欢晴暖的燕子频频翻飞。鸟鸣嘤嘤,令人欣喜。

片刻过后再一看,光景已经发生了变化。晴空浅碧,天边浮现着一片片紫色的云,像蛴螬一般。白云从小野子山和子持山向赤城山飘卷——中间显出蓝色的分界线——缠绕着一长列银带似的山腹。小野子山和子持山峰顶——青绿的肌肤上罩着蓝色的阴影——宛若空中的浮岛。

再过片刻,赤城山麓的云,如大军开拔,徐徐向东南方向移动。绵绵蓬蓬,回转着,簇拥着,沿利根的流水次第而下。先头部队虽然已经起程,屯聚在小野子山和子持山下吾妻川河谷里的云,依然没有动静。

云沿着河水向下飘去,先头部队已过,中军紧紧跟随,殿军也开始前进。白云长长的队伍,像白龙,像横溢的瀑布,沿河流,掠山巅,自西向东,自北向南,步步相随,次第移动。骤然间，抹去了小野子山。子持山也只留下片片山影。接着又把赤城一劈两断，使之变成空中的幻景。受到阳光照射的部分，比白金光亮，比白银洁白。而山却高出云表，衬着碧空，苍碧欲滴。赤城山完全变成了蓝色。小野子、子持两山青肤蓝影，鲜润如画。云渐渐淡薄，白极山及越后境的山峰微微露出了青色。

过了一些时候，如大江潮水般的云流，断了。云层向上飞升，赤城山全部脱掉云的衣服。山肌经雨的洗涤，云的拂拭，青碧如玉。

香山天气无常。今日的晴明也不会保持长久。美丽的白云消失了，有的化作轻烟留在山那面了。看着看着，不知何时何地，又涌来混浊的云朵。这里那里，山容山色，分分秒秒，变化无穷。午前十一时过后，山谷里又充满了云，雨淅淅沥沥下起来了。

尔后就是下下停停，时晴时阴，千变万化。夜里也是在雨声中度过的。

五月十三日

朝来春雨潇潇，近午，已绵绵下了几个小时。满目云雾银光透亮。除却伊香保一座山之外，虽然一片迷蒙的云雾，但看来离晴天不远了。山谷的雾全都向上腾飞，宛若轻烟一般,飘扬着掠过人家的屋顶,抚摩着杉树和松树,蓬蓬然而去。

看看庭院里的泉水,雨点依然频频在上面画着花纹。转眼望望天空,白雨如缕缕细丝,而天色已经渐渐明亮了,小鸟啁啾,燕子欢舞,牛在远方吼叫。楼上楼下一齐打开了窗子。"天晴啦!"人人都很高兴。

午后二时许,弥漫山谷的云雾果然败阵了。小野子、子持两山从山腰到山脚都显露出来了。雨后,群山拥绿叠翠,鲜润浓丽。突然,头顶露出块块青天。云眼看着断了,支离破碎,辞别了群山,升上高空。或屯聚成团,或直奔东方飘飞。

赤城左边的山腰,蓦地腾起一段彩虹,视之如梦幻一般,七色交映,艳丽欲滴。子持山腰间片片白云,徐徐向赤城山浮动,当经过彩虹上空时,七色彩桥断裂了。不一会儿,子持山的右侧也出现了淡淡的虹影,薄薄的,构不成一条儿,只有断断续续的彩色的光片。

登楼远望,云的变化实在不可名状。接近山峦的仿佛被染成蓝色,有的则是通体的银白。有的扑朔迷离,有的纹丝不动,似乎含着深深的哀愁。有的在别的云的头上自在地飞翔。有的如巨人怒吼,有的如女人巧笑。有的畸形,有的横斜。有的积如绵,有的白如银,有的亮如铜。有的紫,有的绿,有的灰,杂然相错,极尽放纵恣肆之能事。

看画到底是不可信的，这自然之手描绘的景象，真使人应接不暇。一重重深深积聚着，云中有云，云上有云。从那蓬勃攒聚的间隙，仅可以窥见一线蓝天。大有立于岩石之上俯察深渊之趣。

眼见子持山上空，飘动着点点白絮；再一看，横斜的云犹如白旗在山腰间翻飞。眼见小野子山巅云层屯积如岩石；转瞬之间，片云不存。云势变化，皆在分秒之间，实难预测。已而，夕阳遍照，聚在西边天空的云层，变成了绛紫色，镶上了金边。月光鲜洁，如阵雨下泻。远山罩在金色的烟霭里。小野子山顶的三朵云，巍然突立，像扬起紫色的烽火。受到日光正面照射的云，宛如白金闪烁。子持山出现了黄绿的襞褶。栏前群山，树树夕阳；雨后新绿，灿然如火。经夕阳一番照射，西天连绵的云层一一消失，可以看到云间的天空。遍染金色的蓝天，飘舞着金龙、金蛴螬、金螵蛉般的云，腹为金色，背为紫色，尽皆在太空的金波里畅游。与此相对，赤城山那边，云层重重，或焦如古铜，或蒸如蓝烟。赤城山被浓云包裹着，压抑着，仿佛岌岌可危了。

不久，太阳沉没，夜色降临。群山昏暗，天空犹显微明。明星闪烁，如春花开遍夜空。赤城、小野子、子持诸山上方，看上去依然厚积着如墨的云层。伊香保山峰一片昏黑。汤泽的水浩荡有声。

五月十八日

早晨晴明。午后，如绵的云自东向西频频而飞。四时光景，格子门内骤然昏暗起来。开门一看，一带黑云横在小野子和子持山顶，满目山川，湿气充盈，默然无声，神情忧戚。一叶不动，一树不鸣。宛若一幅雨前山水图。此时，云如泼墨，二岳浸没于其中，唯屏风岩屹然耸立，突现在可怕的黑云的上空。鼠灰色的云层满天飞卷，使人怀疑整个天空都在飘动。

已而，屋上一点两点，叮咚有声。刹那之间，大粒的雨点夹着冰雹，吧嗒吧嗒骤然而降，令人震惊。小野子和子持两山早已渺无踪影。山风飒飒吹拂着树木，狼狈的燕雀频频聒噪，纷纷藏进绿叶深处。

雷声隐隐约约地响着。雨势时缓时急，纵横飞洒，未及躲藏的燕子，为了不被风雨击落仓皇奔逃。满眼新绿频频颤动，万物尽在飘摇之中。

已而，雨稍止。天上白蒙蒙一片，忽而变成紫色，既而变成鼠灰色。渺渺太空，白云拖曳，犹如神妙的丹青手一笔横扫而成，在灰色的天空里浮动着，向西飘飞。片刻，雨势又复转大，等到渐渐停歇后，小野子山头涌现出茫茫一团，西边天空竟然看到白铜般的亮云。然而，终于未能响晴，时阴时雨，不知不觉日光昏昏，暮色四合。

五月雪

五月十五日，在香山，早晨阴霾，气候寒冽，遂裹上了棉衣。旅馆侍女端来早馔，告诉我："下雪了。"起来打开格子门，五月里罕见的雪花，霏霏而下。

闭门用罢早点，又向外望去，雪已小了，不久即止。十分钟过后，云开雾散，眼前涌出两座银白的山峰。这是小野子山和子持山。

就这样寂无声息地看着，看着，朝阳初升，雪山微微放射着金光。太阳升高了，山间出现两三道淡蓝的阴影，悄悄把山峰和峡谷分开。

四小时过后，再一望，雪已消融，小野子和子持又恢复了原貌。宛如梦幻。

香山之晨

太阳从赤城山升起。

凌晨，四时起床。开门一看，只见漫山遍谷布满白茫茫的晨雾。人未醒，烟未起，只能听到恹恹欲睡的鸡鸣。

不久，赤城山背后蓦地射出银白的光圈，太阳眼见着从山头升起。

日出山巅，金色的光线由柔和变得强烈，穿过山间朝雾，照亮了山野峡谷，像圣灵降临于愚人的心胸，银灰色的群山渐渐明亮了。赤城山罩上了淡淡的蓝灰色，子持、小野子诸山则泛起微微的青绿。远山一片朦胧，山麓依然在晨雾中沉睡。

太阳越升越高。赤城山和杉林之间形成一条光的峡谷，浓密的杉林笼罩在紫色的烟霭里，稀疏的松树沐浴着金色，像碧玉闪闪发光。这时，小野子和子持诸山上下一色，山肌上浮现出梦幻般的襞褶。这些襞褶渐次清晰起来，将光亮闪耀的山峰和含烟笼翠的溪谷，区分得清清楚楚。山间的雾霭徐徐飘动，森林显露了，人家出现了。

此时，阳光洒遍伊香保的整个城镇。家家袅起了炊烟。向往晴天的鸟雀，欢声悦耳。抬头一望，几十里几百里外的远山，一齐面向东方，迎接着朝阳的光临。

相模滩水蒸气

一个严霜凛冽的早晨,相模滩水蒸气,腾腾如雾。

今天,午前七时半,登高望远,从田越川到相洋,只见一派白茫茫水蒸气,蒙蒙如烟。远处的富士,近处的小坪岬,仅仅露出半个身影。江之岛起初隐隐可见,不久即被全部抹消。足柄、箱根诸山,敌不过袭来的水气,时时将身子隐蔽起来。

七时四十分。太阳冉冉升高。满眼的水蒸气,忽然变成透明的淡紫色。随着阳光的蒸发,相模滩上的紫气迅猛地向上飞升。江之岛完全隐没了身影,足柄、箱根只能挣扎着露出一寸高的山头。一秒又一秒,水蒸气宛如一场猛烈的烟火,回旋上涌。除了富士半峰和小坪岬峰顶之外,群山尽被水蒸气所淹没,侵蚀,沸沸扬扬,深不可测。阳光下射,满目紫焰,幢幢腾起,直冲天心。

七时五十分。日光遍照水蒸气之中。洋上弥漫着紫色的水气,各处出现了分界线,使人骤然感到了太阳的威力。忽然,不知从哪里出现了一线海水,天空中露出了山的一角。富士首先伸出了腿脚,足柄、箱根露出了脸孔。紫烟散了,江之岛笑了。海、山渐渐划清了界线,小坪岬赫然而立,日光照耀着山麓。

时间在推移,太阳的威力逐渐强大。残烟剩雾,急匆匆漂向大海,山谷,如梦幻一般,消失得无影无踪。相洋豆山宛如新开辟出来的一般。两三片金帆在江之岛海面上闪闪漂浮。两只水鸟盘旋飞翔,在洋面上划着大圆圈儿。

这时八时过五分。

一月四日记

富士倒影

冬至，太阳落到伊豆的天城山边。

冬至后日复一日，落日顺伊豆半岛向北移动，春分过后，越过富士，夏至时，落在大山山脚。

夏至过后，太阳顺原路，日复一日，向南转移。秋分时，越过富士，到了冬至，又落到天城山边。

上半年北去，下半年南归。富士是途中的关山，所以太阳越过富士时，正当春秋两季的彼岸节①前后。太阳两度越过富士，时间正好一年。

春秋彼岸时节，太阳落在富士山后的时候，富士倒影正好印在相模滩上。

村里的渔夫说"那山影十分鲜明"，可我至今未得到一见富士倒影的机遇。

风平浪静的一天黄昏，站在前川的江心岛上，可以看到对岸沙洲下面倒映着的富士山峰。站着看不到，即使俯着身，也才只能看到富士的一点倒影。人人向往的富士，它的影子多么使人倾倒。

日落，天黄，海也被天染黄了。豆相的群山宛如染上

---

① 以春分秋分为中心，包括前后各三日的七天，称为彼岸节。

画 | 吉田博

了紫色。风停了。洋上一只归舟，降下紫帆，歌声欸乃，摇橹而归。此时，下前川而窥望，富士半面山肌浮在金色的水面上，紫色渐次消融。忽然，有人肩着网，站在沙洲之上，探寻晚潮里的鲻鱼。头颅点破富士的紫色，身影立于水中的富士之巅。

一月十日记

提　网

秋十月十一日，御最期川河畔的葭芦枯黄了，直到翌年春三四月，收割后芦根才吐出二三寸淡紫色的嫩芽。在这段时间里，村上的百姓便抽空搞些副业。到处都架起了提网，远远望去，褐色的提网，这里一个，那里两个，交织在寒冬枯寂的田野里，自动报告着河流的所在。

我在霞之浦边的土浦附近看到一只提网，网面甚大，收网和放网均使用辘轳作工具。渔人昼夜守在水边狭窄的小屋内，每隔十分或二十分就要提起张望一次。小屋内放着饭盒、火盆、烟盒、方灯，棚架往往放着酒壶。在这样的小天地里打发着日子。捕获的鲤鱼、鲫鱼、鲂鱼、虾、白鱼等甚多。逗子一带地方，临水搭起了低矮的木架，网的四角的竹条用草绳扎紧，隔些时候走过来挑起来看看。捕获的是鲻鱼、海津，很少有沙鱼和虾。

仅仅作为一种点缀，这种提网就够有趣的了。

风和日丽，处处春意萌动。早梅已绽开五六朵花，在村头路边的篱笆上散发着幽香。村村披上淡绿的新装。这时节走到田越桥头，踏着村庄之间刚刚返青的麦田，我看到那里架设着五六只提网，近处的很大，远处的窄小，顺着河水的流向曲折地排列，在阳光下宛如一幅图画。忽然一只提网无声地落下,接着又落下两只。它们交替着或提起,或落下,那景象多么生动。

伊豆的落日将逗子三方的群山染成了紫色。木叶尽脱的榉树,化作一片珊瑚林。麦田的绿色泛着黄光,沿着田间小路归来的老农,面孔赭红,肩上的铁锹金光闪闪。眼睛所到处,一片火红。此时,御最期川的流水比平常光亮十倍,临水的提网个个红光耀眼。鱼虾惊而不过其下,大概看到鲜明的网影印在水下的缘故吧。

已而,太阳完全落了。神武寺浩渺的钟声报告着黄昏的来临。落照的色和光凋落得较之"所罗门荣华"① 还要迅疾。暮色从夕霭萦绕的山脚下的村寨升起,半个小时过后,大地茫茫一片。缺月当空,御最期川的河水,像一条银线缝合了天边的夜幕。

我耐着夜里的寒气,站立河边。月华映水,状如沉璧。暗处的几只提网,影像鲜明地卧在河畔。也许有鱼类从下面通过吧。当水波摇动时,网就随着跳跃,仿佛要掬住那逃跑的月亮似的。

---

① 以色列国王,公元前971—前932年在位。据说他长于理财,通过经商手段获取巨富,生活豪奢,谓之"所罗门荣华"。他死后,国势迅速败落,遂分裂为南北朝。

田家的烟

我爱烟,我爱田家的烟。每当站在高处,看到远村近落的炊烟,互相呼应,悠悠升上天际的时候,心中便感到无限快乐。

然而,市井的恶浊如滔滔洪水,如今已经波及到村落。田家淳朴之风渐渐扫地。赌博、淫乱、奢侈、游惰、争利的恶习,几乎侵入了每户人家。我常怀疑,毋宁将这些房屋连同人们付之一炬岂不更好。

不,还是只能加以教化为宜。

啊,假若我有能力,我将向全国所有的村庄赠送三件礼物:良医、良教师、良牧师。

良好的小学,良好的教堂,良好的诊所,此是造就健全村庄的三要素。而健全的村庄是造就健全国家的根本。

结满果实的树枝容易折断,只知积财的国家终究要灭亡。让国民仰天长啸吧。

你看,田家的烟不正沿着茅草屋顶袅袅上升吗?

写生帖

昔有一画家,作画一幅。其他画家皆用各种贵重颜料,浓墨重彩,力图使画面醒目。然而该画家只用一种颜色,画面现出奇异的红光。别的画家走来问:"卿何处得来此色?"他微微一笑,依然垂头作画。画面越发红艳,而画家的面色愈见惨白。一天终于死于画前,营葬时,解其衣观之,见左胸有一疵。人皆曰:"彼于此得彼色矣!"未几,人皆忘其人,而画永葆其生命。

——节译自欧利文·希拉伊奈尔①女士所著《画家的秘诀》

哀 音

你曾经在静寂的夜晚,倾听过江湖艺人弹奏的琴声吗?

---

① 欧利文·希拉伊奈尔(Olive Emilie Albertina Schreiner,1855—1920),南非女作家,评论家。作品多描写南非故事,富有宗教气息。

我虽不是个生来感情脆弱的人,但每每听到那种哀音,总是止不住泪流涔涔。我虽然不知道原因何在,但听到那样的哀音,我便回肠九转。

古人说,所有美妙的音乐,都使听者感到悲戚。确乎如此。小提琴的呜咽,笛声的哀怨,琴声的萧凉,从钢琴、琵琶类到一般卑俗的乐器,平心静听的时候,总会唤起我心中的哀思。哭泣可以减轻痛苦,哀乐比泪水更能安慰人心。呜呼,我本东西南北人。我曾经夜泊于赤马关外,和着潮声而慷慨悲歌;我曾经客旅于北越,夜闻民歌俚曲而悲泣。我曾经于月明风清之夜,耳听着中国海上的欸乃之声;又曾经在一个雪天的清晨,行进于南萨的道上,听赶马人的歌唱。这些都打动了我的心扉。然而都不如那街头断续的琴声更使我肝肠寸断。

一个可以听到百里之外声响的降霜的夜,一个月色溶溶、明净如水的夜,白天的骚动都一齐变得死寂了。在这幽静的都市之夜,忽然响起了弹三弦的声音。那琴声忽高忽低,渐次向远方流去,不一会儿,又消失了。打开窗户,只见满地月色。你且静下心来,听一听这一刹那的声音吧。弹拨者似乎在无心弹拨,然而在我听来,三条琴弦似乎牵系着人们心上的亿万条神经。其音一个高昂,一个低徊,如人歔欷。仿佛自亚当以来的人间所有苦闷烦恼,一时集中起来,对天哭诉。一曲人生行路难,不能不使我愁肠百结。啊，我为此哭了。我不知眼泪为何而下。我自悲乎？悲人所悲乎？不知，不知，只是此时此地痛感人类苦痛烦恼罢了。

上苍使才华横溢的诗人歌不尽人间悲曲，上苍使巷间无名的村妇代别人对天悲诉。有言之悲不为悲。我在这哀音之中感受到无数不可名状的苦恼，无数的鲜血，无数的眼泪。因而，闻之使人哀痛不已。

容我妄言。每当听到江湖艺人的一曲演唱，仿佛听到有罪的孩子的母亲伏膝悲泣；仿佛感到热恋的人们正在追寻令人沉迷的爱情。"The still, sad music of humanity."① 我每诵读这样的句子，就想起这种哀音来。

---

① 这是英国湖畔派诗人华兹华斯一句诗，意思是："平静而悲哀的人生的音乐。"

可怜儿

一

太阳落到伊豆山头了。叶山海滨,金色的波涛时涨时退。

我散步返回长者崎。

我低着头走去,忽听沙滩簌簌有声,两个大小不等的影子横在眼前。抬头一看,原来是两个人。

年长者是一位保姆打扮的妇人,四十光景。另外一个是七八岁的女孩子,模样儿很清秀。蓬松的头发从中分开,在白皙的额头上叠成波浪形。她身着紫花的外衣,脚踏红带子的防雪鞋。

老妇人沉默无言,少女也沉默无言。少女美丽的面孔上,带着一种小孩子不应有的悲伤凄凉的神色。

这是谁家的孩子?

我向下海的渔夫的妻子打听,她低声答道:"那是秋田先生家的阿芳啊。"

秋田!是那位最近因家庭矛盾而自杀的秋田子爵夫人的女儿吗?

我回头瞧了瞧,她俩走进那座大岩石的阴影里,紫花外衣的衣袖隐约可见。

我低着头漫步，沙滩上留下一串小型防雪鞋的足迹。

我依然低着头漫步。

夕阳的光辉洒满了海洋、山野。今天又寂寥地度过去了。海滨没有一个人影。波涛连续地涌来，在脚下碎了，于是又一次涌来，又碎了。

渔船从三段洋面上驶过，那欸乃之声，在傍晚的天空凄凉地回荡。

我的眼睛热了，泪珠扑簌扑簌落在沙滩上。

二

可怜的孩子！你的母亲是个美人，她是被恳求做了秋田子爵夫人的。谁曾料想，凤凰落架不如鸡。

丈夫是世家贵族，吃喝玩乐，无所事事。他三次换妻，十一次换妾，眠花卧柳，调戏民女，昼夜待在别墅里，醉生梦死，全家尽为之苦恼。

夫人嫁给他，生下女儿芳子。

她很少博得丈夫的欢心。丈夫的放荡行径给夫人带来了长久的不幸。

妾从她身上夺去了丈夫的宠爱。丈夫同她断绝了关系。前妻之女时常欺侮她。寻求爱情，未得；渴望自由，也未得。请求离婚,没有准许。遭受怀疑、诋毁、虐待、幽闭。她对这个世界绝望了,最后于某月某日在叶山别墅仓库的二楼上使用短刀自裁了!

可怜的母亲!可怜的孩子!

三

一边走一边想,不觉来到森户桥上。夕阳映在诹访台高耸的建筑物上,圆形的墙壁一派明净。不用问,那就是那人的别墅了。左手可以看到夫人自杀的那个房间,夕阳照在玻璃窗上,金光耀眼。

我凭栏站在桥上。一只乌鸦从桥对面的松树上飞起来,哑哑地鸣叫着,掠过那座别墅,向远处山峦冲去。

太阳沉没了。

光明如梦幻般地消泯了。冥冥暮色掩没了世界。我在黄昏里默然伫立。

海运桥

不写年,不写日,没有前,没有后。

我正想渡过位于东京日本桥区第一国立银行附近的海运桥,无意中看到桥脚的公共厕所旁边有一群人。

一个四十五六岁的装束鄙俗的妇女,蓬头垢面,身穿灰褐色的布单衣,脚跂两只不一样的木屐,背着刚刚两岁的女儿,手里牵着五岁的男孩,低着头站在那儿。警察正在向她盘问着什么。

忽然,那妇女簌簌掉泪了。她一只手牵着儿子,另一只手兜着背上的孩子,满脸泪水,也没办法揩一下。

背上的孩子昏昏欲睡,手里的孩子带着怪讶的神情望着母亲。另外两个男孩子,一个十岁,一个七岁,他们都心不在焉地望着河水。

我心中不禁恻然,走近去倾听警察的问话。原来她的丈夫离家出走,不知去向。由于付不起房钱,今天从大杂院被赶了出来,正走投无路呢。

还有几个过路人站着听他们谈话,不久便急急离开。一个乘在华美人力车上的绅士,向这边瞥了一眼,接着就急速驶过,车声辘辘,一直走进了银行的大门。

我摸摸袖底,囊中没有分文。我叹了口气,向河对岸望去。第一银行的建筑物宛如城堡,屋顶的旗帜在高空里忽拉拉飘飞。

那里金钱万贯。可是——啊,可是——

樱

二十余年前的往昔,一个童子被一个大人牵着手,从肥后①的木山这个村镇经过。

当时是明治十年,童子到亲戚家里躲避战争②。

木山镇是萨摩军的大本营,这里设立了医院,到处都可以看到萨摩人。大小不同的步枪像稻草一般堆积起来。有的披着满是泥污的蓝毛毯,一边捉虱子,一边打瞌睡。有的缝补撕坏了的短裤。有的一边擦拭武器,一边高声谈话。童子左顾右盼,耳边响着听不懂的萨摩方言,胆战心惊地牵着大人的手向前走。这些连吃败仗、缺少弹药粮草、运命日蹙的士兵,哪里还有心思取乐呢?然而到处都听到他们在高声地谈笑。在童子眼里,这帮人似贼非贼,似鬼非鬼。对面走来一个男子,穿着褪了色的灰色西服,脚跶木屐,红色的刀鞘里插着长刀。他左手缠着绷带,吊在脖颈上,右手握着一束盛开的山樱,信步走来。忽然,旁边店里一个磨刀的男子喊住了他。于是他把这束樱花送到那人的鼻子底下,匆匆忙忙说了几句什么,呵呵地笑起来。

---

① 熊本县旧称。
② 1877年,萨摩(今鹿儿岛)士族不满日本维新政府,拥戴西乡隆盛发动叛乱。后来隆盛兵败自杀,史称西南战争。

然后他把樱花送给恰好打身边经过的童子。

"样子太可怕了吧？哈哈哈。"

说罢，大笑而去。

童子拿着樱花走了四里多路，随后把花扔进路旁的小河。

那童子就是现在还记得此事的我。腰里挎着朱红刀鞘的男人叫什么名字呢？他现在怎么样了？至今杳无消息。二十年来，每当看到樱花，那个腰挎朱红刀鞘的男子便不知从何处飞奔而来，仿佛就站在我的眼前。

兄 弟

宇都宫车站仍是一片昏暗。

我坐在火车上,眼下正前往吾妻山喷火口探险的途中。

忽然,铃声长鸣,灯光闪烁,窗外人声鼎沸。

我打车窗向外张望。

月台上站着两个人。一个四十二三岁,面色青白,颧骨高耸,没精打采。薄薄的嘴唇,两颊长满络腮胡子,横七竖八。他头戴旧的船形帽,穿着平纹布棉袄,系着围裙,手中拎着一个包裹。另一个三十四五岁,皮肤黝黑,满脸麻子,没有眉毛,厚嘴唇,沉重的眼睑下面目光如电。他穿着对襟的毛料外衣,脚上套一双草鞋。

忽然,拎包裹的男子猛地跳上火车,麻子一把抓住他的衣袖。袖子扯掉了,接着又揪住那只包裹。

"你要干什么?"

"哎,你想溜吗?"麻子咬牙切齿,要把那只包裹夺下来。

跑过来五六个铁路员工。

"怎么啦?怎么啦?"

列车的车窗塞满了人头。

"这家伙是小偷,借我的东西不还就想逃走。哼!"麻子一个劲儿拽那包裹。

那男子脚步踉跄上了车:"放开我!不是说等回来再商量的吗?各位,你们不知道这里的内情。喂,放开我!"

"哼,你老是撒谎骗人。骗子,畜生!"

第二遍铃声响了。

站长来了。警察也来了。

"怎么啦?"

"到底怎么啦?"

"不要耽搁大家的时间!"

"是这么回事,我在同他说几句话。"

"什么说几句话?骗子,畜生,小偷,哼!"

"不要嚷啦!"

人来人往,一片嘈杂。

警察强行把那麻子拉走了。

麻子一步一回头:"哼,记住,我和你不是什么兄弟啦!畜生,你算什么哥哥,骗子!"

他两眼直冒火,咬着嘴唇,跟在警察后面走了。

他们竟是兄弟关系。

我不由悚然一惊。

那个拎包裹的男子恰好坐在我的对面,车上的人都一齐注视着他。他诚惶诚恐环视一下周围:"我的这个弟弟,为着一点小事,在别人面前大吵大嚷。唉!"说罢,把那只松散的包裹放在膝头上重新扎好。他的手不停地颤抖。

车内变得寂静无声了。

我家的财富

一

房子不过三十三平方,庭院也只有十平方。人说,这里既褊狭,又简陋。屋陋,尚得容膝;院小,亦能仰望碧空,信步遐思,可以想得很远,很远。

日月之神长照,一年四季,风、雨、霜、雪,轮番光顾,兴味不浅。蝶儿来这里欢舞,蝉儿来这里鸣叫,小鸟来这里玩耍,秋蚤来这里低吟。静观宇宙之大,其财富大多包容在这座十平方的院子里。

二

院里有一棵老李。到了春四月,树上开满青白的花朵。碰到有风的日子,李花从迷离的碧空飘舞下来,须臾之间,满院飞雪。

邻家多花树,飞花随风落到我的院里,红雨霏霏,白雪纷纷,眼见着满院披上花的衣衫。仔细一看,有桃花,有樱花,有山茶花,有棠棣花,有李花。

三

院角上长着一株栀子。五月黄昏，春阴不晴，白花盛开，清香阵阵。主人沉默寡言，妻子也很少开口。这样的花生在我家，最为相宜。

老李背后有棵梧桐，绿干亭亭，绝无斜出，似乎告诫人们："要像我一般正直！"

梧叶和水盆旁边的八角金盘，叶片宽阔，有了它，我家的雨声也多起来。

李子熟了，每当沾满白粉的琥珀般的玉球咕噜噜滚到地面的时候，我就想，要是有个男孩，我拾起一个给他，那该多高兴啊！

四

蝉声凄切之中，世界进入秋季。山茶花开了，三尺高的红枫像燃着一团火。房东留下的一株黄菊也开了。名苑之花固然娇美，然而，秋天里优雅闲寂的情趣，却荟萃在我家的庭树上了。假若我是诗翁蜕岩①，我将吟咏："独怜

---

① 梁田蜕岩（1672—1752），日本德川时代著名诗人。

细菊近荆扉。"使我惭愧的是,我不能唱出"海内文章落布衣"的诗句来。

屋后有一株银杏。每逢深秋,一树金黄,朔风乍起,落叶翩翩,恰如仙女玉扇坠地。夜半梦醒,疑为雨声,早起开门一看,一夜过后,满庭灿烂。屋顶、房檐、水盆,无处不是落叶,片片红枫相间其中。我把黄金翠锦都铺到院子里了。

五

树叶尽落,顿生凄凉之感。然而,日光月影渐渐增多,仰望星空,很少遮障,令人欣喜。

国家和个人

家家户户挂着国旗。到处都有凯旋门。

日清战争①结束，今天是大元帅陛下由广岛凯旋的日子。

新桥车站附近人山人海。男女老幼熙熙攘攘，有的谩骂，有的嘲笑。人头攒动。"奉迎圣驾"的红、紫、白、蓝的彩旗，在五月的天空随风飘扬，充满了爱国忠君的空气。

忽然，两三台堆满稻草的货车，冲开人群，硬是闯了过去。警官一喝，车子立即停下了。

这时，听到背后有人嘀咕。"干什么呀，畜生！有什么好看的！哇啦哇啦嚷什么？畜生，车夫又怎么啦？"

我惊愕地回头瞧瞧，回头瞧了又是一阵愕然。

我的背后站着一个散工模样的人，须发蓬乱，面色黄中带黑，透出奇怪的光亮；颧骨突露，深陷的眼窝里没有一点活气，只是闪着一种饿狼般凶狠的光。他穿着褴褛的单衣，袒露着胸脯，腰中扎着绳子，光着脚板。

没有比饥饿更可悲的，也没有比饥饿更可怕的。饥饿

---

① 指1894年的中日甲午战争。

可以迫使人吃人。饥饿可以毁掉整个巴士底狱。

爱国，忠君，任凭你去说。

但愿不要使陛下的臣民们遭受饥饿。

断　崖

一

从某小祠到某渔村有一条小道。路上有一处断崖。其间二百多丈长的羊肠小径，从绝壁边通过。上是悬崖，下是大海。行人稍有一步之差，便会从数十丈高的绝壁上翻落到海里，被海里的岩石撞碎头颅，被乱如女鬼头发的海藻缠住手脚。身子一旦堕入冰冷的深潭，就会浑身麻木，默默死去，无人知晓。

断崖，断崖，人生处处多断崖！

二

某年某月某日，有两个人站在这绝壁边的小道上。

后边是"我"，前边是"他"。他是我的朋友，竹马之友——也是我的敌人，不共戴天之敌。

他和我同乡，生于同年同月，共同荡一只秋千，共同读一所小学，共同争夺一位少女。起初是朋友，更是兄弟，不，比兄弟还亲。而今却变成仇敌——不共戴天的仇敌。

"他"成功了，"我"失败了。

赛马中同样的马,从同一个起跑线上出发,是因为足力不同吗?一旦奔跑起来,那匹马落后了,这匹马先进了。有的偏离跑道,越出了范围,有的摔倒在地。真正平安无事跑到前头,获得优胜的是极少数。人生也是这样。

在人生的赛马场上,"他"成功了,"我"失败了。

他踏着坦荡的路,获取了现今的地位。他的家丰盈富足,他的父母疼爱他。他从小学经初中、高中、大学,又考取了研究生,取得了博士学位。他有了地位,得到了官职,聚敛了这么多财富。而财富往往使人赢得难于到手的名誉。

当"他"沿着成功的阶梯攀登的时候,"我"却顺着失败的阶梯下滑。家中的财富在一个时候失掉了。父母不久也相继去世。年龄未到十三岁,就只得独立生活了。然而,我有一个不朽的欲念。我要努力奋斗,自强不息。可是正当我临近毕业的时候,剥蚀我生命的肺病突然袭上身来。一位好心肠的洋人,可怜我的病体,在他回国时,把我带到那个气候和暖、空气清新的国家去了。病状逐渐减轻。我在这位恩人的监督下,准备功课打算投考大学,谁知恩人突然得急症死了。于是我孑然一身,飘流异乡。我屈身去做佣人,挣了钱想寻个求学的地方。这时,病又犯了,心想,死也得化作故乡之土,只得返回故国。在走投无路、欲死未死的当儿,又找到了一个活路。我做了一名翻译,跟着一个洋人，来到了海水浴场。而且同二十年前的"他"相遇了。

二十年前，我俩在小学校的大门前分手，二十年后再度相逢。他成了明治天下一名地位煊赫的要人，而我是一名半死不活的翻译。二十年的岁月，把他捧上成功的宝座，把我推进失败的洞穴。

我能心悦诚服吗？

成功能把一切都变成金钱。失败者低垂的头颅尽遭蹂躏。胜利者的一举一动都被称为美德。"他"以未曾忘记故旧而自诩，对我以"你"相称，谈起往事乐呵呵的，一旦提到新鲜事儿，就说一声"对不起"。但是他却显得洋洋自得，满脸挂着轻蔑的神色。

我能心悦诚服吗？

我被邀请去参观他的避暑住居。他儿女满堂，夫人出来行礼，长得如花似玉。谁能想到这就是我同"他"当年争夺的那位少女。

我能心悦诚服吗？

不幸虽是命中注定，但背负着不幸的包袱这是容易的吗？不实现志愿决不止息。未成家，未成名，孤影飘零，将半死不活的身子寄于人世，即使是命中注定，也不甘休。然而现在"我"的前边站着"他"。我记得过去的"他"，我看到"他"正在嘲笑如今的"我"。我使自己背上了包袱,他在嘲笑这样的包袱。怒骂可以忍受,冷笑无法忍受。天在对我冷笑,"他"在对我冷笑。

不是说天是有情的吗?我心中怎能不愤怒呢?

三

某月某日,"他"和"我"站在绝壁的道路上。

他在前,我在后,相距只有两步。他在饶舌,我在沉默。他甩着肥胖的肩膀走着,我拖着枯瘦的身体一步一步喘息、咳嗽。

我的眼睛不由自主向绝壁下面张望。悬崖十仞,碧潭百尺。只要动一下指头,壁上的"人"就会化作潭底的"鬼"。

我掉转头,眼睛依然望着潭下。我终于冷笑了,瞧着他那宽阔的背,一直凝视着,一直冷笑着。

突然一阵响动。一声惊叫进入我的耳孔,他的身子已经滑下崖头。为了不使自己坠落下去,他拼命抓住一把茅草。手虽然抓住了茅草,身子却悬在空中。

"你!"

就在这一秒之内,他那苍白的脸上,骤然掠过恐怖、失望和哀怨之情。

就在这一秒之内,我站在绝壁之上,心中顿时涌起过去和未来复仇的快感、同情。各种复杂的情绪在心中搏击着。

我俯视着他,伫立不动。

"你!"他哀叫着拽住那把茅草。茅草发出沙沙响声,根子眼看要拔掉了。

刹那之间,我扒在绝壁的小道上,顾不得病弱的身子,鼓足力气把他拖了上来。

我面红耳赤,他脸色苍白。一分钟后,我俩相向站在绝壁之上。

他怅然若失地站了片刻,伸出血淋淋的手同我相握。

我缩回手来,抚摩一下剧烈跳动的心胸,站起身来,又瞧了瞧颤抖的手。

得救的,是他,不是我吗?

我再一次熟视着自己的手。手上没有任何污点。

四

翌日,我独自站在绝壁的道路上,感谢上天,是它搭救了我。

断崖十仞,碧潭百尺。

啊,昨天我不就是站在这座断崖之上的吗?这难道不就是站在我一生的断崖之上吗?

晚秋初冬

一

霜落,朔风乍起。庭中红叶、门前银杏不时飞舞着,白天看起来像掠过书窗的鸟影;晚间扑打着屋檐,虽是晴夜,却使人想起雨景。晨起一看,满庭皆落叶。举目仰望,枫树露出枯瘦的枝头,遍地如彩锦,树梢上还剩下被北风留下的两三片或三四片叶子,在朝阳里闪光。银杏树直到昨天还是一片金色的云,今晨却骨瘦形销了。那残叶好像晚春的黄蝶,这里那里点缀着。

二

这个时节的白昼是静谧的。清晨的霜,傍晚的风,都使人感到寒凉。然而在白天,湛蓝的天空高爽、明净;阳光清澄、美丽。当窗读书,虽身居都市,亦觉得异常的幽静。偶尔有物影映在格子门上,开门一望,院子的李树,叶子落了,枝条交错,纵横于蓝天之上。梧桐坠下一片硕大的枯叶,静静躺在地上,在太阳下闪光。

庭院寂静,经霜打过的菊花低着头,将影子布在地上。

鸟雀啄食后残留的南天竹的果实，在八角金盘下泛着红光。失去了华美的姿态，使它显得多么寂寥。两三只麻雀飞到院里觅食。廊檐下一只老猫躺着晒太阳。一只苍蝇飞来，在格子门上爬动，发出沙沙的声响。

三

内宅里也很清静。栗、银杏、桑、枫、朴等树木，都落叶了。月夜，满地树影，参差斑驳，任你脚踏，也分不开它们。院内各处，升起了焚烧枯叶的炊烟，茶花飘香的傍晚，阵雨敲打着栗树的落叶，当暮色渐渐暗淡下来的时候，如果是西行①，准会吟咏几首歌的。暮雨潇潇，落在过路人的伞盖上，声音骤然加剧，整个世界仿佛尽在雨中了。这一夜，我默然独坐，顾影自怜。

四

月色朦胧的夜晚，踏着白花花的银杏树落叶，站在院中。月光渐渐昏暗，树隙间哗啦哗啦落下两三点水滴——

---

① 西行（1118—1190），平安末期，镰仓初期著名歌僧。俗名佐藤义清，出家后遍游各地，著有歌集《山家集》。

阵雨！刚一这样想，雨早已住了。月亮又出现了。此种情趣向谁叙说？

月光没有了，寒星满天。这时候，我寂然伫立树下，夜气凝聚而不动了。良久，大气稍稍震颤着，头上的枯枝摩戛有声，脚下的落叶沙沙作响。片刻，乃止。莫非星星絮语？

月光如霜，布满地面。秋风在如海的天空里咆哮。夜里，人声顿绝，仿佛听到一种至高无上的音响。

夏　兴

一

十二岁那年夏天，曾经在京都栂尾的寺院里避暑。寺下面有一道清流，一处积满流水的碧潭，潭上突露着岩石。

炎阳如火的一天，同两三个朋友一起到附近的村子买西瓜。说是要放在溪流里冰一冰，有的抱着西瓜从岩上跳下去，有的为了争夺西瓜打起水仗。潭里沸腾了，泛起了雪白的浪花。正当三个人眼花缭乱之际，流水悄悄把那翠绿的玉球夺走了，漂漂荡荡地冲走了。大家争相去捞，西瓜撞在岩角上，碎了。每人抢到一块，边吃边游。这样的西瓜多半都是水。

二

故乡姐姐家，有清冷如冰的井水。水井旁边，绿叶翠蔓，弥天蔽日。南瓜地里，处处开着黄花。下午两点，蝉声聒耳。当感到眼睫千钧重的时候，便光着脚走到井畔，汲一桶水置于高架上。砍去南瓜弯曲的蔓子，水桶上插一根导管，然后赤条条从头浇到脚。这样的事至今难以忘怀。

三

下了富士山,和朋友各骑一匹马,由中畑向御殿场奔去。一路上,可以看到山丹、车轮百合、瞿麦、桔梗等夏秋花草,杂在浅茅丛中开放,仿佛走在画图之中。叫牵马的小姑娘折来一捆,载于马首,爱其色香。最后,一边走,一边将一束束野花拍打着前边马背上戴着海水浴帽的朋友的脊梁。

离开中畑时,已近中午,日光赫然照下来,骑在马上汗流浃背。走了四里光景,忽地传来殷殷的雷声,爱鹰山边涌现一团黑云,眼看向东南方扩散。风带着水气,飒飒扑面而来。抬眼仰望,炽热的阳光已经消失,地上也没有了万物的影子,原野、森林,一片昏暗。马打着响鼻,快活地走着。

"烟生原野草,雨降晚凉天。"

我这时才懂得西行这首诗的妙趣。

四

上文提到的姐姐家,位于燃烧着不知火的海滨[①],靠

[①] 九州地名。"不知火",旧历七月末,夜间海面上火花闪烁,据说是夜光虫或磷火。一说是夜钓的渔火。

画 ｜ 川 瀬 巴 水

近天草①。这里大小岛屿星罗棋布,水深而澄如碧玉,在岛屿之间回旋流动。或形成河流,或形成湖泊,悠悠然如游戏一般。陆地和岛屿,岛与岛之间狭小的地带,两边的人可以低声对话,相熟的孩子们可以借助水盆渡来渡去,真可谓"岛间海为涧,渡船小于瓜"。

江村八月碧鲈肥。亲戚知友三四人,驾一叶小舟,载着钓竿、锅釜、米、盆碗、酱油等物出海了。头顶炎阳照,水上微风吹。拣个岛影沉静的地方泊下小舟,各人都垂下钓丝,船老大的钓钩上喜获尺把长的一条鲷鱼和两三条幼小的碧鲈,而我们这些外行人的钓钩上,只挂着一点可怜的杂鱼。真叫人气不过哩!日近中午,把对面的钓舟唤来,买一条更大的碧鲈,将船挽于岛旁的松树上,趁船老大做饭的当儿,曲肱躺下。阳光炫目,少女们用衣袖掩在脸上。身子下面,海水呱嗒呱嗒舔着舱底,摇摇晃晃好像躺在摇篮之中。不知不觉间,梦绕魂游,早已出了三十多里远。突然,雷鸣贯耳,睁眼一看,船老大正高声呼喊:"客人,饭好啦!快起来吧!"

竹箅上的碗里盛着米饭和汤汁,大碟子里装满了生鱼片。一只小钵里盛着酱油。用潮水煮的米饭,略带咸味,却很香甜。船老大用生锈的菜刀大块大块切成的鲷鱼和鲈

---

① 九州地名。

鱼，那鱼片比木匠用斧头砍下的木片还要大，但却是那般香甜可口。吃罢饭，借用岛上人家的井水润润咽喉，回去脱掉衣裳，从船上向海里一跃，游上一遭儿，再睡上一觉。太阳西斜了，微风鼓浪，这时再把小船换个地方，钓上一阵。太阳更加西斜，最后落山了。海岛一个接一个昏暗了，光闪闪的水面流着溶溶的紫霭，不久又变成了白色。

返舟还家，每响起一阵咿哑的橹声，空中就增添一些星星。星光映在水里，小船行于天上。黑魆魆的海岛，灯火明灭，阒无人声，只是到处充满了虫鸣。走着，走着，天空和大海都变得一片昏暗。橹声轧轧，溅起片片水花，犹如碧绿的磷火。小船两边的鲻鱼、鲈鱼等鱼类，倏忽远逝，水中泛起一道白光。夏夜易逝，归来后，但见江村寂寂，一片黑暗，只能听到喧嚣的虫声。

五

一天晚上，头疼发热，夜不成寐，遂起身漫步于庭院之中。黑树森森，月光下漏，青碧如雨。院里虫声四塞。行至井畔，放下井绳汲水，月光在水桶里摇曳闪烁。掬水入口，吸几片月光，遂将余下的倾覆于地，月影也跟着滴滴嗒嗒掉落下来。真是太美了！于是，打一桶，又打一桶。我把三桶水泼洒在地面上，然后，在虫声和树影之中伫立良久。

六

住在逗子时候，有一天，暑热甚剧，头戴着麦秆海水帽，赤条条地摇着小船，独自驶向前川一个没有人烟的地方。这里是御最期川的两股支流汇合之处，水藻间有深水潭，是鱼的巢穴。把小船停在这里一看，有的坐在船上垂钓，有的读书，也有的摆下钓丝躺在舱板上睡午觉，等醒来一看，钓竿早已被鱼拖走了。有时也能钓到七寸长的虾虎鱼。

右边的支流相会处，有一块青芦洲。洲上遍生松树。松下草丛里的红百合、瞿麦、日扇等，都开着花，白天也能听到虫声。洲的四周尽是软沙。有时，把小舟泊于此处，登洲采摘一些红百合回来。有时，朝阳流紫，浅水的地方宛如没有水一般，仿佛日影一片，坠落水中，似有若无，似动非动。审视之，是青虾在巡游。它们通体透明，群集一处，青如水色，遽难辨认。它们一旦巡游，如黑影在水底移动，这时方可知晓。仔细一瞧。看芦根上，浅水沙滩上，也有它们在游动。伸手提来，须臾便可捡到一篮子青虾。

水越混浊，所钓收获越多。多雨的日子，穿一件衬衫，立于河中，将钓竿插入水里，同水面保持四十度的斜角，静等鱼来。河水混浊成灰黄色，如膏油一般。钓竿和钓丝倒映水里，物和影形成一个不规则的三角形。站在水中久了，双腿像木桩一般，有时有螃蟹什么的爬到腿上，倒也觉得好玩。

忽然，天空蓦地昏黑下来，一滴雨点落在水面上，画了一圈蛇眼纹。接着噼噼啪啪落得紧了，一圈圈水纹交织在一起。最后，大雨哗然有声，水面顿时荡起叠叠细浪。抬眼一望，空中的水晶帘一直垂到河面之上，小坪一带的山峦，薄暮冥冥，附近的松林若隐若现。不久，雨住了，河水越来越混浊了。松林吸饱了雨水，浓绿的树影映在河里。水珠顺着鱼竿和钓丝滴落，河面上荡起一圈波纹，不断向外扩大开去。

归来时，鱼篮里装满了鳗鱼和虾虎鱼。

七

大人小孩三四人到远海钓鱼。不一会儿，富士这面山麓紫铜色的云层底下，传来了殷殷雷鸣。然而，海上却静悄悄的，风平浪静。

向大岛方向眺望，听船老大说，骤雨就要来了。可我们眼里什么也没有发现。再向远海眺望。"来啦，来啦，到底来了呀!"船老大正说着,洋面上立时暗了下来。八里远之外,一只渔船下了帆狼狈驶来,周围的水面上荡起了粼粼细浪。骤雨掠过大海迅速降临。还未来得及调转航向,只见黑压压的云雾席卷而去。冷风飒飒扑面。小船四周蓦然腾起无数水波,银白的雨滴砸在竹篁上,一点,两点,——千万点。须臾之间,我们的一叶扁舟陷入黑风白雨的重围之中。

没有雨伞,即使有也无法撑开。三四个人扯着草席顶在头上,大人小孩一同在席子底下谈笑。蹲在舱底,电闪雷鸣,绕舟而至,雨水打湿了袖子和前襟,随后再把衣服绞干。

湘南杂笔

家兄居官时,曾戏以为赠:
青云,白云,
青云白云一个样。
我想做白云,
在空中自由飞翔。

元 旦

早起,打一点新水①洗洗脸。吃罢年饭,登上樱山,眺望富士,山峰潜在云中,不可一见。

下山过逗子村,人家的茶花树上,开放着三四十朵花儿。同茶花相邻的梅树,枝头上斑斑点点,状如蝴蝶的彩

---

① 原文作"若水",指立春或元旦早晨汲的水。

翅。仔细一看,梅花已经开了。

向阳的地方,偶尔可以看到一两朵堇菜花和蒲公英。

小船上插着旗,松上坠满彩饰。村里的孩子穿着节日的盛装,有的打羽毛毽子,有的放纸鸢。虽然有些冷清,但毕竟是新年啊。

一月一日记

冬 威

雪尚未消融。土地冻了,河水结冰。万象皆禁口不语,几乎不见一点生意。

穿过砂山的松林,来到野外。北风飘飘吹鬓,握着手杖的手僵直了。空中冻云漫漫。目光所到之处,山野,田地,一片枯寂。走过原野小桥的时候,阴沉沉的天空,细雪如粉,纷纷而降,不久即止。

"冬"乎哉?茅舍戴雪,龟缩于寒野之上。田地半是冰冻。树林里如怒涛狂吼,那是"冬"的声音。干枯的芦苇挂着残雪,沙沙作响。干透了,枯透了,那声音仿佛撕裂了我的心灵。

春,再不会来了吗?

村口上,一个女子正在踏雪采摘冬菜。村边,茶花泛红,梅花渐发。

一月十日记

霜　晨

洗手盆里结着厚厚的冰。到外面一看,道旁打捞上来的海藻上,白霜似雪。田越川水面上蒙着一层薄冰。涨潮了,冰层啪啦啪啦炸裂了。断裂的冰片,随着潮水漂到了上游。

走进河边的芦苇丛中,踏着冰冻的泥土,分开挂满白霜的芦苇,惊起五六只鹬鸟,飞入对岸的芦苇丛中。苇丛尽头,是农家的后院。一只提网悬在朝阳下,像紫色的轻纱闪闪发光。网眼里犹如素羽、白银,耀目争辉,那是挂着的冰片。

太阳渐渐升起,河两岸的冰霜渐渐消融。随着冰霜的消融,碧蓝的天空,焦枯的芦苇,灰黄的松树以及那提网的颜色,都一一显现出来了。满载海藻的小船,冲开冰层,溯流而上。岸上的农夫为了买海藻在讨价还价。这是麦子的好肥料。一船海藻约值三四十文。

一月十六日

伊豆山火

　　傍晚立于海滨，半天里火光数点。星吗？太红；渔火吗？过高。那是什么？啊，那是伊豆的山火。

　　白天望去，大海对面，远近各处，香烟袅袅。夜里，便是如此火红。山火乎？山火乎？是住在大海对面人家焚烧的吗？是住在海对面的"人"，隔着十里宽的水面，为了向这边的"人"传送生活的消息而燃烧的烽火吗？

一月二十日

霁 日

今日的阳光像水晶一般明丽、和暖。

河上笼罩着水蒸气,道路似铁,田地里一片白霜。洗手盆的冰碎了。净手,向后山望去,"咳嗽之神"的祠堂下,五六个男人一边烧火,一边聊天。青烟掠过山巅,消散于朝阳灿烂的天空。

不一会儿,他们上山砍伐白茅。沙啦沙啦,白茅山顶像拔掉头发一般,从上到下,剪成了半面秃头。山边两户人家的三四个孩子,高高兴兴地玩耍。行人见面都说:"今天真暖和啊!"

午后,潮退了。河口的浅滩上,女孩子们在采摘青色的紫菜,捡拾牡蛎。河面上的苇丛中,有人收割芦苇,传来簌簌的响声。

山阴的水田里依然结着白茫茫的冰,向阳的地方次第消融,发出毕毕剥剥的声响。今晨有人在"咳嗽之神"祠堂边焚火,走到那里一看,木瓜已经含苞。枇杷的花事已接近尾声。

男男女女满背着干枯的松叶和竹叶,手中拿着耙子,走下山来。

邻家不断传来劈柴的声音。

一月二十五日

初 午[1]

初午鼓声咚咚。

梅花已经六七分,麦苗只有二三寸。

村村插着"奉献稻荷大明神"的旗帜。

男女儿童换上鲜洁的衣裳来往于途。家家请客。人人尽醉。

二月一日

---

[1] 二月初,日本全国各地举行祭奠稻荷神(即五谷神)的活动,谓之"初午"。

立　春

今日立春。

潮退，沙广，海狭，水低。

傍晚到海滨漫步。

太阳就要下山，西边天空笼罩着淡蓝的雾霭。

太阳隐在梦幻般的夕霭里，泛着朦胧的黄色。

潮落方显沙滩广。镫摺鼻和鸣鹤鼻两座岩礁，黑森森地向海里伸延。有人立于岩上，长只有一寸。帆只有一分宽，点点漂游于视野的最远处。海水溶溶，凝如膏油，滔滔奔流，在沙滩边缘卷着涟漪，然后缓缓消融在沙里。日光茫茫，在海中微微流动。鸣鹤鼻礁石的影子，像一张鳄鱼皮印在高低不平的海滩上，狭窄的地方影子凹陷；宽阔的地方影子隆起成圆形。天睡了。太阳睡了。海睡了。山睡了。山影睡了。帆影睡了。人睡了。立春的傍晚，大地，天空，荡然融为一体了。

二月四日

雪 天

晨起一看，满天满地都是雪。

午前，细雪纷纷霏霏；午后，鹅毛大雪飘飘扬扬，从早到晚，下个不停。

打开格子门，纷乱的玉屑斜飞进来。后山也罩在茫茫雪雾之中。一阵大风吹来，积雪满天飞舞。午后愈降愈猛，路上连马车也走不通了。积雪沉沉，压弯了树枝。不知什么树折断了，传来两三次清脆的响声。

铺天盖地，一片银白，独有前川河，一线灰黑。几十只鸥鸟飞来游嬉，时时有两三只离开水面，尽情地展开羽翼，迎着风雪搏击，然而，每次都被大风压下来，重新落到河面上。

尽日都是霏霏蒙蒙的，天地被大雪埋没了，人被风雪封锁了，纷纷扬扬地迎来了黑夜。

夜十时，打起灯笼向外面一看，飞雪依然纷纷而降。

二月十六日

晴雪的日子

夜里,风雪停了。白天,晴雪似玉。

太阳冉冉升起,熏蒸着积雪。屋檐的雪先融化了,雪水像雨点一般滴落下来,汇成小河。泛起的泡沫,似圆形的小船,顺流而下。闭上格子门,点点滴滴的影子频频打在白纸上,噼噼啪啪,疑为雨声。开门一看,水滴从蓝天上零落下来,银光闪耀,像粒粒珍珠。雪压伏着夹竹桃,渐渐地有些化了,随着压力的减轻,夹竹桃抖掉残雪,重新直起腰来。

富士山上下臃肿,像包裹在棉花里。日光照着峰顶,雾气蒸腾。相豆的群山一派洁白,令人惊叹。仿佛正从四五十里之外向这边蹒跚而来。

初春的雨

午前春阴，午后春雨，和暖、闲适，且宁静。

逗子的梅花多为老树。八幡的树林里，一位背着孩子的老婆婆，正在捡松叶、松籽和松枝。雨从松、杉、榉的间隙里漏下来，沙沙沙，敲打着枯叶杂陈的沙土。

从村庄来到野外，麦苗郁郁青青，路边的枯草也泛起片片绿意。春雨潇潇，神武寺的山青烟迷离。樱花山头只有斑斑白雪，然而，这山，这树，这房舍，这田园，无不在春雨里尽情洗浴。河边干枯的芦苇被草草割去了，剩下的，这里一丛，那里一簇。河床开阔了，被辟为宽广的田圃。春雨淋在一只渔网上。

梅花渍香，茶花流红，麦苗绿润，山色空濛。这是一场催春的雨啊！

归途经过富士见桥畔，见两只小船漂浮河面之上，盖着草席。是刚刚淘过米吧，牛乳般的泔水，从倾倒的木桶里淌出，点点滴滴，融汇在春潮里消失了。春潮带雨，清流急湍，如膏似玉。海洋上水天濛濛，春帆一点，穿雨而来。

二月二十三日

初春的山

登后山。

春空烟迷,四山霞飞,谁也夺不去的春天来临了。

大海沉荡,同天空融为一体。海水滔滔奔流,水面上映着富士山头的白雪,闪闪灼灼。渔舟比鸥鸟还小。

村村仍是一派荒寂的冬景。然而,云霞已经低吻着地面,春光充满了每个角落。山下,一只鸢鸟悠然盘旋。山崖,田地,到处都萌出了绿茸茸的款冬。榛树已垂着一串花朵。春兰也早已开花。春,在枯草枯叶之间,簇簇萌动了。

二月二十八日

三月桃花节

阳历三月,桃花尚未开,春云蔽日,空气浓于酒。

经过逗子的村庄时,梅花正白,花事即将过去。茶花的花朵比叶子多,而且已经开始零落了。弹棉花的弓声,鸡叫声,悠悠然充满了春天的村庄。

田里的水微温,杂草泛着青色。土地复活了,它饱吮着水中丰富的养分,扑喳扑喳地响着。它在满足地吟唱。

麦苗越发浓绿了。菜花初绽。田畔的野蔷薇,一簇簇吐着嫩芽。

昨天暖雨,箱根、足柄两山上的雪融了。富士的山麓也脱去了白衣。

三月三日

春之海

坐在不动堂上，眺望大海。

春海融融，波光荡漾。有的地方，像巨大的蜗牛爬过留下的痕迹一般，滑滑地闪着白光。有的地方，像聚着亿万只有鳞的生物，一齐颤抖着，泛起碧青的颜色。近岸的海水透明，像被明矾打过，圆圆的石子闪着紫色的影子，横卧水中。茶褐色的水藻缠绕着岩头，像梳理好的头发。没有什么波纹，只有那远处晃动的海涛，仿佛熨烫着大海的衣褶，接二连三地席卷而来。撞在岩石上的碎了。撞入岩穴的，发出洪亮的声响。漫入小石子堆的，似乎在窃窃私语。

对面有一条小船，船桨时时落在船舷上，发出咔哒咔哒的响声。一个男人在捕捉章鱼和海虾，他蹚着浅水，脚下泛起银光闪闪的水花。

三月十三日

春分时节①

今日进入春分时节。

梅花历乱，绿麦已经分蘖。菜花盛开，茶花纷纷零落，遍地艳红。

走到野外，田埂上长满了土笔、芹菜、荠菜、鸡儿肠、野蒜，蓬蓬簇簇，简直没有立足的空儿。油菜的苔子上开了花，款冬刚刚撑起青青的小伞。阴影下边，紫槿羞答答的，花朵甚是娇美。蒲公英将那一轮轮小太阳，慷慨地撒在田埂之上。木瓜也张开了红唇。

听一听田里的流水声吧。溶溶的，滑滑的，包孕着无限的春意。刚刚长到半寸长的小蝌蚪，在温暖的水里游动。农民已经开始犁田了。

河边，枯叶老根之间，开着硕大的茅草花，竹笋刚刚长出，像无数根芦芽吐着绯红色。

田野里可以听到云雀欢叫。近日来，在我邻家的榉树上，每天都有黄莺鸣啭。

三月十八日

---

① 原文作"彼岸"，系指春分或秋分前后约一周的时间。

参拜伊势神宫①

书窗外面,马铃叮咚,笑语声喧。向外一瞧,三四匹马,装饰着红、白、紫等五彩缤纷的布条,背上驮着行旅打扮的男子,围着一群男女老幼,吵吵嚷嚷向车站方向走去。原来这是为首次参拜伊势神宫的人们举行庆祝仪式。

特戏作小诗如下:

参拜伊势神宫

一、麦苗迎风长,苞穗尚未卷。

　　桃树花正开,油菜花正鲜。

二、参拜伊势宫,时日在眼前。

　　车站五十三②,步行需十天。

　　今日乘火车,一日能走完。

三、古式小礼帽,横戴头上边。

　　大红毛毯子,屁股底下垫。

　　马铃叮咚响,英武又果敢。

四、"哎呀太郎作,这就出发吗?"

---

① 位于三重县伊势市,是祭祀皇家祖先的神社。
② 从江户(东京)到京都的东海道线,路上有五十三座车站。

"原来是松君,去去就回还,
你要买何物,尽管对我言。"
五、"东西我不买,只想把你劝,
伊势有松阪,多为女儿天,
误入烟花地,再也难回还。
哎哟哎唉哟,再也难回还。"
六、"哈哈哈哈哈,嘻嘻嘻嘻嘻。"
马铃叮咚响,渐入云霞间。

三月二十五日

海岸落潮

一块平坦的磐石,上面简直可以建造一座房子。今天,它露出水面,沐浴着阳光。附着在岩石上的海草,经太阳一照,闪烁着光亮。仿佛在默祷着什么。岩石的裂缝里,残留着忘记退去的潮水,被阳光晒热了,浮游着许多无名的小鱼。快步飞跨着一块块岩石,来到海岸的尽头。这里潭深水净,绿如碧玉。各种水草随着激荡的海浪,摇曳披靡,采下日光的金丝,在水底编织出美丽的锦缎。栖息于岸边的各种鱼类,游出岩石,钻进水藻丛里。经过这儿,就会看到绯红的海松,朱红的海盘车,紫色的甲赢,绿色的水母,茶色的雨虎等。这些既像动物又像植物的东西,在水里到处闪耀着五彩的颜色。水里的春天比陆上的春天更加美好。

嗅着潮香,站在岩上眺望,采拾鹿菜、紫菜、海贝、蝶螺、珠贝、甲赢的女人们,分散于海岩之上,间或杂着衣饰华丽的男女儿童。这时的海岸仿佛开满了鲜花。捕捉章鱼的男子,一手拎着盛油的竹筒,那是澄清海水用的;一手握着铁矛,从一块岩石飞向另一块岩石。对面的小船熟练地从礁石间隙里穿行。渔夫把头插入竹筒窥视海底,一边同水手谈话。岩石那边的大海,狭长如带,忽而同深远的碧空相离，忽而又泛着银光，和天空连成一气。春帆二三，远远掠过伊豆的山峦。这平滑的岩礁和陆地之间，积聚着一泓潮水，自然成池，山影浸绿。渔家子女五六人，手制小帆船，放行池水之上。微风初起，吹鼓了船帆，迅速驶抵对岸。孩子们拍手欢呼。风止了，小船停于中流，孩子们投石击之。其中有个哑巴，年纪稍长，看到自己制作的小船顺利停靠在对岸，于是扯起别人的衣袖指着那边，嘻嘻笑了。那样子十分可爱。

四月二日

沙滨落潮

去金泽看牡丹，回来时，到野岛一游。从野岛到夏岛径直有四里长的沙岸，上面有许多拾贝的人。对于这一带的农妇渔女来说，这里的沙滩正是她们衣食的来源地。从老太太到五六岁的小女孩，一律顶着头巾，攀着红衣带，光着脚，一副短腰窄袖的打扮。她们右手握着铁铲翻沙子，左手灵巧地拾掇掘出的海贝。有的在一尺多长的竹筷子上绑着尖利的东西，在沙滩上挖洞，掏取马刀贝。得到的有吹盐贝、蛤蜊，最多的是文蛤、海螺、马刀、马珂等。有时，海蟹和对虾也钻到沙子下面，这些挖到的也不少。吹盐贝，顾名思义，当你掘出它来时，便会喷出一口咸水，露出可憎的样子，似乎在嘲弄你。马刀贝见到洞穴，一下子扎进去就逃得不知去向了。对虾呢，退潮时来不及逃遁，就钻进沙子，想做倔强的隐士，一旦被挖出来，就乖乖地当了俘虏，像出家的和尚似的，模样儿实在可笑。

放眼远望，沙滩恰好形成一个大圆盘，周围的碧海犹如翠带缠绕。苍碧的远山为大海镶上一条蓝边。圆盘上覆盖着淡紫的细沙，随处都有落潮时残留的水窝，清浅不足以濡湿脚踵。小蟹奋跑，小鱼竞游，到处可以听到扑哧扑哧的响声。那是小蟹在低语吗？那是沙在同太阳谈话吗？

静观大沙盘上，拾贝的人点点如蚁，或俯或伏，或弓或屈，像螃蟹一样掘着沙石，紫沙簌簌地被翻捡一遍，盖上了黑黑的一层。有的唱歌，有的沉默。远的呼喊，近的低语。不时有人站起来伸展一下腰肢。拾贝队伍的先头，越过沙盘，越过如带的大海，直抵白云悠悠的蓝天。

多么闲静的景致！海，远而细，帆亦细；山渺而碧，云亦碧。数百名男女老幼群集沙滩之上，翻沙拾贝，愉快地劳作着，地上随处摆着木桶、竹筐等容器。山影静卧在沙滩岸的水洼里，一切都沉浸于融融的春光之中。一旦再次满潮的时候，或肩筐，或握铲，或背篓，或拎桶，纷然而归。"还在拾吗?"有人高声呼喊。"危险，涨潮啦!"有人提醒着孩子。晚来的人仍然无动于衷，汲汲不怠。

不一会儿，海潮从四方涌来，开始向沙盘进袭了，如带的海水渐次扩展，最先冲击着沙盘中央采贝人的双脚，继而将人们一个个驱赶上岸。沙浸人退，潮奔海涌。淡紫的沙盘眼看着缩小了，一小时过后，再也不见沙岸的影子。大海漫漫涨到我的脚边，海水荡起了雪白的浪花。帆影悠悠，怡然自乐。

四月十一日

花月夜

打开窗户,十六的月亮升上了樱树的梢头。空中碧霞淡淡,白云团团。靠近月亮的,银光迸射,离开稍远的,轻柔如棉。

春星迷离地点缀着夜空。微茫的月色,映在花上。浓密的树枝,锁着月光,黑黝黝连成一片。独有疏朗的一枝,直指月亮,光闪闪的,别有一番风情。淡光薄影,落花点点满庭芳,步行于地宛如走在天上。

向海滨一望。沙洲茫茫,一片银白,不知何处,有人在唱小调儿。

又

已而,雨霏霏而降,片刻乃止。

春云笼月,夜色泛白,樱花淡而若无,蛙声阵阵,四方愈显岑寂。

四月十五日

新　树

　　夜来，春雨渐止，九时许，满天的云朵散了，又薄，又细，如棉，似纱，继而化为轻烟，以至完全消失，天空一碧如玉。

　　阳光如雨一般照射下来，绿叶映着窗纸，碧影绰约。

　　看到浓密的影子，可知绿叶之茂盛。

　　静静望去，一庭新树，沐浴在阳光之下，浮绿泛金，欣欣向荣。仿佛将满天的日光全部集中到院子里来了。你看，那枝枝叶叶，水灵灵地映着碧空，将淡紫的影子印在地面上。

　　樱树长出了嫩叶，一两点残花稀稀疏疏，掩映在绿叶丛中，不时飘飞下来，像翩翩的彩蝶。树下，落英和红萼，片片点点，连同影子一起贴着地面。一只白鸡，披着斑驳的树影，啄食落花。

　　看，树枝之间，张着一面蛛网，绿、黄、红三色交映。看，飞虫如雪，纷纷绕树而飞，蜂虻嗡嘤，映着阳光翻舞。自然界适逢这样的丽日，显出十分满足的样子。

　　一只蝴蝶忙忙碌碌，妄图追回已逝的春天，它执着地憧憬着百花盛开的日子吗？

　　风徐徐吹来，新树轻轻抚摩着碧空，不停地点头。满地的树影微微颤动。新树之间晾晒的衣物，也把影子投在地上，翩翩舞动。

靠近落叶树的邻家，距离新树较远。隔墙能听到咿咿哑哑的织机声。

又

太阳落了。青灰的云挂在新树梢头。

晚风送爽，新树在高空微微抖动，麦地静静滚起了绿波。暮气苍苍，天色向晚。

回望后山，松林之上，十四的月亮硕大如盆，尚未散射出强光。漫步田野，豆叶豆花，香气袭衣。

天上，空气、风、月，所有的一切，像水一样淡，像水一样清，像水一样不停地流动。

四月二十日

暮春之野

青叶茂密,村村埋在绿树丛里。芦荻长大,河面变得狭小了。

站在河的上游,观看落日在村庄那面沉没下去。太阳已经接近小坪山峰。山色青青,村里苍郁的树梢,泛出暗紫的颜色。晚潮渐渐涨了上来,河水倒流,满河水泡,像浮着团团白雪,掠过水中芦苇的影子,向上游漂去。河对岸张着提网,人躲在青芦之中窥探,每提起网来,网眼便映着斜阳闪着紫金色的光芒。水珠像粒粒珍珠滴进河里。

不久,太阳摇荡着一轮红球落到山顶。残照把树林的上空涂抹得一片通红,河水也泛着红光。海潮将河床涨满了,于是,晚霞流丹,青芦载影,白泡映玉,丛林浸翠,流水漫漫,欲将小板桥淹没。鱼儿时时在林影里跳跃,碧青的水上涌起一阵雪白的浪花。

晚风拂拂,残照的影子渐渐淡薄,芦和影合为一体,唱着清歌迎迓着暮色。不知何处的寺院,敲响了暮钟,钟声渺渺,在原野上回响。

片刻,大地被沉沉的夜幕掩没了。透过人家的门窗,可以看到火红的灯光。

五月十日

苍苍茫茫的夜晚

最沉静的莫过于收割完麦子后的农家的黄昏。

游览了神武寺,及至傍晚,一个人沿田间小路返回。太阳包裹在苍黑的暮云里落山了。云隙里迸射出的一抹火红的残照也随之消失了。田野,村庄,山边,升起了烧麦秸的缕缕青烟,蓬蓬地散开了。山野,村庄,茫茫苍苍。

静立远望,暮云晚山,暗影重合,水田渺渺,白烟迷离。望着望着,烧稻草的烟雾从一块水田蔓延到另一块水田。田里一片蛙声。

夕阳落,雾霭满,万物消融,恍惚如入无我之境。没有人语,没有杂声,没有灯影。

唯有苍苍茫茫,茫茫苍苍。

多么幽寂的夜晚!

独立黄昏,侧耳倾听,只有咯咯吱吱的蛙鸣。

这是真正的"夜"的声音。

六月七日

晚山百合

傍晚,登后山。青茅在夕风里震颤,百合花清香四溢。山丘之上,月影朦胧。太阳已经躲到大山的右面,残曛犹明。天上横曳着金黄的云朵,宛如彩旗翻舞,由西向北延伸。富士山刺破淡蓝的暮云,微微露出了峰顶。海水泛着紫色的暗影,一帆徐徐而过,在海面上飘动。

远望村庄,此时镶嵌于村与村之间的金色的麦田,不知何时已经收割完毕,现出灰黑的底子。水田多半插了秧,满布新绿的秧田和刚刚灌满水的闪着白光的田地,参差交互。一条小河,水窄如带,宛转流去,银光闪烁。麦子收获完了,村庄绿树环合,一片苍黑。这里,那里,腾起烧麦秸的青烟。烟雾眼见着包围了村庄,侵袭了山冈。这期间,黄昏趁势升腾而起。轻风送来一阵蛙声。

天黑,从山上下来,夹径青茅,苍碧一色。点点百合,如夜空迷茫的星辰,闪着惨白的光。晚风拂拂,山野黄昏,暗香盈袖。

山端月影,渐次明丽了。

六月十三日

画 | 土屋光逸

梅雨时节

雨，下下停停，停停下下。鸦声蛙鸣，争唱雨晴。

趁着雨歇，走出门外，踏着厚厚的杂有麦秸的淤泥，在村子里穿行。人们站在绿叶簇簇的房前采摘梅子，女人在地里种植甘薯。

田里大都插了秧，苗稀水涨，田田嫩黄。蛙声四塞。水从一块田流向另一块田，汩汩有声。只有梅雨时节才会听到如此浩荡的水声啊！

河流如膏脂，碧潮满满，一捆金黄的麦秸，上下浮沉着漂走了。岸边的芦苇，有一些吐穗了。孩子们折断芦苇铺在地上，坐着钓鱼。

空气沉闷而凝重。看，村里的炊烟，潮湿得难以飞升，只能化作雾霭在地上爬行。看，山野变得深蓝重绿，仿佛滴下一滴水来，也会化成漫漶的色彩。

山上传来枭鸟的叫声。

雨又沙沙沙地下起来了。

六月十八日

夏

梅雨放晴,忽而已是夏天。

打开格子门,垂帘而坐。帘外山青,穿着洁白衣衫的人来来往往。

富士山也换上了夏装。碧衣翩翩,神清气爽,头上仅仅挽着两三条雪带。铺绿垫翠的相模滩,吹来习习海风。你感受到它的凉意了吗?

又

今日在后山,首次听到茅蜩的鸣叫。清新悦耳,如摇银铃。

白日衔山,晚凉渐生。有人外出到河边垂钓。笑语喧哗,笛韵悠扬。小孩在放焰火。

夏季开始了。

七月十日

凉　夕

日落。坐在石垣上，垂着双脚钓鱼。面前，残照溢满河川；背后，青芦飒飒震颤。

潮水渐涨，溯流而上。河水澄碧，状如无物。水底更加鲜明。小小鳗鱼在水藻里奋力穿行。当年刚刚出生的黑鲷，在碧玉般的水中结队循游，水底印着惝恍的影子。虾虎鱼从石垣缝里游出来，躲开举螯来袭的螃蟹，转头逃遁。小虾顺着木桩向上爬行。攀附着石垣的寄居虫，像跳水一般咕噜咕噜坠落下来。

向下游望去，下游反倒像上游一样。那里山峦映在深水之中，碧影迷离。河水伴着凉风一起向这边流泻。涨潮时，"夕阳明灭乱流中"。残照的影子恍惚地映在水中，随波逐流。鱼群搅水，那波纹随即被流水抹消。河底毵毵细草，一经流水梳理，正要伴着流水而去。几队小鱼也随着顺流而下。

河水涨到我的垂着的足尖时，残照已经消逝，潮满河平。鱼儿在水里欢跳，那声音就像投进的石子一般。

七月二十日

立　秋

秋，今日来了。

芙蓉开了，寒蝉叫了，太阳赫然散发着热力。秋思已经弥漫天地了。

八月八日

迎魂火①

今日八月十三日，这一带照阳历计算，整整晚一个月份。作为年里一大祭日，今天是盂兰盆节的第一天。

太阳落了。晚风伴潮汐而生。河口泊着日本式小船，桅杆上挑着一弯初八的月亮，光洁如银，像残缺的白璧。

我的房东老太太，拿着一束稻草走到河边，那里面塞着杉树叶。擦着火柴点上火，稻草便熊熊燃烧起来。老太太将钵子里的水浇到地上，再把切成小块的茄子投进火中，合掌祷告：

"爷爷、孙儿，请驾着这火来吧……请吧，请吧，请到家里来吧。"

两年前失掉母亲接着又失掉父亲的五岁的儿童，也合着小手朝火堆膜拜。

河边随处都燃着火。我走到其中一堆火的前面。只见一位年逾八旬的老太太，捏着线香，目不转睛地望着火焰。这位老太太，去年失去了她的老伴。

火势渐渐小了，不久变成了灰烬。潮汐拍击着石垣发出阵阵声响。月亮、天空虽然不能言语，似乎也一起凝望

---

① 原文作"迎火"，盂兰盆节的第一天，为迎接亡灵在门前点的火。

着这个世界。

死者不会知道吧?"不。"——听到吗?晚风这样轻声回答。

八月十三日

泛舟河上

泛舟御最期川河上,溯流而上。

斜日西坠,残阳照水。山上,蝉鸣嘒嘒。

小船伴着暮色一起向上游而来。夕潮漫漫,青青芦洲,一半浸在水中。舟行所至,冈峦耸翠,碧影卧波。时有鲻鱼高跳,画出银白的水纹。

日暮,水白,两岸昏黑。铃虫、松虫、蟋蟀,夹河齐鸣。山色冥蒙,枭鸟呜咽。空中传来白鹭的叫声。

八月二十日

夏去秋来

女萝花开,柿子泛黄,甘薯渐渐变甜了。寒蝉尽鸣,松虫、铃虫夜唱,它们共话秋的来临。听,粟、稻、芦的穗子,正在发出窸窸窣窣的响声。

微雨沙沙,时降时停。这声音正为今年的夏季送行呢。

八月二十八日

秋 分

今日秋分。

晨起外出,白露满地。稻穗、粟穗、芒草花、芦花,无不浸在露水中。虫声如流水。

又

彼岸节中日①,附近的男女老幼到藤泽和镰仓参拜寺院。归客如织。河边钓虾虎鱼者,比肩列坐。

午后,斜阳悠悠,碧潮满川,行人满路,日光满天,伯劳鸣声满耳。无风而气清,秋满心间。

又

日没。无花果下,叶影黯淡。芙蓉秋夕共凋残。空中雁声传。

十五夜,雨打月,今宵复照人间。庭中细沙疑为霜,

---

① 秋分前后共一周的时间为彼岸节,秋分居中间,称中日。

树影森森遮地面。

院里胡枝子白花映月，好似雪光闪。

九月二十三日

钓　鲦

一

"阿叔，去钓鱼吗？"

星期天，正在吃午饭，外面的帘子揭开了，邻里的小姑娘来邀。这女孩的父亲是东京人，长期住在逗子，他有一只小船，时常到远海钓鱼。

我搭讪了两句，急忙放下筷子，腋下挟着鱼竿、鱼篓和铺垫，来到河边。船已备好了，船主——姑且叫甲某吧——正在徐徐解缆。另一位老爷子上身穿着单衣，外面罩着旧的警服外套。他是茶馆老板，也是个钓鱼迷，权且称他乙某。

出了河口，斜穿湾内，走了二里多路，便到了鲦场。这里只有三四丈深，水底是岩石，水藻纵横，是鲦鱼聚居的地方。附近，这种地方屈指可数。离开这样的地方，一天也钓不上一条。甲某握着橹，不停地望着山岭思索着，不一会儿，他点点头抛了锚。原来渔夫常把山谷、树木、房舍当作寻找渔场的标记。我问渔夫在哪里钓鲦。渔夫指指山上的松树，告诉我：

"瞧，那里不是有棵大松树吗？就以它为标记吧。"

据说钓鲹最合适的时候是九、十、十一三个月。现在最好钓的是当年长到四五寸的幼鲹,有时也能钓到身长一尺以上、长到两三岁的圆鲹和母鲹。然而,这时节的鲹鱼身子绵软,尤其口部更为细嫩,用力重了,鱼鳃撕裂,鱼就会脱钩逃走。

鱼钩选用钓鲹鱼用的,鱼饵多用小沙丁鱼。鲹鱼本身切成碎块也可以作为钓饵。时间一般选在早晨或晚间,水越深越好。这对于钓任何鱼来说都一样。

一艘小船照管三个地方,三人分别下了钓丝。不知道因为时间尚早还是因为水太清,只钓得两三条近岸的小鱼,连个鲹鱼的影子也未见着。甲某用深水镜观察海底,喊道:"黑鲷来啦,黑鲷来啦!"连忙用鱼渣和熟白薯搓成饵,装在钓丝上放进水里。鱼还是不上钩。黑鲷本是一种很贪馋的鱼,凡是用虾米、蚯蚓、小蟹、牛肉、白薯,乃至上方地方①经常食用的鲱鱼、酱和面粉调制成的,它都爱吃。但是,今天水太清,日光穿过碧玉般的流水,仍然十分明亮,使黑鲷的眼睛看得清清楚楚。通过深水镜可以看到,五六条脊背黝黑的鱼围着钓饵转来转去,非常想吃,可就是不敢靠近。这时,船尾有人打了个呵欠,甲某首先把系着铃铛的铁丝插在船边,拴上钓丝(鱼一旦上钩,铃铛就

---

① 指京都、大阪等地。

响），开始抽起烟来。乙某也打了个呵欠，从旧皮包里掏出烟盒。我也伸了伸懒腰，恍恍惚惚闭上眼睛。不久又睁开来，眺望着海面。

已经过三点了吧，太阳西斜，海上横着一条银白的柱子。正是好时候呀，北风从大陆吹来，冷飕飕地掠过海面。细细的波浪轻轻敲打着船底。鱼鳞似的云朵，从天心向东南方飘浮，宛如碧蓝的天际荡起银白的波涛。云影在海面上飘浮，摇曳多姿。富士、江之岛、足柄、箱根、真鹤岬以及伊豆的天城山，屹立于夕阳的光辉之中，历历可数。向左首一望，近是叶山，远是三崎，三浦半岛纵向而卧，看上去很短。天城和三崎之间，伊豆大岛依稀可辨。这里，那里，点缀着五六片白帆。大岛的尖端处，有一个恰似用笔尖点的圆点，抑或是钓松鱼的小船吧。名岛那边，捕捉章鱼的船桨不时像银针一般腾空闪耀。离开这里三十多丈处，泊着一只小船，伸着长竿正在钓针鱼。当鱼竿上举时，针鱼光闪闪地跳进舱里。不知从何处荡来一片竹叶，上面有两只黑蚁。仔细一看，是小船。那像黑蚁一样的是两个船夫，正在奋力摇橹。随着船橹的运动，他们的黑影时而交叉成 X，时而分离为 H。就在这一离一合的过程中，逐渐变大起来。

秋来了，秋来了，秋真的来了。背后逗子的群山，似乎彻底地变成苍黑色了，岿然不动。山边传来伯劳频频的鸣声。还可以听到从叶山驶往逗子车站的马车的喇叭声。也许看到人们没有带猎枪吧，两三丈以外，一只海鸥不时掠过水面，偷吃鱼饵。"人们太不中用啦!"——它嘲弄般地向这边飞来，昂首挺胸地漂浮在波浪上。

二

不知不觉间，那一叶扁舟驶近了，在离我们的船二十多丈远的地方下了锚，开始钓鱼。另有一艘钓针鱼的船，停在旁边。我们启了碇，换了换地方。

"怎么样？老爷子，这里鲹鱼多吗？"

"唉，好容易才诓得两三条哪。"小船上的渔夫回答。

"两三条？看咱的吧。"——那人垂下钓丝等着。这时十丈开外的水面，突然有什么东西不停飞动。

"是梭鱼吗？"甲某问道。

"不，是对虾，鲈鱼追赶它们呢。"

回答的话音刚落，一只小船早已拔锚摇橹驶过来，迅速伸出钓竿，也想"诓"得几条鲈鱼上来。谁知都未能如愿，便划回原地，继续钓鲹了。

俗话说，秋天的太阳像水桶落井，当它接近箱根的驹之岳峰顶时，富士山头早已一片暗紫。风全然息了。落日的余晖映着河水，金波荡漾。百劳不再啼鸣，陆上初次听到乌鸦的哑哑叫声。多么静谧的秋日的黄昏！天高海渺，风平浪静。夕阳的光辉独自充满这个空间。

忽然哐啷一声。甲某钓丝系着的铃铛响了一下，接着又连连响了好几下。来啦！于是抽着钓丝，向那末梢一看，果然一个蓝背、银腹、大眼、巨口的五寸长的家伙，哗啦哗啦游过来了。眼看着自己手指的钓丝一抖。上钩啦！用手一拉钓丝，很重。是个大家伙！提起一看，果然是条圆鲹，足有一尺多长。

哈，到底钓着了。三只小船平行摆开，下饵、投丝、起竿，真可谓全神贯注，目不转睛，屏住呼吸，在暮色暝暝的水上忙碌着。时而投丝，时而起竿。邻边船上扑咚一声响起铅锤落水的声音，这边船上，钓丝擦着船舷咯咯作响。钓上来的鱼在船板上蹦跳着，哗啦哗啦掉到竹篓里。

"啊，这回是个大的，快，快拿端网来！"甲某急忙叫喊。

捞起来一看，嚄，简直大得叫人吃惊。

"妈的，到底钓着啦！"乙某在船里自言自语。我一看，他钓了一条黑鲷。黑鲷先生，刚才你围着钓饵打转不敢吃，现在天也黑了，你的眼珠也混了。

一阵喧闹过后，又恢复了沉默。钓了一些时候，大概叶山的寺院开始撞钟了。暮钟沉重的声音响彻了海面。

"怎么样，该结束啦！"甲某望望天空。

"是吗?"兴致未尽地叹息了一声。抬头一看,不觉太阳已经沉没。由富士到相豆的群山,在日落后淡黄的天空泛起了湛蓝的波浪,那轮廓依然十分清晰。附近叶山和逗子诸峰已经是夕霭如织了。用潮水洗一洗手,其温如汤。然而,海上的空气渐次变冷。乙某把旧外套的领子也竖了起来。大岛早已消失了踪影。钓松鱼的那只小船也不见了,想必已经返回。"哎唉,哎唉,哎唉。"远处传来摇橹的吆喝声。

其余两只小船也已起碇,一只向小坪,一只返归新宿。我们也收拾好渔具,告别富士,冲开紫色的河水,缓缓划行。天色已经昏黑,海面依然明朗。前方、海滨、松林、人家,到处升起晚炊的烟雾。山野茫茫,融成了一体,只剩下一片朦胧。橹声吱呀,间或传来两三声响亮的雁叫。

接近河口时,舟行于山影之上。受惊的鱼儿蹦跳出水,在黑森森的水面上划出一轮轮白圈儿。火光闪闪烁烁,远处传来犬吠。小船驶上退潮后的浅滩,只见岸上站着一个穿白衣服的人。

"是爸爸吗?"传来一声孩子的叫喊。她就是刚才那个小姑娘,她的母亲也站在那儿。

"打只灯笼来。"甲某一边喊一边把船系好。他用端网把竹篓的鱼捞出来,分装成三只篮子。出钓的时间虽短,但也弄到七八十条,个个活蹦乱跳的。

"再见,累坏了吧?"

拿起鱼竿、坐垫,拎着沉重的篮子,回头望了望。右侧便是黑黝黝的鸣鹤岬。今日出钓的海面,眼下依然泛着白光。富士山隐约可见,峰顶有一颗亮星,在淡紫色的天空闪烁明灭。

            十月三日

同大海作战

一

不知是幸运还是不幸,至今我未曾持枪抵挡过敌军的进击。这回第一次同大海作战。

创作战争题材的小说,必须首先交代清楚战场的地形。相模滩的海面向正南开放,吞吐着太平洋。逗子湾位于滩的东南隅,开口朝向西偏南,吞吐着相模滩。田越川又朝向南偏西,吞吐着逗子湾的水。这个河口地带的两岸,有二十来户人家。自己侨居于东岸,门前沿河有通往三崎的公路。路边的一段高地上,右有堂屋,左有小竹林,中间是前院,院里有藤架。再向后还有一段高地,是我们全家的寓所。顺便说一句,听说这座小竹林绝不能毁掉,这是当今房东从祖父那辈起就留下的遗言。

五日降雨以来,田越川的河水迅速上涨。六日傍晚,船一只也没有了。有的拖上了陆地,有的逃遁到很远的水面去了。七日晨,涨潮的时候,水一点点漫上通往三崎的公路。皇太子殿下行幸沼津之前,曾经指挥土木工人,不断在这一带打木桩,填砂石,眼看着垫上木板可以通行了。正午时分,雨稍稍停了。闷热而恶浊的空气包裹着整个房子。打开门窗,一团像澡堂里水蒸气般的湿雾直向脸上扑来,座位旁边书橱上的玻璃,眼看着流汗了。出外一看,天空、海洋、河流一片混浊,眼看就要发生什么事情一样。近处的人不住仰头看天,还有人匆忙关闭门窗。我跑进老龙庵——这里是家父隐居的地方,一百多丈之外便是河的上游。这是因为地势高,不必担心水的威胁。——关上门,下了闩,锁好插销,防备风吹来。我刚走回来,风就刮起来了。是南风,雨也袭来了。挡雨窗漏出一道隙缝,雨点像子弹砸到窗上。坐下读书时,风声、浪声、雨声,包围着屋子,仿佛坐在孤舟里一样。

约莫二时许,堂屋里跑出三四个孩子,吧嗒吧嗒向这里奔逃。前院里传来房东的叫骂声。我连忙站起开门,不由大吃一惊,海水已涌到放鞋子的台阶下了。房东和女儿站在满院的水里,正在放置防波的圆木,眼里布满了血丝。

"我也来帮忙。"

我一声高叫,将衣服紧紧缠在腰中,然后跳下来。海水抛下陆地飒然而退了。多么惊人的力量!道路石垣上压着三尺多长的石条,简直像小石子一般,被大水冲得咕噜咕噜直打转。

"看,又来啦!"

雨猛,风狂。这时,我想起雨果《渡海滩》中主人公格里亚特在孤岛上冒着暴风雨搬弄防洪器材进行抢险的一节，于是，我也着手制造防洪工具了。就像面对着炮弹的袭击筑起的障壁。左首的竹丛是坚强的堡垒。令人焦虑的是从竹丛到堂屋这段空地。把所有的杉木捆成一束，再绑到藤架上。我又和房东二人滚来一块二百多斤重的巨石，作为基础。房东还不放心，又忽然看到路上那块被大水冲跑的石条，就势跑了过去。

"来啦，来啦，先生！"

房东一连串呼喊着，我们好容易把那块大石条安放在防波堤上，还未来得及退出，后面一道巨大的波浪，押着河水倒灌而上，一跃掠过路面，迅猛地涌过刚刚建成的防波堤，在院子里四处泛滥。另一道巨流，斜着掠过防波堤，向堂屋的挡雨窗猛扑过去。一片窗板被冲倒，洪水从缝隙滔滔而入。房东女人赤着脚拼命朝里面搬弄家具，一面喊道："怎么办呀？东西全都泡在水里啦！"

二

三日连绵雨未停，河水漫漫齐岸平。加之潮涨，更有暴风。风驱使海，海挟持风。一湾滩里水，一河湾内波。河水上涌，威胁着三十二户人家，实乃不堪忍受。

恰好，寄宿于山脚下人家的五六个青年人跑过来了。他们强健的手脚潜在波浪之间，抱来十四五块巨塔般的石条，排列在圆木之上，然后又在上面叠放一根大圆木，用粗绳交叉着捆绑起来。堂屋的挡雨窗，里外都用圆木支撑，像篱笆一样夹得紧紧的。其余地方结结实实竖起三个梯子。正面的防波堤虽然粗糙，总算建立起来了。且看胜败如何了。

来不及绞干被潮水打湿的衣服，把它挂在藤架的大柱子上，权且当作本营的帅旗，站在防波堤上一看，敌方势力好不雄威！

灰色的天空低低压在海面之上，腾起的水气若云若雾，不断向北方汹涌而去。经常在海上看到的富士和相豆的群山哪里去了？怎么连个影子也没有？大雨滂沱，远处的洋面锁在烟雾里，茫茫一片，分不清哪是天空，哪是海洋。八里之外，烟水跳荡，浊浪排空，银光四射。浪涛冲击着鸣鹤岬的石垣，水花迸射开去，腾起三丈多高的水雾。至于眼前河口的形势，更是蔚为壮观。平时，八月一日的大潮之际，高高雄踞于水面之上的沙洲，如今也尽没在深水之中，连一根草梢也看不见了。河口的咽喉地带，比平常宽出一倍。由于连降三天暴雨，河水猛涨，在河口处同潮水相撞。潮水依着风势，骎骎而来，在饱涨的河水的阻挡下，被压抑在河口的石垣之间，激荡、汇合、翻卷、咆哮，满含着十二分的怒气。此时，适值阵阵狂飚从天空袭来，大海像被巨神的手一撮而起，绵亘四五里远的黑魆魆的巨涛，抖动着银白的鬣毛，喷洒着白沫，一字长蛇阵直奔陆地涌来。这条巨涛北被小坪岬撞碎，南被鸣鹤岬的石垣撞碎，正面则被新宿的海滨柔情挽留住了。海水正在不得志之际，发现田越川河口倒是唯一的出路。这里防备薄弱，可以乘虚而入。一旦找到这个突破口，便排闼而入。河口的水大吃一惊，立即动员起来，派出先头部队，同来犯之敌一起争夺那狭隘的通道。两股水流互相碰撞，发出巨大的轰鸣，就连突袭平壤的清军白马队也比不过。只有当年滑铁卢战役中，一举攻入坚如铁石的英军阵地的法国装甲骑兵团，才有这般气势。因此，首当其冲的河两岸的石垣、筑坝、板壁和砖瓦纷纷崩坍。退潮时，各种崩坍毁坏的器物，刹那间又被席卷而去。我的寓所同河斜对着，左角被竹丛掩蔽住了，加之那道粗粗垒成的防波堤居然起了作用，多少阻挡了波涛的威力。可是，我室前面放鞋子的石台却始终泡在水里。堂屋门内泥土地面的水也快要没过脚踝了。

战场恐怕就是这番模样吧。危险里也会昂扬一种豪壮、誓死决一胜负的浩然之气。房东的女儿同前来半是助战半是看热闹的附近的女孩子们，一同站在防波堤上，向远海眺望。她们全不把狂风暴雨和浓重的水雾放在眼里。看到高山般的波涛向河口奔涌，她们便站在那里高喊："来啦！""这回真大啊！"等波浪抵达她们跟前，便一同轻捷地跳进水里。"快追，快追！"（大浪袭来时，齐声叫着追去，这是海村的风俗。）房东叫喊着张开两手，"呀，呀"地随着波浪追击。于是，助战的男女，以及从挡雨板的缝隙里窥视的小孩子，都一齐举手，高喊着追过去。心地险恶的波涛，在村民们的斥骂下，越过防波堤，留下一片泡沫，飒然而退了。人们都从高处跳下来，追逐着退潮的尾巴。也有的站在防波堤上，目送着潮水退去的情景，仿佛同大海玩捉迷藏的游戏。河的上游，左右两岸，也不断传来"呀，呀"的喧闹声。波浪被追逐着，像一头愤怒的狮子，排成一字直线，穿过两岸的石垣、板壁和人墙，摇撼着富士见桥，终于艰难地飞越过上游五六十丈以外的某氏的宅邸。其余的波浪一直奔遥远的上游涌去。

雨住了，风也稍稍停歇了一会儿，又转从西南方向狂吹过来。被撕碎的树上的绿叶，纷纷飘飞，发出呼呼的吼声。波涛汹涌，风卷起直立的浪峰，飞洒出一片白烟。海和天，风和潮，沆荡一体，浩浩无边，再也听不到一点其他的声响。波涛不住卷来，道路上的海水深达行人的大腿，庭院里的水也足可以没胫。

在这样浩大的洪水里，脚夫义不容辞地挑着邮件跑来，又毫不停留地跳入水中。富士见桥头的土堤被冲垮了，通往向洲的通道全然断绝。

抢险战斗进入了高潮。

倚着树木向河口望去，山岳般的大浪重重叠叠地席卷而来，仿佛箱根的群山一齐拥向这里。我的住房的南边被竹林遮蔽了，看得不很分明，但还是能望见位于对面洲头的某氏的别墅。此时，那里正面的土墙已被冲毁，房屋明显地向前倾斜，只剩下一道横墙和两三棵松树。海浪山一般接二连三地压过来，只见松树频频点头，一个更大的浪迅猛地从树梢一跃而过，犹如瀑布下落，松树早已无影无踪了。唯有房屋向前低俯着，等待下一个巨浪的攫掠。与别墅相邻接的养神亭南角的石垣，波涛每袭来一次，就像儿童搭的积木一般籁籁崩溃，上边的石板只是颠簸一下，便颓丧地倒塌了。站在外客厅观看波浪的一个客人，拎着行李仓皇向里面奔逃。宛如观看鹫津、丸根城池陷落①一样。

　　由于受到人们剧烈的蚕食，如今大海猝然震怒了，千金之费和百日之劳都被它一举所破坏。不知是从哪家攫取来的青青郁郁的松树，门板、坛子、木桶、木板、木条，所有的东西都在浊浪里或浮或沉，被揉搓，被摆弄。大海将把夺取敌人的东西当成攻击的武器，打碎了敌方的城垣石板。村里的百姓本来都抛下手钩，设置了障碍，搬到了岸上。这回看到波浪来势汹汹，终于逃走了。大海竭尽全

---

① 鹫津和丸根均为织田信长在静冈的两个城堡，1560年被今川义元攻陷。

力在复仇。

前面的波涛刚退,身后又传来喊叫声:

"哦,里院也进水啦!"

海水又从储藏室和书房之间泛着泡沫,滔滔奔流而至,冲过邻家的回廊,卷过竹丛,从反方向袭来。真可谓腹背受敌。看看表,才三点半,离六点半涨潮时间,尚有三个小时。

这时,我自己也全傻了。那心境仿佛那位英军将领,立马树下,遥望着潮水般的法国精锐部队,一面看看表,自语道,"是布尔切①军队吗?现在是黑夜吗?"

三

雨猝然停了,风也暂时息了。伊豆那边的天空茫然地有些发亮,黄色的天空出现了淡漠的山影。

"唔,可以看到对面的山啦!"

男女老幼一齐喧呼起来。听到这一声喊叫,我的心情好像和惠灵顿听到普鲁士军队从法军的斜刺里打响了第一声号炮那样高兴。②

---

① 布尔切(G. L Blucher,1742—1819),普鲁士将军。
② 1815年6月,惠灵顿率领英普联军,于滑铁卢大败复辟帝制的拿破仑,从而结束了长达二十余年的欧洲战争。

战事早过了高潮,刚才的一吹,一浸,只是敌人最精湛的两手。敌方的旗仍在飘动,风还在吹。不过已经奄奄一息了。波浪依然很高,但也高不过刚才的了。不过这里面总带着强弩之末的那股劲儿。此刻,我从后边竹篱的破洞钻出去,跑到老龙庵一看,不出所料,松树的小枝折断了,花草俯伏着,道路大部被冲坏,但房子的基石一块未动,屹然站立在原处。

四时过后,风力愈加衰微。云层像大幕一般向北卷去。南方露出了青空。富士的头上虽然还戴着棉帽,但是它的姿影和相豆的群山却了然可见。后山突然传来了蝉声。房东却早已来到了这里,他坐在圆木上,把双脚伸到汹涌而来的海浪里洗濯着,抽着烟。前来帮忙的男子,一边嚼着饭团,一边同房东家的姑娘闲谈。

激战既罢,顿觉腹内空空。连忙更换了水淋淋的衣服,扒了一碗茶泡饭,向南邻一望——北邻的位置和防护都很好,所以平安无事。——却什么也看不见了。某氏的别墅,石垣和板墙荡然无存,松树也连根拔掉了,树头插到廊缘下面了,这里的车夫的厕所歪斜得像比萨的斜塔。井栏冲毁了,滔滔的波浪在地板上任意来往。南邻的另外一家,南屋的房顶尽被大风刮走,台基全都浸在水里,支撑着半生不死的肢体。前面道路上的电杆倒地了,电线垂挂在水中,不住随水波飘荡。风停歇了,然而大海仍在发怒。眼下正是涨潮的时候，简直有些势不可挡，每每排闼而来，房子周围便是一片汪洋。远方一位身着紫色夹衣的少女，被波涛从别墅赶出来。拼命抓住下人的肩膀，一边眺望着眼前惨淡的光景。

望着望着，天色昏暗了。片刻，忽然又像回到了正午。空中赫然明丽起来，原来那是灿烂的晚霞。所谓"战余落日黄"，就是指的这种情景吧。霞光将满天满地烧得一片焦黄，唯有大海却奔涌着紫色的狂澜，铿鞳有声。洪水劫余的破屋，顶着满天云霞兀立在我的眼前，踏着刚刚退潮后残留的浊水，面对着此情此景，不觉有一种阴森森的寒气扑到身上来。

入夜，风渐止了。"大风过后海浩荡。"余怒未消的海洋，映着星光独自咆哮着。战事已告结束，大海终于败退了。可是，家家户户没有撤掉窗前的障壁，没有放松警惕。富士见桥畔，篝火彻夜燃烧。

四

第二天，八日晨，早起一看，老天故意捉弄人一般。回顾昨日的战场，目不忍视。自己虽然也参加了激战，但比起别处要显得轻松些。

距我的寓所前三四十丈远，道路消失了，变成了昔日的海滨。那里的别墅，基石被大浪吞没了，地上的沙土被卷走了，向前倾斜着。这里的客房有一半悬在空中，随时都有可能坍塌。

大树根经洪水冲洗，长长地露在外面，像章鱼的脚。路上的石条被冲得远远的，颠扑在田地里。鸣鹤岬下新筑的石垣，有三四十丈的一段，被波涛冲垮，化成了散乱的石滩。河口一下子变浅了，河心洲一夜之间换了个位置。

再向叶山方面走走，路中央全被打捞上来的木船阻塞了。这里费了九牛二虎之力才把倾圮的房屋支撑起来，那里的储藏室又倒了。清理杂乱的烂草，又把裸露的房子从头到尾洗刷一遍。别墅的山崖崩塌了，房子的半边看上去好像悬浮在空中。一些石匠从沙地掘出被掩埋的像俎板一般大小的条石，一块块数着。一位老爷子的鱼篓被大水冲走了，损失了足有二十两银钱。他驾船全神贯注地去寻找。有的人家，粮袋在波涛里直打转。有的人家，虽然距海尚有三四十丈，但也一下子被巨浪吞没了。有的人所有的东西都湿了，有的人嘴里直叨咕着什么。不管到哪里，都是这幅情景。凡是碰到人，总是说："好大的一场暴风雨啊！"

听房东说，这是十四年来第一次大水。

秋渐深

走在野外的路上,你会看到,在收获粟米的大忙时节,已经开始收割稻子了。

荞麦如雪,甘薯地里盖满繁密的叶子。看吧,村里伯劳鸣叫,红红黄黄的柿子,像星星闪闪放光。

君子兰、鸭跖草、野菊、红蓼,它们的种子或果实如粟,如稻,如乌麦。踏着草丛里的虫鸣前行,青蛙跳,螽斯飞,有时还能看到螃蟹沙沙爬行。

又

走在山间路上,芒草、萱草牵吾衣,着实可爱。

山里的秋渐渐深了。且不说什么树先着了色,什么叶子开始凋零。我感到树林渐疏了,山骨渐寒了,风吹树叶的声音听起来渐枯了,每棵树一天天透明了。默然迈步,可以听到咕噜咕噜东西落地的声响,那是小鸟蹬落了石子,或是栗子自动掉下地来。其余呢,静悄悄再也没有什么声音了。

十月十一日

富士戴雪

富士戴雪,戴着清凛的雪。

秋空何其高爽。相模滩带着风威的怒号何其豪壮。可曾看见,在这海天之间玲珑而立的富士的秀色?

从绝顶到山肩,银白的雪包裹着青碧的山肤,上头不露一丝缝隙,下面镶着一道花边儿。雪色明净,纤尘不染,同日光相辉映,衬着水一般澄碧的晚秋的天空。踏上伊豆的群山,俯瞰雪浪万顷、水声滔滔的相模滩,顿感皎洁秀丽,神威十倍。

峰顶一片雪,不仅为富士增添十倍的秀艳和神采,更能为四周的壮美风景起到点睛之妙。

东海之景因有富士而越发生气勃勃,富士山因有雪光而愈见神韵风流。

十月十六日

寒 风

今天的风，是初起的寒风。

遥望天空，没有一丝云，从天心到地平线水一般青春一碧，日光晶晶，无所不至。而风不知从何处吹来，越刮越大，吹过大海，掠过高山，不停地横扫着树叶。天空的颜色，树叶的响声，所有这一切，都带有一种干枯的意味，这使人想起秋已深了。

又

太阳被风吹落了。抬眼一看，十二的月亮不知不觉已升上后山，犹洞然而无光。真叫人担心，猛烈的寒风会不会把月亮吹熄。

七时许，出外一看，月明如昼，凌乎于寒风之上。

地面上敷着银白的霜。踏着树影参差的黑魆魆的道路向河口走去，只见前面江心洲一带，白浪映月，水面上如有银蛇飞行。

十时许，寒风依然未歇。海涛声，门窗的摇晃声，树梢的呼啸声，同蛙声交混在一起，在屋子周围轰响。开门一看，满天满地皆月色。

十月十七日

寒风过后

寒风像忘记什么似的停息了。庭前的樱树刚才还在风中摇晃,沙沙作响,如今却静如画图,就连那树枝之间的蛛网也看不到一丝的震颤。风收集的落叶,这里一堆,那里一簇,静静地伏在地面,默默无声。

站在院里,仰望天空,从地平线到天心,没有一丝云,晶莹玲珑,明镜般洁净,碧玉般温馨,深渊般饱含着光辉,比名工锻造的利剑更加清寒爽洁。高深澄明,简直可以一眼看到上帝的圣座。

今日真正是晚秋时节最典型的一天。两天大雨,两天大风,经过雨洗风扫,天地干干净净,天空日渐高爽,空气日渐清澄,太阳日渐明亮。莹莹宇宙,宛如一块玉璧,大自然再不会有比这更加完美的秋日了。

十月十八日

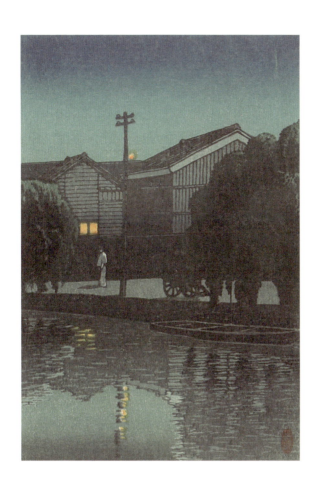

画 ｜ 川瀬巴水

月下白菊

沐浴着如墨的树影,独自站在月夜的庭院之中,可以闻到月下白菊的幽香,可以听到花和月的窃窃私语。俯身攀折一枝,露水瀼瀼,月影也随之簌簌零落下来。

朝来的雨止了,风息了,月夜的静谧实难用言语形容。是被什么惊动了呢?井畔的无花果叶子一阵喧哗,其后满院静寂,月和影一起睡了。

只有檐沟昏暗的阴影里,滴滴嗒嗒,偶尔传来一两声低语。

十一月十二日

暮 秋

踏着柿树的落叶,登上后山。

黄茅萧萧乱舞,青碧的龙胆,朱红的棘子,点缀着道路。

从山上遥望,田里已经收获完毕,麦绿初染,村庄瘦瘠,晚秋的原野一片宁静。五六只乌鸦,站在山间的树枝上,向对面的村庄连连鸣叫着,哑哑之声响遍山野。

十一月十五日

透明凛冽

碧空无半点云翳,透明且凛冽。向天投石,戛然有声,是天在鸣响吗?

风停息了,摇动的空气莹然凝结了。此刻的空气铮铮如金,传递物响,不像春天那样,音波悠悠,充满天地。却好比用三棱飞箭射空气,空气戛然有声,瞬间即止。

十一月二十日

晚秋佳日

今日是艳阳天。

早晨起来,在井边洗了脸。空中泛出微微的紫色,但山边依然有些昏暗。鸡在窝里摸着黑啼叫,麻雀却早已在树梢欢歌。晓风泠泠,拂面而来。

走到河畔,潮干了,浅了。水面上浮着的船似乎仍在梦中。几户人家的大门仍然关闭着。残月的微光洒在沙滩上。踏着月影走近河口,观看富士日出。

富士尚带着薄蓝色屹立着。相模滩没有一星光亮。除了西天一抹微红的光之外,所见之处,无不带有一种凄清的冷色。鸣鹤岬方向,赶马人坐在马车上,合着嘎嘎的马蹄声,哼着小调,那裂冰似的声音震荡着早晨的空气。

西天的红霞渐渐下落,已经沉到富士山背面去了,山头尚有一点红色。看着看着,那峰顶的白雪像经手指一抹,带着淡而浊的朱色。定睛注视,雪上的斑点,一秒一秒逐渐扩展,逐渐清澄,逐渐明亮,最终暴出了浅红的光芒。雪吸收了朝阳投射的红色,眼见着向四面浸润,富士到底出现在绯红的光彩里了。一只鸢鸟从鸣鹤岬飞来,掠过富士山腰,吧嗒吧嗒拍击着羽翼,滑翔了一阵,又吧嗒吧嗒拍击着羽翼,迅速地飞走了。

再伫立观望下去，红霞已经波及相豆的群山，回顾北方，小坪山一带的天空，全然变红了，河水像流淌着满河的胭脂。相模滩点点帆影。近处是清冷的暗灰，远处是一派金黄。

又

傍晚，又来到河滩观看落日。这里正是早晨望富士的所在。太阳正向鸣鹤岬右侧沉落，白光灿烂，目不能视。鸣鹤岬背负着落日渐渐暗了。石垣也黑沉沉的。石垣下面泊着一只船，桅杆中间悬挂着卷起的船帆，被日光映衬得黑糊糊的。桅杆顶端斜坠着两三条帆网，向着阳光的一面泛着金色。

水干，沙广。一个农民站在落霞闪耀的河里洗木桶。前面沙洲有个拾贝的小孩子，黑黝黝的身影映在水中。

放眼远望，富士和相豆诸山沉浸在苍茫的紫霭里。不一会儿，太阳摇晃着双肩渐渐下沉。起初，四周迸射出银白的光轮，慢慢地，白光消失了，金色的天空腾起一个历历可见的圆圆的黄球，一秒一秒向下坠落。随着太阳的西沉，山的紫色渐渐加浓了。

不久，太阳接近伊豆山峰，接着慢慢残缺了，然后变成一弯金梳，一粒光点，终于进入地下了。刚才在夕阳的照射下，欣欣向荣的家家户户的西南面，如今忽地变得冷凄凄的，仿佛使人感到，乾坤的生命就要完结了。不是吗？光明就是生命啊！

然而，落日尚有余晖，相豆的群山变得浓紫，接着又变成蓝色。日落后的天边由金黄变得朱红，再变成焦褐色。其余的由浅黄变得缥碧，变得绛紫。一颗亮星出现在落日离去的天际。

残曛烛天，暮空照水。站在秀丽的黄昏下，感到自然界真是一片清新，美不胜收。

十一月二十四日

时雨^①天气

今天是时雨天气。

哗哗地下一阵儿,停一阵儿;停一阵儿,再下一阵儿。客栈的娘儿们一会儿晒东西,一会儿又收东西,忙得不可开交。自然界马上就要进入冬季,心绪总有些不大安定吧。"碌碌尘世多所思,潇潇阵雨应时来。"^② 可见古人吟咏之妙。

太阳被裹在轻纱般的薄光里。山野茫茫,落叶的树木湿漉漉的。空气郁闷,凝重,恰似春阴时节,有的只是寂寥之感。

十一月二十七日

---

① 指秋冬之交的阵雨。
② 江户中期俳人栗田樗堂(1749—1814)的俳句。

寒　星

　　寒星满天。深黑的屋顶，深黑的山峰，到处都有灿烂的星光。榉树的叶子脱了，树梢像大扫帚一般摩挲着天空，每一根枝条都挑着星星。静立于院中，听夜风像狂涛掠过山顶。邻家夜舂，宛如远处殷殷的雷声。

十二月五日

寒 月

夜九时，开门，寒月如昼。风吹动着千万棵落光叶子的树木，飘飘飒飒，在空明的霜夜里飞舞。地上的影子随树木一起摇荡。到处是散乱的落叶，在月光下闪耀。走在上面，簌簌有声，如踏玉屑。

举首仰望，高空无云，寒光千万里。天风呼号，大海怒吼，山野骚动，乾坤皆发出悲壮的轰鸣。侧耳倾听，寒蛩鸣于篱下，其声将绝。可曾听到，有人踏着月色如霜的道路，迎风走来，屐声戛然，如闻金石之音？可曾看到，月下湘海浩荡无垠，洁白的富士娉婷玉立？

月光长照，寒风劲吹，大地怒吼，大海咆哮，浩浩复浩浩。

何其壮大，这自然的节奏！这月，这风，几乎使我不能安眠。

十二月十日

湘海朔风

蓦然觉得这个静寂的世界喧嚣了，急忙走出去一看，朔风已经来临。淡紫而又碧青的湘海，被阵阵狂风掀起银白的浪花，汹涌激荡，银光起伏。须臾，相模滩在狂涛巨浪里咆哮起来。滔滔海水，大有把沿岸一带山岩席卷而去之势。看吧。朔风飒飒，水沫飘扬。看吧，海岸上尘沙飞旋，烟雾升腾。看吧，狂风吹走了落叶和小鸟的叫声。看吧，海滨上一个渔夫掩着面、弓着身子飞跑，又忽而停在一处了。看吧，小坪山上，黄茅萧萧，如波浪摇荡不息，山顶的松树被风吹得弯弯的，几乎就要折断了。

碧空朗朗，日色晶晶。富士和相豆的群山岿然屹立在海滩的对面，历历在目。我十分怪讶，这风究竟来自何方？眼睛所到之处，大海、群山、行人、草木，都失却了自持力，有的狂奔，有的悲鸣，有的骚动。

大风狂吹之中，黄昏到来了。落日杲杲，伊豆、相模的群山，富士的高岭，浑然变紫了。三浦半岛一带，夕阳似火，熊熊燃烧。相模滩时而金涛紫澜；时而朱波碧浪，汹涌咆哮，浩荡之声，充满天地。

十二月十三日

寒　树

  细雪纷霏，雪霁，日出。冷气逼人。北风刺肤，终日不歇。

  日暮，天紫。高大的榉树木叶尽脱，树干坚硬，如老将铮铮铁骨。树梢高渺，千万枝条像细丝一般纵横交错，揶揄着紫色的天空。仿佛严寒侵凌着每一根筋骨。头上有苍茫的月。天空像结了冰一般。

十二月二十日

冬 至

今日冬至。

踏着霜打的枯草,站在野外。只见满眼荒寒,凄清萧条;枯芦当风颤抖,沙沙作响。河边杨柳没有一片叶子,鹁鸪在树上啼叫。河水干涸,细流涓涓。似乎在低声絮语:这一年眼看又要过去了。

十二月二十二日

除 夕

晴不晴,阴不阴,雨不雨,郁郁沉沉到年关。我的门前树起了门松①,那是从山上砍来的。停泊在河里的小船上也有松树,也有稻草绳②。

天下无事,我家无事,无客,无债鬼,亦无余财。淡淡焉,静静焉,度过新年。

十二月三十一日

---

① 日本习俗,过年时大门两边植松树,门上挂着稻草绳。
② 日本习俗,过年时大门两边植松树,门上挂着稻草绳。

风景画家柯罗

一次望富士

白雪皑皑的富士山峰,

尽管高高耸峙,

只要肯攀登,

总能寻到路径。

一

堪称法国现代风景画家之父的 J. B. 卡米尔·柯罗[①],生于法国大革命时期断头台鲜血未干的一七九六年,在普法战争创痍犹新的一八七五年以八十高龄辞世。他去世已经二十多年了,欧洲美术界虽然各种新现象叠起,名家巧手辈出,但柯罗终于不死。其清纯如诗的一生,和那些收

---

① 柯罗(Jean Baptiste Camille Corot,1796—1875),芦花最喜爱的法国风景画家。

缩造化之妙机于尺幅之间、永远成为怡悦之泉源的几帧名画一起，使艺林青岚长熏不尽，为画坛永葆流风余韵，至今吸引人们辗转低回。

二

柯罗的父亲先是理发师、后做服装生意。他生在巴黎，在卢昂读了七年小学，接着进入呢绒店待了八年。然而，柯罗最终还是柯罗。他利用闲暇到塞纳河畔散步，借云天流水以娱目，或者去观察维尔·达布列森林变换无尽的晨昏风景。他的心一天天脱离商店的账簿，而被自然掠去。恰巧，有位画家米夏隆①愿意教他绘画。此后，柯罗的心思全不在生意上了。写生本藏在衣兜里，随身携带，商店的柜台成了画板。这位风度翩翩的二掌柜，画纸画笔在柜台上随处乱放，客来，急匆匆接待；客走，又连忙奔向画稿。父亲对柯罗说："我本来想让你做一名出色的店主，但看你如今这般执着于绘画，在我活着的时候，不打算给你做生意的本钱。但是，我可以每年给你一千五百法郎，其他你就别再想了。"柯罗抱着父亲的脖子，欣然称谢，当天

---

① 米夏隆（Achille Etna Michallon，1795—1822），法国风景画家，比柯罗长一岁，意大利留学后归国不久，即同柯罗会面。

即取来画布、画笔，首先将亲眼见过的风景速写下来。及至老年，柯罗对朋友说："想起当初父亲答应我做画家并开始写生那一天，商店里的女店员们都来看小老板画画。其中有一位罗兹姑娘来得最多。姑娘现在还在，她还是个姑娘。她经常来看我，上一周还来过呢。我对她有不胜今昔之感。当时画的画今天一点儿也不显得旧，还是原来那样。但是，罗兹姑娘怎样了呢？说起来我又怎样了呢？"一年一千五百法郎不是个大数字，然而柯罗本来是个无所欲求的人，身无系累，心有希望。欣欣然一年一千五百法郎可以足衣食，迩来三十年不贪一钱之多，不留一毫之负债。"知子莫如父"，然而往往"不知子亦莫如父"也，后来柯罗名声大振，荣获名誉勋章。其父犹不信儿之伎俩，问柯罗的朋友："阁下，你看卡米尔真的有绘画天才吗？"朋友大肆赞扬柯罗，他还是不相信，但每年照样加倍地给钱。柯罗是孝子，一次游意大利，到达威尼斯时，接到父亲的信，信中说自己甚感寂寞，柯罗当天就返回来了。壮年之日，和同辈宴饮欢谈、豪兴大发之时，想起晚上九时母亲等他回家玩骨牌，立即退席。他身似金刚大汉，心像小羊一般柔弱。

三

柯罗最初的老师米夏隆，向青年画家发出有益的劝告，他说:"观察自然,将看到的一切真实地描绘下来,将感动摹写下来。"米夏隆不久死去,他又进入米夏隆的老师维克多·贝尔坦①门下。

贝尔坦是传统风景画家,其画作甚为机械化、形式化。然而,柯罗向他学习精确造型以及重视画面组合的风格。一八二五年,柯罗去了罗马。同辈画家取笑他的画,然而都爱画家。快活温柔的柯罗所到之处,带来一阵清风。一天,一位著名画家阿里尼来访,观看柯罗绘制罗马《大角斗场》画作,出来后参加希腊茶亭的美术家集会,他预言道:"他日柯罗将成为我们大家的老师。"柯罗不久受到了尊敬,大家对他满怀着期待。两年后回巴黎,开始参加沙龙画展,尔后直到逝世的四十三年间,每年沙龙的墙壁上总能看到柯罗的绘画。

一八三三年,柯罗初获一枚奖牌,十三年后,因描绘枫丹白露林中的景色而获得名誉勋章。九年后获一等奖,十二年后获二等奖和高等名誉勋章。年复一年,美术家、评论家称赞柯罗之呼声益高,但是世间竟然不知道柯罗这位大画家的存在,就连他的父亲也不知道儿子的本事。他受父亲之恩、获得双倍的一千五百法郎时,那年已经五十

---

① 维克多·贝尔坦(Jean Victir Bertin,1775—1842),法国风景画家。

岁了。他的画第一次发卖时，已经六十岁了。柯罗初售画作，当买主一走，他就叹息道："啊，我的画本来已经搜罗齐全，如今就差这一幅啦。"此后，他的画越发好卖，柯罗仍然以为这是一场游戏。过去也有过这样的事：当他听说一幅标价一万法郎的画作已经成交时，柯罗误以为丢了一个"0"字①，立即重新给沙龙的干事送去新的标价。一八五八年，他的画卖了三十八幅，获得二千八百四十六美元，这时他还以为朋友在开玩笑。所幸，柯罗长寿，他活着期间得以见到自己的画作售价涨到了二十倍。他曾经七百法郎出售的一幅画，后来卖到一万两千法郎。世界认识他虽然很晚，但最终还是认识了他。他半生热衷于绘画，对世间毁誉无动于衷，然而，社会在他的白发上加了一顶光荣的桂冠。柯罗欣然曰："这不说明我的变化，我主张一成不变，终于获得了胜利。"

四

让画家更高洁些吧。使他不受六尘之欲所引诱，超然物外、专心致志吧。使他的心由嫉妒不平转向自由，使他淡于世间之好恶，单单走向美和真吧。人间清福之多半实

---

① 原文如此。"丢"疑为"多"字之误。

为他所有，一架画布是他的帝国，一尺画毫是他的王笏。他汲自然不竭之泉水，自己饮之，也使他人饮之，个中有无限快乐，有慰藉，有生命。如柯罗者，实具有帝王所不能享受之幸福也。

他是自然的儿子。躯干倔强，终生不知病痛。性情恬静快活，他的身边常有清风吹过。他困苦得不到面包，更无一系累扰他之心。他有时失望——可谁没有失望过？有时他的画在沙龙展出，挂在角落里，不为人所注意，他看了心痛。有时听到妄评者的恶言，他眼含热泪。然而，这只是一刹那浮云过眼，一旦面对画架，便消失尽净。他曾叹曰："若说绘画是愚事，诚不可不称为愉快的愚事。看我容貌，看我健康，哪里有那些不幸人们的容貌上所表现的辛劳、野心和悔恨的影像？如果这项技术能带来平和、满足和健康，我何乐而不为？"绘画是柯罗的初恋，是柯罗的爱妻，是柯罗的美食，是柯罗的一切！他无心求取世间的爱，然而识他者必然爱他。他壮年时，每有画家的集会，有他就有欢乐。他老年时，全巴黎的画家都称他柯罗老爷子。可知他受到了如何的敬爱。柯罗走到哪里，哪里就有热爱美术的学生，围在他膝下，满怀爱慕和赞美，望着皤然白发的他，将他口中说出的每一个字牢记心中。他把钱送给穷困的画家，向后进青年恳切赠言。他年老，德高望重，真正成了法国美术家的老爷子。

柯罗很不爱读书,其交游不外乎是同他共开法国绘画新风的功臣卢梭①、米勒②、杜比尼③等人。他三度游意大利,一度由瑞士去荷兰、英国,此外多半住在维尔·达布列森林旁边。巴黎也有他的画室。柯罗酷爱音乐,巧于歌唱,而述说天然,句句皆诗。他老骨槎牙,白发赭颜,细眼巨口,面多皱而无髯,头戴花条纹棉帽,身穿长袍,嘴里一直衔着长长的瓷烟斗。当他以这副形象面向画架时,与其说是法国独一无二的风景画家,毋宁说更像一位老车夫。柯罗是自然的儿子,又是平民的儿子。他把画架放在道路中间时,村姑车丁过此能和他们搭话,对他是一种快乐。

柯罗一生的阴云是普法战争。他曾述怀:"我若不懂绘画,战争将使我变成疯子。"又说:"美术的终极意义唯有爱,比起可恨的战争尤其是恶劣的战争,又如何呢?"然而,巴黎围城之日,他怀着一位老爱国者的心情,立即返回巴黎,倾囊支援防御费用和救助伤病员,有时作画,有

---

① 卢梭(Theodore Rousseau,1821—1867),法国风景画家,居于枫丹白露附近的巴比松,一生以当地自然为绘画素材。
② 米勒(Jean Francois Millet,1814—1875),法国画家,居于巴比松,善于描绘农民生活。名作有《晚钟》、《拾穗者》、《扶锄的人》和《牧羊女》等。
③ 杜比尼(Charles Francois Daubigny,1817—1878),法国风景画家。巴比松画派之一,尤长于版画。

时去慰问穷人和病号。他晚年的几幅名画,实际上都是在这个期间完成的。一八七四年,在这年的画展上,人们议论要再次赠予柯罗名誉特别大奖牌,但后来又变了。可是全国美术家联名致书柯罗,说:"毕竟奖牌算不了什么,最大的名誉叫做柯罗。"不久。画家之友、美术爱好者等共同醵资,造了一枚大金牌赠予柯罗。柯罗高兴地说:"想到大家如此爱重我,真令我欢欣鼓舞。"

这年,同柯罗一起生活的妹妹死了,柯罗身体再次衰弱下去。他对守护在病床旁边的弟子们说:"我现在没有任何遗憾。七十八年来,身体壮健,五十年埋头于绘画。我的家人都很正直,我的朋友皆是好人。我一生没有害过什么人,我的命运非常幸福,我很满足,很感谢。此外没有别的了。"他想像父亲那样死去,第二天把僧人请到病床前边来。然而他临终前依然念念不忘绘画。他已经进入弥留状态,右手继续做出紧握画毫的姿势,叫道:"啊,真美!我再也看不到这样美丽的风景啦!"说罢随即瞑目。

柯罗终身未娶,以画为妻。他的一生就像他的画一般清纯、安详。美术局局长向努维尔莅临他的葬礼,并在他的墓前发表演说,他说:"巴黎的少年热爱你,你也热爱少年,而你的天才使你成为永远不老的少年⋯⋯你在千载不朽的名作中,以蓝天、绿树、禽鸟赞美上帝⋯⋯"话音未落,一只红雀飞来,停在墓边的树枝上,忽地唱起一首清歌。

一八八〇年，柯罗的朋友相商，在他生前常去画画的维尔·达布列小湖畔，建立了一块石碑。十多年的春风秋雨，想必未能磨去碑面上的文字。寄语我美术爱好之士，若去法国游历，且莫忘记寻机到这块石碑下祭酹一杯清水啊。

五

柯罗是风景画家，人人皆知。他很喜爱维尔·达布列森林，经常将画架置于这座森林旁边。人们都知道，他尤其热爱春天的绿树节，热爱朝晖夕阴的时候，并将此描绘下来。然而，他不限于此范围，他画四季，画月夜。他所画的风景画里，几乎都有人物。他画圣经画，画花卉，画市街，画动物或裸体人物，画肖像四十余幅。他的素描集是森罗万象的写真。像柯罗这样勤勉的人可谓甚少。从年少到年老，他为了完成一幅画，要画无数枚预备稿。他的警句是"良心"。学生都以"良心"这一诨号称呼他。当学生问他怎样才能画好一幅画，他便随即用"良心"一词回答。柯罗说："真，是美术的第一要义，也是第二要义，第三要义。"很少有人像他那样反复研究自然，很少有人像他那样力求抓住自然的真相。他一面向画架上的画稿，就如临大敌，比起三军参加一场决战还要认真。

他曾说："画家首先要画的是服从自然之画，其次才考虑如何完成它。"柯罗初年之作，汲汲拘谨于自然之一点一画，笔细意肃。中年以后，眼光愈益高大，运笔愈益老熟，措其小而攫其大，部分置后，全幅优先，挥洒自由，真有波澜老成之感。他积多年之经验，与其解剖性地画物，更致力于画自己所亲见。也就是说，较之部分事实，更注重画出事实一致所产生的结果。一切事在未到达老熟之时，多不可为人所学，亦不可为人所忘。如柯罗者，亦是忘其所知之琐事，瞑目于所见之小部分，且除且抑，削去缠绕一个大画之小画趣、小风景，方能完成一幅画来。他首先解剖性地研究自然，最终综合地描绘自然。他的画浑然广阔，是基于精确的知识，其自由自在是来自对事实的忠诚；其感情的驰骋纵横，同时又不脱离道理，不忘记绳墨。他首先最忠实地观察自然和最忠实地描写自然，故而，他得以成为一位如最自由的诗一般的风景画家。

六

本世纪中叶是法国美术的一个段落，这个时期，似是而非的古典画风被时代精神所驱除，画家的天地顿时扩大开来。再见吧，曾经和克劳德①、普桑②等人的名字共同留在记忆中的风景画，由于受到带荷兰风格的英国画的刺激，以及上溯到荷兰质朴画风本身的刺激，摆脱了僵死的桎梏，终于迎来了机运——产生了一个新流派、一种新倾向。乔治·米歇尔③就是先驱。其次有柯罗、米勒、卢梭乃至特罗容④，杜普雷⑤、杜比尼诸大家。他们从枫丹白露的林边雪崩一般涌向法国美术界，各自别开生面，恰如"眉山三子"进京、苏氏文章风靡天下一般，致使昏睡的美术俄然醒觉，于革新的途上阔步前进。正如今日所见，诸子皆为法国美术中兴的元勋，而柯罗则是留名于麒麟阁上之一二人也。

柯罗曾说："画家有四务：第一，形，绘之而得其模；第二，色，注意比较轻重，得其是；第三，感情，产生于

---

① 克劳德·劳伦（Claude Lorrain，1600—1682），法国风景画家，善于细致描摹光的效果，是十九世纪外光画派的先驱。
② 尼古拉·普桑（Nicolas Poussin，1593—1665），法国风景画家，近世法国绘画之祖。
③ 乔治·米歇尔（Georges Michel，1763—1843），法国风景画家，居于蒙玛特，被称为"蒙玛特的米歇尔"。
④ 康斯坦·特罗容（Constant Troyon，1810—1865），法国风景画家，画中巧于绘牛。
⑤ 居勒·杜普雷（Jules Dupre，1811—1889），现代法国风景画的创始人，有《自然的习作》多种。

所受到的感触印象；第四，运笔，将前三者总括起来。如我，自我思之，感情则有之。即我心中聊有诗，则可使我得见所见之全部。然而，色则往往失之。图形之伎俩甚乏，运笔屡屡不免失败，乃是我继续努力不已之故也。"他有真正的自知之明。他所用之色，或不如一些今日名家所用之色种类丰富；他所画人物，解剖学上的弱点很不少；他运笔，未能达到一点一画都令鉴赏家满意。然而，尽管有这些缺点，柯罗却千载永在。这是为什么？他十分热爱自然，理解自然，同情自然，以传达活生生的自然为己任。自然是活的，一秒也不同。虽一片丛林，早晨之林与傍晚之林不同。虽一泓小湖，彼时之水与此时之水各异。柯罗是这样一个人：他不屑为僵死的自然胪列繁琐的目录和标本，而致力于将鲜活而富于变化的自然之意、自然之诗、自然之情态、自然之意象活生生地摹写下来。他为了捕捉这种意象，努力着眼于画题的博大形象和整体格调，着眼于一团色彩和其他色彩在整幅画面中的调和关系，观察天空的状况、大气的性质和光的浮动，攫取天空、大气、树叶不断震颤、跃动的机微。故柯罗的画，草，可知其硬软干湿；树，可见其厚薄明暗得宜，正如他经常夸示的，小鸟翩翩舞于枝头，光线映照于木叶深处；或蓝天静远而栩栩飞动，或白云轻柔触之即溶。物上物下，若前若后，亦外亦内，凡柯罗之画，处处无不见大气、日光流动包绕。如此看来，写杳杳无尽之遥，写深远澄明、有光无声而微微浮动之青空，古来未有出柯罗之右者。画大气，画流动浮游、无所不至之阳光的性质，不得不推柯罗为射雕手也。

他虽然排斥似是而非的古典主义，成为一名倡导新画风的猛将，但并没有废弃纯粹的古典精神。他虽然在维尔·达布列的窗畔梦见神仙和泉水，成了一种理想主义的诗人，但他所画的均取自亲眼看到的自然的实相。他的画可以给希腊、罗马人观看，今天的法国人看了也不得不大加赞美。他所用之色，重褐色、灰色、淡绿色，很少使用令人目眩的色彩。然而他能在所使用的颜色范围之内做到曲尽其妙。调和不意味单调，风格不损害实体，柯罗特别注重积累这个时期比较轻重的研究，具有卓绝的把握风格的眼光。他能使色彩逼真，能使风格健全。故柯罗的画，画面常沉着而不轻躁，平和而不唐突。米勒、卢梭等大家，虽然平生和他把肘争先后，但在此一点上，确乎不能无所瞠若。柯罗作为几多新进画家的模范和向导，其缘由底里均在于此。他在某一点上实际是印象派的第一先登。他逝世以来，描写户外大气、描写日光以及描写日光下所见之物等技法日益进步，更加出奇制胜，如今即将达到柯罗未曾梦想过的高度。但是，若要寻绎这一系统的源头，可以发现有一根线连接在柯罗的坟上。

七

他是自然的儿子,是手握画毫的诗人。其最不可及之处即在于此,其之所以最可爱的缘由也在于此。古来几多画家,也有人比他画出更美的风景,但不如他浑身皆诗。他是一个真正的无声诗人。他所描绘的多是有色的散文,他画出了真正无声的诗篇。

他从受到荷兰感化的英国画风那里窥探一点写实的机微,吸收初年之师及意大利游历中得来的古典画风的精华,从荷兰画风里习得质实沉重之风。但是他的真正老师是自然。像华兹华斯一样,他真正的画室在野外。他很不喜欢学校、学院,提倡对于古代大师之作不必用手模写,而是以眼熟视就够了。画家欲养心、养手眼莫若广大的自然学堂。一旦进入这个学堂的人将永远不可去之,不可不常来此也。他作为一个真正为自然所养育的画家,更不会带有学校、画室的臭味。纵然其画风较之衣冠公卿无不像乱头粗服的野人,但其中却含有不可掩、不可夺的天趣。只要诗有读者,只要华兹华斯有读者,彭斯①有读者,柯罗无

---

① 彭斯(Robert Burns,1759—1796),英国十八世纪苏格兰诗人。生于农家,用苏格兰方言写诗,为平民大众所喜爱。

声的诗就会永世成为人间瑰宝。

他一八六一年所绘《俄耳甫斯①迎来早晨》，何等清净，何等富有诗趣！眼见着朝暾东升，金光追逐残夜的云朵，三两株带露的高树，恰从睡眠中醒来，千万细叶在朝凉中闪动有声。诗人擎琴立其下。静观之，晨曦涨于纸上，遂觉清凉的朝气水一般浮动。静听之，树叶低语，禽鸟和鸣，思之可闻矣。当此时，有谁不想浴此光，吸此气，闻此歌，望此天之远，浸此朝之清，与俄耳甫斯共同心向蓝天，欢迎早晨的来临呢？他一八五一年所绘《圣塞巴斯蒂安②》，实际上可与此画共称双璧。画中，垂死的圣徒纵横满地，两名圣尼随侍左右，地面是树荫浓密的林壑，左右耸立着巨大的老树，郁郁森森。树木尽头的远景，可见小丘，丘上有一骑马武人映空而立，有两个小天使，手执殉道的棕榈叶，高高舞于垂死的圣徒之上。时已黄昏，树下一团昏黑，然天空有光，大气有香，悲壮而沉郁，和平且庄重，与俄耳甫斯那幅画朝昏相对，真有珠联璧合之观矣！若以《涅米湖的回忆》、《拾薪者》、《风景和牛马》为起始，到俄耳甫斯诸景，或悠扬，或潇洒，大者如长诗，小者似

---

① 俄耳甫斯（Orpheus），希腊神话中的诗人和歌手。善弹竖琴，琴声能使鸟兽草木着迷。
② 圣塞巴斯蒂安（Saint Sebastian），三世纪罗马军人，殉教者。受迫害而不舍对基督教的信仰，遂遭虐杀。

短歌，令人咏叹玩味不知所尽也。

他在选择风景画题上，较之午时，他更爱朝暮；较之伟大威力、恐怖沉痛者，他更喜欢悠扬和平之象；较之描绘凄风苦雨、突兀硗确等荒寥之景，他更爱描绘舒缓的风景和安详的自然之态。他的笔力，寓骨力于和平，寄法度于自由。他的画绝非艳丽纤巧之作，而富有壮汉般的阳刚之气。然而，他的本色是一位平和的画家，他的使命是向人们分赠恬静的怡悦，给他们送去自然的慰藉和欢乐。他曾说："吉拉库里阿克斯君赛猛兽，我只是一只小鸟。"他虽然如此谦卑，亦未尝没有自己的抱负。他常说："诸君好致力于补足各自的短处，然而最重要的是，诸君应顺从各人的天性，依赖自家的眼光。这就是良心，亦可谓诚实。其他不必顾忌。如此，诸君将获得幸福和成功。"他诗情满怀，取自然之风景，用自家诗肠诗眼，洗练出一位诗人画家。他深知，守其所信而不动，方为豪杰之士。

八

我深爱柯罗的画，更爱画家本人。观他生涯片断，更进一步思之，二十余年前，巴黎青年围绕在他周围，看着他满头白发，听他老而犹壮的嘴里吐出一句句金玉良言，谁能不感到艳羡？

诗有别才，画亦非无别才。梵蒂冈殿内的大壁画使米开朗琪罗的英魂永存千载，圣母基督的那幅，将拉斐尔优美温柔的人物雕刻在画面上直至今日，细思之，不能不想起这样的话来：事业是真正的人物的影子，画家造次之中所作一枚枚画幅，是于白日世间曝露自家肺腑的忏悔录。毕竟诗就是诗人，画实际就是画家。丰田结嘉禾，澄泉吐清水。柯罗之画就是柯罗自己。

柯罗逝世已二十余年，他的白骨已化作土中之灰，但他留在世上的几幅名作，至今依然在歌颂自然之美，歌颂上帝之爱，成为悲苦现世上有限的平和怡悦的一大源泉，使观者身心清净。而他八十年的生涯，清淡寡欲，温柔敦厚，快活而爱人，谦恭而不与物争。然而，他不阿世，不求人，特立独行，一意守其信而不动，虚心将一生献给绘画。他的经历，将作为后来美术家细心临摹的绝好粉本，传至几代之后。

明治三十三年

蚯蚓的戏言

画｜川瀬巴水

致故人

一

我来乡村居住,已经满六年,年龄四十五了,照照镜子,头发和满脸的汗毛增添了白色,这才感到惊讶起来。

本来就是乡下的大傻瓜,近来越发觉得自己像个杢兵卫太五作式的人了。前几天到上野散步,一位车夫过来要为我做向导。到日本桥一带买东西,时常被当成乡巴佬而每每生起气来。有时明知背后有人吐舌头,但还是叫售货员拣贵的甚至最贵的拿来看,然后像个孩子似的急急忙忙买下来。然而,看看映在商店玻璃上乃公的风采,即使穿着西服和条纹礼服,那一身不修边幅的打扮,一副脏兮兮、胡子拉碴的颜面,不管用多少好心的眼光瞧,都会觉得被人当作乡巴佬是理所当然,最后只好苦笑着归来。最近,村里的警察来玩,中日甲午战争的时候,他羡慕出征的军人,十五岁谎称二十岁而入了伍,作为随军役夫到了澎湖岛。他现在在村中干警察,会作和歌,新年时还根据天皇的敕题向宫里投了稿。听这位警察讲,他全副武装在东京一走,路口的车夫都嘀咕:那位是乡下巡逻警察。问他们如何得知,他们说,一看便知,然后大笑起来。是啊,一看便知——就是这么回事。鱼鹰眼,老鹰眼,小偷的眼,新闻记者的眼,用这些眼一看,才显出愚钝的乡巴佬的眼有多么傻气。其实,如果不傻,何必住在乡下,因为这里没有待人处世的圆滑乖巧之道。

出了东京,我就是一名阔气的乡巴佬,这一身到了乡下就显得非常时髦。我的生活方式也大不一样了,现在的房子和你当初看到的那座寒舍有着天壤之别。不过,哪是天哪是地,各人的感觉不尽相同,总之大变样了。搬家那年秋天,增建了简陋的浴室和佣人住房。其后隔了一年,明治四十二年春,在旁边又盖了八到六铺席的书院。明治四十三年夏,又在里院建起了八铺席至四铺席的客厅兼储藏室。明治四十四年春,又在西边盖起了二十五坪①的书院,而且用一条宽五米、长二十二米的走廊将正屋旧书院和新书院连接起来。这些建筑一律茅草葺顶,在这个老地方,即使有十八九年的新鲜感,过了三十年,也就变成老屋了。现在买下,外观很气派,村里人都笑着说这是"粕谷宫"。两三年后有人来看了说,完全变成别墅了。这是没

---

① 坪为面积单位,1坪约合3.3平方米。

有本家宅邸的别墅，确实是别墅式的。田地也增加了，现有宅基耕地约七十公亩，从前一概没有门，小学生们穿着草鞋在宅子里自由进出，有时把我从晨睡中惊醒。乞丐、捡破烂的，前来闲聊的，络绎不绝。如今，宅子四面围起了篱笆，栽了木桩，种上了花墙，在出入口处安装了大小六道木门或柴门。这些门从外头伸手就能打开。想到自己使自己成了笼中鸟，实在可笑。但好在花果可以因此而不受践踏，又可防止不速之客的骚扰。个人和国民也都是由此而有了"隔离"，所以才会发生吵架、打官司和战争的吧？

"要想来世安乐，不可保有米酱一甄。"① 是的，物之所有为隔阂的本原，对物的执着是产生争论的根子。我不知何时也认为有必要设置门和墙。我虽然不打算在黑色的板墙上竖立起防盗的竹刀，也不想在砖墙上插上一层碎玻璃片，可这不过是程度不同罢了，如果用钱可以买来，我也会这么做的。

二

田地的出产相当可观，去年收了一袋旱田的糯米，自

---

① 这句话出自《徒然草》第九十八段。

家做年糕了。今年收了三袋大麦,卖了六元钱。自从过上田园生活,在这里住了六年,这是头一次把自家产的粮食拿去换钱。去年雇了短工,每月定期来十天,因为"美的百姓"① 和真正的百姓合不来,不到半年就解雇了。而后有时从近郊雇人来,又使唤一个每天来干活的独眼老婆子。自己也常常动手。稍微一停止劳动,手就马上变得白嫩,有时挑一挑粪桶,肩膀就立即肿起来。本来一个对什么都马马虎虎的人,也许因为多年的锻炼,庄稼活儿也干得麻利了。我不再勉强种植不合水土的洋葱了。我不再把芝麻倒着吊起来,成为当地人的笑料了。我也不再把甘薯苗竖插进土里,该留心子的留下心子,施肥、松土也没有人教,自己摸索着干。每年我总要买几元钱的蔬菜和花卉的种子,当然,这并非因为我有多少地或别的什么需要,而是一看到种苗店里的商品目录就想买。下种也颇费工夫,出了苗也还好,不知是幸运还是不幸,大部分种子到了地里就消失了。每到这时候,就大骂种苗店不道德,卖的是劣质种子。到了春秋季节又是盯着目录买这买那。真混账!然而,我等生活在有趣味的理想之中,不一定能活出个什么结果来,到了不再干傻事的时候,我也就到了最后的时刻了。

---

① 作者进入田园生活后,取用这个诨号以自嘲。

时光过得飞快，搬来那年秋天撒下的种子长成了茶树，从去年开始采摘，今年又生产了不少新茶。水蜜桃经过敷沙、剪枝，从去年以来也吃过不少了。草莓每年都移栽一些，今年每天吃个饱，此外还做了二十瓶草莓酱。观赏罢篱笆上胡枝子的花和叶，然后砍下梗子，留作编篱笆的材料。林中散步回来，拾来一些被丢弃的发芽的山椒种上，足够一年的调味品。无人过问的竹笋，采掘来做汤料。修剪篱笆的枝叶留下来生火，落叶扫在一起，腐烂后做肥料。这些都是时光的馈赠。渐渐地，种植的树木扎下了根子，可以独立生长了，然后拔去支撑的木桩。搬家那年秋天，费了好大力气从邻村移植来的石柯，当时光秃秃的，中间放置一年，后来栽在庭院的一角里，原来只有二尺八寸高，现在枝叶繁茂，不知何时还开了花。最近，家中的女儿在树下发现了一颗大果子。妻子见了，又去拾来四五颗。"椎树结果啦！椎树结果啦！"欢乐的笑声充满家门。住在乡村竟有这么大的喜事！一天一天默默运动着的大自然的力量，眼睛虽然看不到，但不能不对之表示深深的感谢。我种植的树木大都扎了根，我自己也在村里扎了根。

三

我虽然说了这些，实际上，我在村中住了六年，还没有完全成为村中的一员。由于我固有的孤注一掷的性格，当初连户籍也迁了，成了一名乡下人。但反省一下过去六年的成绩，还不敢断言是一个好的村民。碰到红白喜丧，或迎送军队，自当别论，村中的集会我近来也很少出席。对于村里的政治活动当然采取了超然的态度。灯高台下暗，在靠近东京的这个村庄里，青年会今年才成立，村内的图书馆前年好容易才建起来。我只采取旁观的态度。至于对郡教育会、爱国妇女会，以及其他带有公共性质的团体，我一概拒绝加入，甚至连村中的小小耶稣教堂，我也几乎不去。到去年为止，我曾每年有一个月的值勤，也只是准备着一盏灯笼而已，一切事务都由伙伴担当，因为大家都麻烦。从今年起，连这个值勤的任务也奉命免除了。用我自己的眼睛看自己，我只是个不领工资的别墅看守人、不扫墓的守墓人、不买也不卖的花店老板。用村民的眼睛看，我不过是一个游手好闲的人。我这种闲人给村子所能做的只是逢年过节同附近的青年男女一起玩玩罢了。我一开始就抱着一种非分的想法，那就是使人人看到我家的灯火就喜欢。其中有的用心地看了，但逐渐泄气了，羞愧了，我也停止了一切的劝说。我坦白，我不能彻底变成一个村民，这是我的本性，不管在东京还是在乡下，我永远是个游子、旅客和闲人。然而，人生不满百，这六年也不是个短暂的时日。我已在村中度过了六个年头，我没有成为一个村民，这是事实，但要说我一点不爱这个村子也是假话。当我远行归来，附近的孩子们问我"您到哪里去了"的时候，我心中便自然涌起一阵喜悦来。

东京已迅速挨近了，这里距东京以西只有十二公里，是个依赖东京而生存的村子。自然，二百多万人生息着的大海潮汐的余波总是激荡着这个村庄。学着东京也用起了瓦斯，木柴需要量减少了，村里的杂木林山地大都开辟成了麦田。道旁的栎树、楢树等林木也被砍伐、挖掘，一块块荒地不断出现。杂木林山丘代表着武藏野的特色，竟然被残酷地砍伐，这在我如同割肉一般，但生活所使然，是没有法子的。竹笋好赚钱，又毁弃麦田种上竹子。又说养蚕有利，又开拓不少桑园。不种大麦、小麦，而是大力发展甘蓝、白薯等园艺工程直接为东京服务。总之，过去纯粹的农村，如今逐渐变成城市的菜园了。说要建设京王电气化铁路，地价骤然腾贵起来。我当初买的地皮每坪四十元，如今上涨了一元到二元。买入土地的人越来越多。我本人是首当其冲从东京脱出来的急先锋，加盟于莽莽撞撞的东京人行列，我并不觉得舒服。每当看到穿西服、套白布袜的汉子来看工厂的地皮，我就皱起眉头。总之，东京日日在逼近。从前未曾听到的工厂汽笛声，近来经常惊醒晨梦。村里人也睡不安稳了。知道十年前这个村中情况的人，对现在大家拼命赚钱甚感惊奇。过去，政党纠纷和赌博一直是三多摩地区的特产,这会儿在选举战中没有死人的事儿发生了。我搬来的时候,田地对面的杂木林山上还有人挑灯夜赌。我当时常常听说,村里的某个旧家,把所有的土地输个精光,全部抵入了劝业银行。某某小农连宅基地也输掉了。然而,近年来,赌博之风已经过去,一些游手好闲者去了东京,风气也比较清纯了。如今,村民一心扑在赚钱上了。治安也加强了,看来游手好闲是很难再生活下去了。

四

我们家里,除了主人夫妇外,从明治四十一年秋天以来,领养了哥哥的小女儿,取名叫鹤。鹤寿千年,阿鹤和千岁村很相宜。三岁领过来时,还是个不大开口的柔弱的小女孩,这会儿长得很强健了。当初,我把她背在身上,轻轻快快走了七八公里,一直到三轩茶屋。眼下,她身高三尺五寸,体重十五六公斤。没有小朋友,她也不嫌寂寞,就这么长大了。孩子一直住在乡下。想想那些生长在东京城里的孩子实在可怜,电车、汽车、马车、人力车、自行车、货车和骡马等往来不断,他们不能自由地去放风筝,也想不到踢毽子。而那些生长在乡下的孩子,赤脚在雨地里跑,逮着栗子、白薯或芜青嘎吱嘎吱地吃。他们从眼睛到鼻子也许生就一副不太聪明的模样。所有的乡下孩子不知道是否讲卫生，可他们几乎不生什么病。除了我们老少三口之外，还有一位女佣。她的老子迷上了天理教，耗尽了资产，母亲死后，她八岁起为农家做活，今年二十岁，大字不识一个。这女子虽然知道东乡大将①的名字，但不知道天皇陛下。明治天皇驾崩时，妻子为了将天皇这个词儿灌输到她原始的头脑中去，费尽了心思。她不知天皇陛下，自然也不知皇后陛下和皇太子殿下。当她好容易知道了明治天皇驾崩是怎么一回事时，就说："他有儿子吗？""他的夫人可怎么办呢？"维新后四十五年，离京城只有十几公里，又是个二十岁的年轻女子，还像是葛天氏和无怀氏②的臣民一般。伊凡王国③的创立者心性也是如此坚强。除了这位无怀氏之女以外，还有一只特利亚小黑母狗，名叫阿宾，比鹤子早来一月，已经五岁了，下巴长着一圈儿白毛，是个"老太婆"。每年产仔两窝，每窝三四只。阿宾的子孙在近处村庄繁衍开来。近来由于宠物纳税麻烦，所以给这些小狗们找对象十分困难。不管是徒步或乘车，它们总是跟着，这阵子由于往返东京，"老太婆"够辛苦的。

---

① 东乡平八郎（1847—1934），海军大将、元帅、侯爵。日俄战争时就任联合舰队司令长官，摧毁巴尔契克舰队，名声大振。
② 均为传说中的远古部落。
③ 伊凡三世，莫斯科大公（1462—1505），统一俄罗斯境内诸公国，从而奠定俄罗斯君主专制的基础。

一次，车夫把它放在空车上拉回来，以后它便跟在车子后头，一走累了就立即斜着眼向车上盯着我们看。如今，又养了一只波英塔种的公狗，叫肥仔，本是甲州公路上的野狗，本来叫波契的，因为个儿庞大，我就称它为肥仔，没有别的意思。这狗相貌狞猛，一身虎毛，即使有三四只狗联合向它进攻，它也能把对方一下子制伏。这只猛犬，击败了所有对手，渐渐得势，成了阿宾的乘龙快婿。我经过长久考虑，终于申请交了税，公然将它招为保镖。保镖先生最近非常柔顺，首先眼光奇异。不过它仍有恶癖，现在还时时追逐孩子。它不咬，只是威吓。它流浪的时代被孩子们欺侮，因此复仇之心未泯。提起孩子，我不知道日本的孩子们为何不喜欢猫狗，见到畜生就骂，就拿起石头来打。孩子是跟大人学的吧？不爱禽兽的国民，缺少大国民的资格，欺负猫狗的孩子，不久也就成为欺负朝鲜人和中国人的大人。听一位对狗很有研究的人说，野狗的牙比家犬的牙更长更锋利，并且向外头伸长。大凡生物，饥饿时最可怕。缺食的野犬只差一步就会变成猛犬和狂犬，"流亡武士"波契成了保镖肥仔，相貌上变得良善了，却消失了从前的强悍。富国强兵看来很难兼得，肥仔变得温和了，也变得柔弱了，这是不可避免的。除了以上两只犬之外，还有一只雄猫虎子。爱狗之家猫也犬化了。虎子不愿睡在铺席上，而喜欢睡在泥土地上。我们每逢出门，它总是蹦蹦跳跳跟在后头。它不吃米饭吃麦粥，不吃鱼肉吃炸豆腐。它学着主人的样子，咯吱咯吱吃剩下的梨和甜瓜。它用一只爪子按住玉米棒子，再用利齿剥下玉米粒咬着。这真是一只田园农家的猫。有一回，逢客人来，难得一次从东京买来了鱼，虎子先生把鱼骨卡在嘴里，两眼淌着泪，嘴角直流口水，弄得大家好一阵折腾，才拾了一条命。除了猫狗，还喂了十只鸡。蜜蜂养了两次飞跑了两次，现在只剩空箱子了。天棚上的老鼠，贮藏室里的蛇，还有其他一些同住的不速之客，它们都不属我家成员。（作者追记：肥仔于大正二年二月被汽车轧死。虎子新年时候去向不明。五月间，阿宾掉进粪坑淹死。）

提到猫，我又想起如下的事：明治四十二年春，在盐釜的旅馆里吃牡蛎时起，就不再吃素了。我从明治三十八年十二月开始吃素，明治三十九、四十、四十一，整整坚持了三年，可以说对于过去的我，服了三年丧。以前做汤料也用海带，现在鸡鱼肉蛋什么都吃，尤其爱吃猪肉和鲷鱼。在允许荤酒（酒是附带的）入山门的时候，平素的饭食是蔬菜、干货、豆腐之类。只有在来客或外出时才难得吃上一顿猪肉。这种还俗也没有什么大益处。甲州街道上有酒馆，当然只有些腌菜和干货。不是城里满街满巷充满鳗鱼和秋刀鱼腥味的季节，是听不到酒馆的动静的。有一次，从东京来了两个年轻人，兴致勃勃挑来了大筐箩。我感到好奇，出去一看，大笸箩用铅丝穿着五六串金枪鱼片，还有令人吃惊的血淋淋的鲨鱼头。看到鲨鱼头，我吓了一跳，这是从鱼糕店里买来的吧？谁会买呢？是做汤还是煮了吃？我真想哭。我多么想把近乡近邻的人一起叫来，用活蹦乱跳的鲷鱼做成生鱼片，再煮上一锅雪白的大米饭，请大家吃个饱，权且作为美好的记忆。实际上，在这个地方能吃到鱼已属难得，新鲜不新鲜已经不是重要的问题了。附近的孩子们经常涨红了脸，不是因为喝酒，而是吃多了青花鱼和金枪鱼的缘故。如今，我的胃口大减，由于平时吃素的结果，有时在东京吃一顿西餐，虽然好吃，也未能尽兴。我的肠胃已经不行了。

五

这是个读书之家、治学之家、养花之家，附近的人都这样谈论我家的事。最初将我引领到这个村子来的石山君，兴办了私塾，让我教英语，他自己教汉学，这是个风靡千岁村的计划。然而，石山君失望了。我的生活只是以个人为中心。一个学生诚恳地忠告我说：你的故乡不是此处，你种植这么多树木，又盖了房子，这不好。我不予置理。我建的房子虽属古式，但家里人少，住着还算宽敞，而且广植观赏树木，费了六年时光，一切都按长久居住的方针而安排自己的生活。我并非不知道，我的住居必须像蒙古包一般逐水草而迁徙。也不可否认，我的身上具有漂泊的血液。本来，我不是不记得，我的住居每经历五六年就告一段落。因此，我不想定居于一处。我打算坚持下去。正因为我失去了自己的故乡，所以想建造一个故乡。六年来，孜孜不倦营建着自己的巢穴。其结果怎样呢？我搬来不久，一位东京的绅士来访，看到家中简陋的样子，流露出一种难以掩饰的轻蔑感。今年他再来的时候，眼里却闪现出一副明显的崇敬的神色。与此相对照，一个教徒当初看到只有一只水井吊桶，非常感动，可这阵子根本不到这里停宿也不路过这里了。就是说，我的田园生活，有的人看来是成功的，有的人看来是堕落的。

是堕落还是成功，这种简单的评价无足轻重。我坦白，我喜爱自然，但也不讨厌人生。我更多地喜欢田园，但也不会舍弃都市。我喜爱一切。我的住居位于武藏野的一隅。平时，我坐在廊下的窗户旁读书写字，对面可以看到甲斐东部的山脉。从三年前已建成的书院里，可以望见东京的烟雾。我的住宅，一面可以眺望山上的白雪，一面可以眺望都市的烟霭。可以说，我的两只手想同时掌握着都市之味和田园之趣，这代表着我的立场和欲望。不过，这种欲望得以顺利实现还能维持多少时间，却是个疑问。这两种趣味"结婚"之后会产生出什么呢？或者能否产生什么呢？这也是个疑问。作为我个人，六年的乡居之所以得到一点收获，那就是对土地开始具有一种执着的爱。我从别处移居这里，不过住了六个年头，但我植了树，播了种，盖了房子。我流下了汗水建成了自己的厕所。我有时将死去的犬、猫、鸡埋起来，占据的土地不满一町。如今，我十分热爱这块土地，这对于我来说，就像衣服一样，或许更像皮肤一样。居而安，离而苦，更不可失去。推己及人，祖祖辈辈，农民百姓对于土地的感情由此也可窥见一斑了。使我多少理解这种执着的感情的关键是乡居生活。

然而，人的弱点是容易禁锢在自己划定的圈圈里。执着虽然是具有力量的，但执着终将死去。宇宙是永存的，人生是永存的，就像蛇蜕皮一样，人也应当踢开自己昨日的尸骸而前进。个人、国民，永远都应该是天天死去，又天天获得新生。我虽然采取了一点永住的形式而开始过着乡居的生活，但究竟能否在这儿永住下去还是个疑问。新宿至八王子的电车线从我村到调布的一段，已经完成了土木工程，开始铺轨了。近来，钢铁互相撞击的声音，像警钟一般在我耳畔轰响。这不就是早晚都要把我赶出去的逐客令的先兆吗？一旦电车开通，我还能在这里立足吗？干脆回到东京，或者摆脱文明逃往山里吧？今天，我自己尚无法解答这个疑问。

　　　　　城市和乡村一派白茫茫的风雪之夕
　　　　　　于武藏野粕谷里
　　　　　　德富健次郎
　　　　大正元年十二月二十九日

都市逃亡的手记

千岁村

一

明治三十九年十一月中旬,他们夫妇两人为了寻找住地,从东京来到玉川。

他于当年春天,独自巡访了八百多年前死去的耶稣的旧迹和当时健在的托尔斯泰的村庄,当年八月又飘然返回,不知究竟为何要回来,总之,回来想在乡村找个居住的地方。他把这个想法告诉了一位前辈牧师,那牧师对他说,玉川附近有教会的传教地,就到那里去吧。他说他不想做传教士,只想安安稳稳地过日子。不过,他还是被玉川这个地方吸引住了,回答道,反正去看看再说吧。牧师说,那好,什么时候我给你找个向导吧。

约定的日子到了,却不见向导的影子,不用说,牧师也没有写过一封信来。他踌躇了一阵子,在无人陪伴的情况下,和妻子两人向西边去寻找乐土。牧师只是模糊地告诉他玉川附近有个千岁村。他们也以为,只要提起玉川附近的千岁村,总会有人知道的,于是就漫然而行了。

二

"只要有个家,有几间草屋,再有一反①土地,可以自己自由使用的土地该多好。"

他很早就这样想。

在东京,为了预防火灾,绝对禁止建草屋,要住草屋,那就意味着到乡下去。最近五年里,他在原宿租住的房子,以及眼下在青山高树町租住的房子,在东京来说,都近似田舍农家,有着养花种草的余地。但租房赁地心中总不是滋味。本来他在九州的故里,父亲留下了稍许的田产,可后来卖掉,钱也渐渐花光了,到了日俄战争前夕,他手中连一撮土也没有了。因此,哪怕一间草屋或一反土地,都必须重新购置。

他从两岁到十八岁春天为止,除了中间有两年不在之外,其余都是在家里度过的,这个家就是草屋。明治初年,当他们从接近萨摩边境的肥后南端的渔村,搬到熊本郊外

---

① 反,日本表示土地面积的单位。1反约991.74平方米。

的时候，父亲买下了这座旧屋，后来又增建了一座瓦房，可堂屋是一座茅草屋。如今，他的脑里仍然深深地印着那座老屋的情韵，就像春雨沿着茅草屋檐淅沥不绝。他的家是具有加藤一族浪人血缘的下级武士的后裔，代代都是一村之长，本来就和农业有着不浅的缘分。他在十四五岁的时候，就跟着仆人去收租米，在佃农家里硬被逼着吃饭喝酒，使他感到头疼。他的父亲是地方官吏，卸任后一边担任县议会议员和乡村医生，一边率先兴办产业。他把自家的女儿培养成模范缫丝女工，在自己家里养蚕缫丝，贩卖桑苗，可总是亏本。在运送桑苗的繁忙季节，人手不足，他的哥哥也扔下了正在阅读的麦考莱的英国史，用笨拙的手操起短把铁锹跑来帮忙。作为弟弟的他也被迫拎着镰刀割苗或运苗。不过，他这人生来脾气倔强，对这种做法极为反感，有一次甚至生气不干了。

父亲是津田仙先生主编的《农业之事》和《农业杂志》的读者。有一次到东京，从学农社带回来尤加利、洋槐、紫葳楸和神树的幼苗，还有各种西瓜、甘蔗，作为标本进行试种。父亲有个脾气，什么都好奇，而且说干就干。有一次，他在一本杂志上读到，在果树干上划痕，就能抑制疯长而多结果子。于是，他就用小刀把宅院中的每一棵小梨树都划上横七竖八的道道儿，弄得一塌糊涂。作为父亲的儿子，他既不像父亲，也不像哥哥。他是个懒汉，讨厌求学和做生意。父亲辛辛苦苦购置的田产，他任意糟蹋，把西洋扫帚苗当成甘蔗啃，又吐了出来。他尽是恶作剧，偷着把未熟的西瓜用拳头砸开，投进河里，而又装出若无其事的样子。十六七岁时，因学习不好而受罚，没收了一切书籍，尔后父亲命他专门学养蚕，到附近一家养蚕户学习技术。这家有个十四岁的姑娘，所以一开始他很用功，但不到一年就因厌倦而停学。在这家学习养蚕的时候，曾因用菜刀切桑叶而割入左手拇指和掌内的连接处，至今还留有一块月牙形的疤痕，成为他这段日子的纪念。

所有这些记忆，都久久吸引着他，使他忘不掉有趣的田园生活。

三

夫妇二人离开青山高树町的家，沿着建设中的玉川电铁线，走到三轩茶屋。他们在一家馄饨馆里坐下，吃了馄饨，权作午饭。在松阴神社沿熟知的世田谷道路来到世田谷旅馆的旁边，向交警问了路，再从写有"地藏尊"的路牌向北趸入里街。边走边向人打听："是千岁村吗？""还没有到？还没有到？"走了老远还不是。妻子因为鞋小挤脚，步行十分困难。进入一户农家要草鞋穿，回答说没有。好容易来到一条小河边，沿着河水，有座装着玻璃拉门的潇洒的小草房。满天星树挂满了美丽的红叶。这里就是千岁村，那风流的草屋，就是村公所秘书的家。他们想，原来是这个样子。

"有教堂吗？有耶稣教徒吗？"他们进入一户人家问道。正在洗衣服的女主人和邻近的女主人相互对视了一下，说："是找粕谷的吧？""粕谷先生住在哪里呀？"女主人噗哧笑了："粕谷不是人名，是地名啊。"听她们说，粕谷的石山这个人就是耶稣教徒。

找呀，找呀，终于到了教堂。这里根本不靠近玉川，而是位于一片普通的桑园中，是一座在乡下很少见的白壁的木板房子。有个五十岁光景的妇女，面色苍白，不知是病人还是疯子，眼神直勾勾的。听到有人问路，她便闻声走出来。听这女人说，她目前租住这座教堂，由石山氏照料她，石山的家就在后头。于是，他们被带到石山氏广阔的庭院里。这是一座敷着铁皮的扁长的房舍，一面可以看到砖瓦盖的仓库。不一会儿，出来一位穿草鞋的人。"我就是石山八百藏。"年纪五十光景，头上大部光秃，长着猩猩般的脸。后来知道，石山先生是村中的秀才，他多识善辩，现在担任村议会议员。在政治纷争激烈的三多摩地区，他过去以一名自由党员四方奔走，联络壮士，历尽艰险。来客自报姓名，说是经牧师介绍前来想看看教堂。石山氏露出一副不得要领的神情,他说,没有收到牧师的任何来信,在报上知道有个叫福富仪太郎的人,邻村有个教徒叫角田勘太郎,他的姐姐在福富家做过活儿。"你先生的大名我是第一次听说。"石山说罢,带着怪讶的表情一个劲儿打量着身穿染有白花的短袖外褂、趿着磨光的萨摩木屐、胡子拉碴的男客和穿着竹白披肩、面饰白粉、脚被鞋子挤得生疼的女客。但是当他听到男客关于想移居乡下的一番陈述后,歪着头想了片刻,带着傲慢的态度说:"这个教堂没有牧师,所以请方便的时候再来,每月都要好好照料的呀。"不过,他还是让他们看了教堂。这是个狭小简陋的教堂,看样子,一百多人就会挤得水泄不通。里头还有一间小屋。本来在耶稣教兴时那阵子,距村西四公里之遥的甲州街道古老驿站所在的调布町上,有个教堂,其后调布町的耶稣教衰落了,教堂也废了,于是,石山氏和几名千岁村的信徒就迁来这里了。近来一直没有牧师,眼下有个小学教员,母子二人租住在这里。

参观了教堂,喝了涩茶,向这家的儿子问了路之后,又向甲州街道方面走去。

晚秋的太阳向甲州的山峦倾斜了。武藏野夕风砭肤,夫妇二人沿着花草摇曳的田野道路,拖着疲乏的双脚,一直向甲州街道走去。不知何处传来暮鸦哑哑的叫声。"我们的行止将会如何?哪里是我等命运的归宿呢?"他们一边想,一边默默前行。

来到了甲州街道。预订的马车没有来。妻子在唯一一家商店买了草鞋。她换去了皮鞋,急匆匆走了将近十多公里的路,最后来到了灯火明亮的新宿。

逃离都市

一

过了两个月。

明治四十年的一月。一天，两个乡下人拜访了青山高树町他的寓所，一个是石山氏，一个是教堂执事角田新五郎氏。他们召他为牧师，他表示不做牧师，只是想在村中居住，他这样回答了他们。

他对千岁村不太感兴趣。玉川虽然听说靠近那儿，但也有四公里的路，风景平常。他家现在使唤的女佣，老家是江州的彦根。据女佣说，她那村里有不少人变卖房舍田产到京都、大阪和东京谋生，地价便宜得令人难以置信。江州在琵琶湖东畔，山明水秀，盛产松菇，又靠近京都和奈良。他大为心动，请人去问了，但还没有回音。后来才知道，在这个时候，不管你是从乡村搬到城里，还是从城里搬回乡村，在别人看来都是在开玩笑。没有人会置理的。江州那边尚无消息，这时，千岁村的石山氏却异常卖力，前来通知说，眼下正巧有三块土地出售。他虽然不大起劲，还是去看了看。

一块地在祖师谷，靠近青山街道；一块地位于通往品川的灌溉渠旁边。这两块地方太大，不合心意。最后看的是粕谷这块土地，一反五亩多，地势稍高，风景也好。房子是不太干净的草屋，连土间约十五坪，屋顶绷着铁丝网，并用木桩固定下来，以防被风吹走。门前右侧是成排的樫树，一直通向麦田。屋后是由小杉树组成的三角形的树林。地面归石山氏和另一个人所有，房子则属于邻近的一位木匠，这木匠的小老婆和孩子住在这里。他想，这地方还算凑合，于是就回去了。

石山氏催得很紧，叫他快拿主意。江州那边一直没有消息，钱袋也一天天变空了，他最后决定买下粕谷这块地，并交了押金。

交了钱，这回该轮到他着急了。他排除万难，决定二月二十七日为逃离都市日。前一天二十六日，夫妇俩带着年轻的女儿，拿着扫帚、抹布和水桶，从东京到那里去打扫。因为路很远，女儿走得太累。云雀的叫声稍稍给了他们一些抚慰。

到那里一看，本来说好要前一天就交接的，可老住户还没有收拾完，正在向最后一班货车上堆东西。木匠主人和他互致问候，这人本来是石山氏的保镖，他的小老婆头发乱蓬蓬的，用憎恶的眼神瞧着城里来的女子。他们先在枯草地上休息，等待老住户离开。隔着一块小墓地，东邻就是石山氏的亲戚，这家的女主人供给他们两张草席，又端来茶壶和一大碗腌菜,他们就在席上坐着,拿出带来的饭团子吃。

一个十五六岁的哑巴拉起了货车,老住户眼看就要离开了。他们等得不耐烦了,站起来开始扫除。搬得空空洞洞的房子本来就不漂亮,但终究归他们自己所有了。房内的不洁使他们难耐。腐朽的麦草屋顶,簌簌脱落的墙壁,被小孩尿湿的六枚旧铺席,烟熏火燎的两张发黄的墙纸,六铺席房内粘满苍蝇屎的天棚,门内地面破败的灶间,粪坑内的粪便,涸留的浑浊的污水,满地的垃圾……老住户留下这一切,走了。

他们真不知从哪里下手打扫。母女俩拉长了脸孔。他愤然操起了扫帚,木屐也未脱就一下子跳上铺板,弄得尘土四散飞扬。两个女子也只得扎起手巾,挽起了袖子。

二月日短,才扫除了一半太阳就落山了。其余的都托给石山氏,他们一家匆匆踏上归途。今天,甲州街道没有马车,他们拖着沉重的双腿一步步走着,等到了新宿,女人们已经精疲力竭了。

二

第二天就是明治四十年二月二十七日。没有一丝风的二月,这是一个晴朗的日子。

从村里雇来了三辆马车，同是耶稣信徒的石山氏、角田新五郎氏、臼田氏和角田勘五郎的儿子，各人拉着四辆板车，装完了行李，吃过午饭就出发了。行李中大部分是书籍和花盆。他喜欢园艺，在原宿生活的五年，虽说租房子住，但也广植花草。大部分都留在那儿了，当然也有不少从原宿带到了高树町。他决定把这些花木一律带走，拉板车的人都取笑他，帮他把栗树、刚栽上的榛树等一起堆到了车上，并请一位在原宿时常来帮忙的善良的小伙计三吉押车。

前来帮忙的青年和昨天到粕谷打扫的女儿，各自告别后走了。暂时逗留的先前那位女佣也背着大包袱走了。隔壁的主人重病住院，他的夫人来往于自家和医院之间。虽然交情不深，但他们还是必须和这位夫人打个招呼。告别以后走出大门，发现门口已竖起了租让的木牌。

他们夫妇带着前来帮忙的女佣，各人手中拎着日常用品、灯台，乘电车到新宿，然后再乘驶往调布的马车。沿着甲州街道晃荡了一个多小时，在车夫的指点下，到上高井户的山谷下了车。

来到粕谷田园时，硕大的夕阳沉下了富士山那边。武藏野沐浴在一圈金色的光明里。逃离都市的这一行三人，拖曳着颀长的身影，沿田埂向新的住宅走去。遥望对面的青山街道，车声轧轧，第一辆马车眼看就要到了。人和行李从两旁的道路一齐进入这座孤单的草屋。

来到昨天刚打扫好的房子,两间六铺席的屋子里,都由石山氏给换上了没有镶边的新铺席,立刻像人居住的样子了。受昨日之托,先前那个木匠老住户,在六铺席房内装上了粗糙的天棚,以防止蛇钻进来。

天色将晚,拉板车的人也都到了。家具大都堆在"土间",剩下的放在外边。赶马车和拉板车的人喝了一杯茶就回去了。大家点上灯,从东京带来的碗柜里备有冷饭。吃完晚餐,夫妇二人住西面的六叠房子,女佣和三吉住在另一间六叠的房子里。

明治初年,从靠近萨摩的故乡迁往熊本,从暂时借住的亲戚家里,又移居到父亲购置的大草房里。当时,八岁的哥哥高兴地跳起来:"自家的房子,再破也是好的。"

生来四十年,他终于成为一反五亩地和十五坪草屋住宅的主人。他仿佛成了帝王,乐滋滋地伸展着双腿睡下了。

草叶的低语

百草园

田畔上盛开着红百合般的萱草花。有一天,太田君从东京翩然而来,闲聊了一会儿,主人邀他到百草园看看。他听说百草园距府中不远,大约十五六公里,又是熟路。看看钟表,十一点,虽然有些晚了,但夏季天长,还是去吧。说着,吃过午饭就出发了。

大麦和小麦早已收割完毕,旱田、水田、森林,到处一派翠绿。其中有一条白色的一直通向西边山里的甲州街道。他们一边谈话,一边轻快地走着。太田君穿着蓝底白花的单衣,脚上趿着木屐,手拿一柄古旧的阳伞。作为主人的他,仍然穿着那件不带折口的旧西服,束着红色的皮带,腰里掖着手巾,头戴麦秆凉帽,光脚上套着一双茶色运动鞋。两个人步履匆匆。太田君以前作为一个社会主义者,为了宣传他的主义,曾经拉着堆满平民社出版物的小车,到日本全国漫游,因而腿脚顽健。主人喜欢步行,但足力较弱，一天走上四十公里，到了第二天就受不了。两人跨着大步，因天气溽热，不停地擦拭额头上的汗水。

到了府中。千年的银杏、榉树、杉树郁郁葱葱地遮掩着大国魂神社。从神社旁向南，走了二公里多石子路，来到玉川的河床沙碛地。这一带叫分倍河原，是新田义贞大破镰仓北条势的古战场。坐船渡过玉川，又走了十町的路程，一脉东南走向的低矮的山峦，仿佛为玉川筑起了一道长堤。登上其中唯一的小丘，就到百草园了。这里原是松莲寺的遗址，如今是横滨某氏的别墅。院子里有草葺的茶屋、饮食店和旅馆。从茶屋向上登一段土丘，大树蔽日之处有一座很好的瞭望台。他俩叫人在地板上铺上草席，擦擦汗，喝喝茶，一边吃点心，一边观赏风景。

说这里是东京无与伦比的展望台是一点也不假的。不巧是薄阴天气，今天看不到筑波、野州上州的山以及附近的山和东京的影子。倒是脚下由西北向东南流淌的青白的玉川河流域，到被称作"比骤雨的天空还要宽广"的武藏野平原一带，表现着自然界浓淡的绿色。沙碛和人工建筑的道路和房屋，都呈现在一幅灰色的大幅鸟瞰图里，极其清晰地在他俩的眼下展开。"真美啊！"他们不住地赞叹道。

正在眺望的当儿，绿色的武藏野布上了阴翳，他们都没有戴表，以为天快黑了。暑热的天气叫人忘记了钟点，含着水汽的风泠泠地抚着面颊。凝神一看，玉川的上游，青梅一带的天空，卷起一团团黑墨色的浓云。

"也许骤雨要来临了。"

"是啊，是要下雨啦。"

两人放下点心钱，就下山了。太田君说他到日野车站乘火车回东京。到日野有四公里多路程，两人在山下分手。

"再见。"

"再见。"

太田君的身影转过人家珊瑚树的篱笆，消失了。剩下的一个带着凄清的神情，斜睨着西北的天空，向渡船方向走去。河面上空涌起了黑云，顺着玉川河水向东南流动。他每走一步，天色就黑下一层。他加快了脚步，然而云朵却比他的步履更快。乘一宫的渡船过了河，来到分倍河原的时候，天空变得黑沉沉的，北方殷殷的雷声敲起了进攻的战鼓。农民们都在忙着收拾晒干的小麦。从府中方面赶来的肥料车，轮子发出轧轧的声响，向家里奔去。

"太田君现在哪儿？"

他忽然想到，几乎就要哭出来，看看周围，他又默然赶路。

到了府中，天色黯淡了。不是时间晚了，而是天空的黑暗致使街上早早燃亮了灯火。一滴，两滴，雨点已经开始降落下来。他想，就在这里躲雨吗？他人虽然在这里等待晴天，但心儿早已飞到四十余公里以外的家中去了，他到一家商店买了雨披遮在身上，取出腰间的毛巾，从凉帽上紧紧把脸孔裹起来，然后又迈开僵硬的两腿匆匆赶路。

将要走出府中的大街，追赶而来的黑云在他头顶破裂了。突然，天宫像水槽漏底一般，雨水如瀑布下泻，紫色的电光一过，头顶上就像火药库爆炸一样，响起了急遽的雷鸣。他吓呆了，本能地奔跑起来，但又一想，一时难以摆脱这场雷雨的重围，就又放慢了步子。这一带前不着村，后不着店，没有可以躲避雷雨的人家，也望不到一个人影。他是路上唯一的行人。雨看看要停，立刻又哗哗地越下越大。他头上用毛巾包裹着凉帽周围，形成了一圈儿瀑布。大雨透过雨披浸湿了全身，口袋和鞋里贮满了雨水。他走着，像在水中游泳。紫红色的雷电，一阵阵闪烁，豆大的雨点从浓黑的天空不停地洒落下来，被闪电照得白亮亮的。雷声隆隆，仿佛已经远去，谁知又劈头盖脑袭来，像无数爆竹一同点着火，在头顶上噼噼啪啪炸响，好像一杆长长的皮鞭，瞄准他抽打下来。每当这时，他就不由得停住脚步。这雷声终究要落下来。开始，他只是想，这雷也许会降临，现在他感到这雷声非落下来不可。他又进而感到，这雷声肯定会落到自己的头上来。在这段道路上，如今运动着的生物只有他一个。如果有人命里注定要被雷击死，那么在此时此地就非他莫属了。他觉得自己必死无疑。他舍不得这条命，距这里八公里之外的家里，妻子的面孔历历在目。他像闪电一般迅速回顾了自己的生涯,这是不怎么美好的半生。他对妻子欠下的感情,桩桩件件如拖欠的赤字一样显现出来。他想象着自己被雷击死后活着的人的命运,"一个人被夺走,一个人剩下来。"他头脑中闪过《圣经》里可怕的宣判。他要反抗。但他知道,这反抗是无济于事的。雷越来越剧烈地响着,这下子又要袭来了。他每次这样思忖着,反倒觉得心中踏实了。他心中充满一种怜悯,对自己,对妻子,对一切生物。他的眼镜并非因雨雾而变得模糊了。就这样,他在夕暮之中伴着雷电走了八公里的路程。

进入调布町的时候,雷从他头顶上碾过,在东京方面轰鸣着。雨也变小了,片刻即止。也许接近傍晚的缘故,夕阳放出银白的光亮。调布町的街上,站着五六个人,吵吵嚷嚷地说着什么,一边瞧着地面。也许是落地雷吧,地面上腾起一股烟雾。站在门口的主妇打招呼说:"我来取晒洗的衣服,谁知那雷响啦。我躺在柴草屋里,想出也出不来呢。"

雷雨过去了,看来不要紧了。他遽然觉得急剧的疲劳。湿漉漉的西装,紧贴在身上,更冷又重。双腿疼痛,腹中饥饿。他拖着沉重的双腿,一步步挪动着。到达泷坂时,夏季漫长的白昼渐渐黑了下来。雨止了,东北的天空还在时时闪耀着电光。

画 ｜ 川 瀬 巴 水

走到离家还有六七百米远的地方，忽然看到一团白色站在路上，那是妻子。全家人连狗也都出来迎接。妻说，这么晚了，还以为刚才被雷击倒了呢。

第三天的报纸上有消息说，就在他那天走过的玉川的下游，雷电击中一只小船，站在船头的汉子被当场烧死，而船尾的汉子却安然无恙。

"一个人被夺走，一个人活着。"这句话又在他的头脑里浮现。

夜来香

在他成为一个村民的时候,从玉川的沙碛中拔来一棵夜来香,随便地栽植了。这会儿,十几棵花茎每天夜里至少绽放出七八十朵花儿,令人怀疑是月亮坠落在黄昏的庭院里了。

夜来香不是讨人喜欢的花。尤其在白天,夜间开过的花朵红红地萎缩在一起,依依难舍地眷恋着枝头,那副颓然垂挂的样子,实在没有什么看头。然而,这花开在墨染的夕暮里,如女尼般冷艳、明净,那清澄的黄色,那幽然的香气,带着一股清凉,很适合于夏天的夜晚。那花朵一瓣一瓣"啪"地绽开,那微音听起来也十分有趣。在这黄昏,当你独自怀着幽思,浑然而行的当儿,同这默默开放的花儿不期而遇,你会不心跳吗?夜来香也不是薄情的花啊!一个八九岁的弱小的男孩,从城下郊外的家里出来,沿着河边的沙路,到四公里外的小学校去上学,一边是古代的法场,一边是墓地。路就从中间通过。法场只有废弃不用的黑糊糊的绞刑架,有乞丐住居的小屋,一到黄昏,小屋内就点起朦胧的灯火。另一边的墓地上,新旧坟茔累累并列。自初夏以来,墓地的沙地上就开放出许多夜来香,白天走过时,他每每看到昨夜的花的遗骸,耷拉着,呈现出暗红色。从学校归来得晚了，走在灰暗的墓地上，觉得塔和土馒头后面的花儿，睁着黄色的眼睛窥视着他。他也看着花儿。对于他来说，这夜来香早就是死亡之花了。

这墓地上，有他侄儿的墓。这个侄儿其实只比他小一岁，六岁的叔叔和五岁的侄儿常常在一起游玩。有一次，叔叔把笔杆交给侄儿，命令他像狗一样衔着摇头，这温驯的孩子顺从地摇了两三下，叔叔强迫他再摇，侄儿不高兴地拒绝了。叔叔愤恨地瞅着侄儿，拿着笔杆朝他脸颊上一戳，侄儿"哇"地一声哭了。这个侄儿得了腹膜炎，第二年元旦，死在医院里。他是在欢饮屠苏的酒席上听到这个噩耗的。作为叔叔的他，心中很不是滋味。他开始微微感到有些 Remorse①。

墓地一边面临大河，一边连接着这条河的一个支流，侄儿就葬在那条支流附近。侄儿死后两三年，上小学的叔叔，在一个夏天的正午，伙同两三个同学到那小河里游泳。他带着几分自豪告诉他们，他的侄儿的墓就在那里。他还拉着同学为侄儿扫墓。在那小小的墓石前，几个光着身子的小学生轮番跪拜，折一枝凋落的夜来香插在坟前的沙地上。

如今，他看着夜来香，这花朵里隐藏着他儿时的梦。

---

① 英语：懊悔。

碧色的花

每当有人问他喜欢什么颜色的时候，对色彩极为多情的他，总是难以回答。

粟鼠色可以铸染自己的坟墓，冬杉的颜色很适合于外套。落叶松的嫩绿，使人想起十四五岁的少年。黑色仿佛是吸饱春雨而泛出微紫的泥土。樱花的秀气出现于少女的香腮。枇杷、香蕉的暖黄。柠檬、夜来香的冷黄。蓝宝石，令人想起飞鱼闪着银灰的翅膀，在热带海洋里跳跃。绿玉，叫你看到那时而在水面泛起红叶、时而日影下彻、垂下无数金丝的山间河流明净的水色。蒴草的衰红，仿佛开在大海岩阴下翻卷的水流里。红蔷薇和红芥子赛过红色的天鹅绒。北风劲吹、一片霜枯的田野的狐色。春日乐伶身上的莺色服。属于和平家庭之鸟的鸽羽灰。紫色含蕴于高山的夕昏，亦含蕴于高贵的僧衣和水晶之中。白色各种各样，水上的浪花，初秋天空的云朵，山野的霜雪，大理石，白桦树，北极熊的毛皮等等。这是数不尽的。所有的颜色，他都喜欢。

但是，如果硬要他说出最喜爱的一种来，那么他想选择碧色。碧色——从春日野外三尺小河中的若有若无的浅碧，到深山溪流阴里的青碧，所有级别的碧色——在这些碧色中，尤为鲜烈的浓碧，对他来说，具有震撼心灵的力量。

对于高山植物的花，他无权说三道四。园林的花，野外的花，在普通的山花之中，碧色是很可人的。西洋花草中，山梗菜、千代喉草，都具有美艳的碧色。春龙胆，"勿忘我"的琉璃草也有可爱的花朵。紫阳花、一种溪荪、花菖蒲，那碧色虽说不算纯净，但也可看。秋天有龙胆。一位身着牧师服装的诗人，曾到他村中来玩，在路上采下一株龙胆花，熟视良久，忽然吟出"一片青天落下地"的诗句来。晨露未晞的牵牛，不用说主调是碧色。在夏天的草花里还有矢车菊，这种花是舶来品，在我国似乎还有些不太习惯，但那清疏的形态，天空般的深蓝，是夏天里为人带来凉意的花。这些是园内的花。还有一种叫 Corn flower 的外国花也很好，生长在麦地里，夹在小麦中间，开着黄色的花朵。七年前的六月三十日，一大早，他从俄国中部茨克诺车站，乘农民的马车，前往托尔斯泰翁的雅斯纳亚·波里亚纳的时候，走过朝露瀼瀼的麦田。正要开镰的麦丛中，天蓝的花朵随处开放。他由于睡眠不足而感到旅途疲劳，即将见到托尔斯泰翁，又使他兴奋不已。这时，他那高热病人般的眼里，出现了这种天蓝色的花朵，使他沉溺于一种不可思议的安谧之中。

夏天还有千鸟草花，千鸟草又名飞燕草，叶子像胡萝卜缨子一样,花儿作飞翔状,似千鸟又似飞燕。园养的有白色、桃红,还有桃红中带紫白色的。野生的似乎只限于浓碧色。浓碧一褪,就变成木槿色,进而变成紫色。提起千鸟草,眼前立即浮现出赤塔的高原。那是明治三十九年从俄罗斯回国的时候。七月下旬,离开莫斯科,在伊尔库茨克换乘东清铁路火车,从莫斯科出发后第十天经过赤塔。离开故乡只四个月,然而东边越过乌拉尔时,火车骤然变得缓慢了。在伊尔库茨克换车时,车厢中上来个中国和尚,很令人高兴。从伊尔库茨克起,每一站都上来许多中国人。在赤塔见到的中国人尤其多,使人觉得像在满洲。火车从贝加尔湖一路上坡,到了赤塔就稍微有些下坡了。下坡车速快,心情也畅快得多。凭窗而望,地面上的浓碧映入眼帘,远胜过天空。这是野生的千鸟草花。他探出头睁大眼睛瞧着,铁路两旁是荒无人烟的山坡。那耀眼的浓碧的花朵,有的正在盛开,有的稍显衰谢,泛起微紫,有的正在打苞儿,千枝千朵,迎送着来往的列车。他当窗坐着,沉醉在这色彩里,显得有些恍惚了。

然而,在碧色的花草中,他不知道如露草那般优美的碧色。露草又名月草、萤草、鸭趾草。这种草的姿态没有什么看头,唯有那两瓣花儿,倒也不像完整的花,仿佛是被调皮的孩子揪掉的碎片,又像小小的碧色的蝴蝶停在草叶上。这种花寿命短暂,开放在有露的时候。然而伴随那浮泛出金粉般黄色的花蕊而漾溢出来的鲜丽的纯碧，却是无与伦比的秀美。把露草当作花儿是错误的。这不是花，这是表现于色彩上的露之精魂。那质脆、命短、色美的面影，正是人世间所能见到的一刹那上天的消息。在村头，在无耳地藏菩萨的足下，在那些各种无名的花草中，看到浥满朝露的露草耀眼盛开的时候，他便借着那位诗人盛赞龙胆的句子赞美这花："露草呀，你是蓝天滴沥的清露，你在地上使蓝天得到了复苏。你这开在地上的天之花啊！""哥尔利人啊，为何仰天而立？"我们只是仰望青空，而不知脚下已践踏了盛开的露草。

　　碧色的草花中，以露草最为多情。

月夜朦胧

早早吃罢晚饭,太阳落下,蚊子出来了。趁着晚凉打草回来的他,洗完手和脚,坐在廊缘边。这时,从门口闪进一个白色的影子,他走近一看,招呼道:"哦,是 M 君吗?"

来的正是穿着浴衣、趿着木屐的 M 君。M 君是早稻田中学的教师,同时为一家杂志写稿。在他搬到千岁村的第二个月,M 君为了给杂志取材前来采访他的新生活。他正在种植小樫树,使得 M 君在没有一点烟火的房子里足足等了两个小时。M 君毫无愠色地慢慢等着。他是一个温厚的人。这年夏天,在一个月色很好的夜晚,M 君浴衣上面套着外褂,飘然来访。M 君引用纲岛梁川君的话说,不信神灵,一切事都毫无意义;不信神灵而执笔写作也是无用的。M 君阐明了自己的烦恼,他叹息像自己这般愚钝的人,没有勇气抛掷一切而全力信奉神。

其后久久没有消息。相隔一年后的这天夜里,M 君突然来访。

M 君的目的是请他谈谈对上月在茅崎物故的一位文学家的感想。他对于这位故人滔滔不绝地谈了许多。故人和他同在一家报纸编辑部待过一段时间。故人才华出众,笔底生花，谈起话来，满腹经纶，妙语如珠。相反，他却自感迟钝、迂腐，猫一般蜷缩于编辑部的一隅，没有机会和故人推心置腹地交谈。故人受到几多侮蔑，而他又有着几多嫉妒与羡慕？虽然身相近而心却离得很远。其后，故人和他先后离开报社，各自走自己的路，见面稀少，多日也互相不知消息。然而，他很久就打算和故人认真交谈一次。日俄战争结束那年岁暮，他经历了一次心灵的革命，决心离开东京，进入山野。这时，一天夜里，他在新桥车站杂沓的人流中，发现了这位故人。看样子故人是到外地去，戴着折檐帽儿，打着细骨伞，一身潇洒的西服。他把惊疑未定的故人拉到一个角落里，站着说了两分钟的话。他为一直疏远而道歉，劝故人珍重，然后握手告别。这是第一次亲近，也是最后一次会面。

M君和他的谈话，从故人往事到生老病死，心灵的交感和精神疗法等方面，无所不至。

他们坐在草地边的廊缘上谈了很久。M君告辞以后，已接近午夜十二点了。

他送到八幡下两人才分手，夏夜的月亮如春夜的月亮一般朦朦胧胧。山谷对面的村庄烟雾迷离，田里蛙鸣咕咕，催人入梦。

"再见。"

"失陪了。"

木屐的声响渐去渐远，身着洁白浴衣的 M 君消失在雾霭之中。

其后，有一段时间未听到 M 君的消息。第二年，有一天的报纸上登载一条报道，说 M 君舍弃安分守己的妻子，出奔到京都山科的天华香洞去了。后来听说又回到了东京，某杂志上还刊登了 M 君出家的感想，不久就传来了他的噩耗。

信神之义举使他倾尽全力，M 君完成了一生中的大事，实现了生存的目的，于是便轻脱肉身而去了。

致雅斯纳亚·波里亚纳的未亡人

一

夫人：

我本来早就应该给您写信的，而且几次几次地拿起笔来。然而，笔是拿起来了，但不知如何写起。今天阅读比尔柯夫撰写的已故先生的小传的英译本，看到先生逝世六个星期之前和您一同拍摄的照片。看着看着，我的眼睛模糊了。呜呼，我想说，我要说，然而先生已经仙逝，即使不借助我的笨拙的语言，也能同先生交谈了。要写就要给您写，因此我就写了这封信。我随意写下了这些话，希望您这位万事皆听其自然的夫人打心眼里给予谅解。

二

从哪里说起呢？要写的事太多了。当初，我听到先生莫名其妙突然出走的时候，就知道先生最后的日子迫近了。因此，接到先生的讣告，我一点也不惊奇。当然，对于热爱先生的人来说，先生的逝去也是最痛苦的事。先生为何在爱妻爱子爱女无微不至的关怀中，在周围人士极力想要将先生化为己有（哪怕只有一点）的环境中，不能安安稳稳地死呢？为何到了生命的晚景，为了寻求可怜的孤独的死，非得离开温馨的巢穴呢？阅尽世故，深谙人事的先生，为何临近老年，一只脚踏入坟墓的时候，还必须要像释迦牟尼初生时那样呢？世上的人个个都感到诧异。有不少人责难他的一意孤行。笑他是个古怪多变的天才的也许是好人。想必先生也很痛苦吧。可是，夫人，悲痛的重荷偏偏落到您的肩上。您所经历的想来也是可怕的，在漫长的生涯中，您和先生相濡以沫，在这世途之旅的黄昏时节，您成为一个被抛弃的人。这样一来，托尔斯泰这个老魔鬼就赤裸裸暴露于光天化日之下了。夫人，有谁不向您献出同情之心呢？不论多么顽固的先生的伙伴们，不管多么痛苦的您的对手们，对于您的难以忍受的苦痛和断肠般的悲哀，总会感觉到几分的。想起站在那座池畔的一刹那，不能不令人战栗。

三

然而，夫人，正如世上有许多人非难先生一般，非难您的也不在少数。坦白地说，我就是其中一人。托尔斯泰这个伟大的名字，为世界所瞩目。先生和先生一家一门的所作所为，为万人所共睹，成为众矢之的。因而，先生可哀的临终前后的一切，就连那些细微末节，也都被刊登在全世界的报纸杂志上，引起各种各样的评论。我一篇不漏地看了这些报道。当然，有许多误传和曲解，也有不少芝麻蒜皮的事儿。坦率地说，这些报道有很多令我非常痛心。不瞒您说，夫人，我对您有许多不满。当然，如果说，白变成了银白，灰色势必变成漆黑，那么，已故先生被迫舍弃了物质的自我，因此作为一种反逆，您必须更加强调自我的作用。即便不这样，妇女也自然会处于一种物质可以约束的情况之下的。先生停止治理产业后，您作为一家之主，为了儿孙，谋求利益，倡导权利，努力积攒生活的资财，这也是出于一种无奈。从您这方面来说，先生不会有什么不平，也没有什么不满意的地方。不管谁都会这么看的。但是，夫人，说维护生计，这是个程度问题。您为家庭着想，对辞去诺贝尔奖的先生心怀不满，为了几万元的卢布，而把先生的声音录进留声机里。此外，和种种仁人、诗人一样，先生总是把精神的财富、灵魂的自由、人格的尊严等都放在第一位，而您却伤害了这位灵活不羁的先生的心，把一些平凡的小事都强加在他头上，这不是太残酷了吗？您是那样看轻托尔斯泰这个名称吗？所罗门说："我未尝见过义士的后裔沿街乞讨。"托尔斯泰的妻子，难道是如此贫穷吗？非得把自己的丈夫换成卢布不行？托尔斯泰的子女就那样没出息，非得吃掉自己的父亲才能活命？在我看来，您是身不由己，作为一种机械的运动，除此之外，我无法理解您的心情。您的这一行为很难认为是一种正气的表现。在莫斯科的小店里，一味敛财聚富的老板娘玛夏利娜、加特利娜等人自不必说，就连世界一流的托尔斯泰的夫人之举，好点说是不够谦虚，正确点说是没有信仰，难道不是很卑微的吗？我一想到先生的心情就痛苦不堪。过去，先生所舍命爱恋的美丽而正直的索菲娅姑娘，早已变成心香消褪的老伯爵的夫人了吗？再看看先生去世后全家的举措如何呢？我时常呐喊："先生啊先生，您为何非要采取那种激烈的寻死手段，而不能作为牺牲品安安稳稳死在家里呢？先生啊，您太执拗了！"我的呐喊说明我忘记先生是托尔斯泰了。谁都有自己相应的活法，也有自己相应的死法。托尔斯泰般的人，或有着托尔斯泰般境遇的人，采取那样的末路是当然的，而且是自然的，一点也不奇怪。别人不用说了，对于先生不如此则无法了此残生。对于先生来说，一切的人欲，一切的理想，在心中如可怕的烈火一般燃烧，在他斗争的过程中，化作灰色的生与死已被他置之度外。出于对您的真正的爱，出于对理想的节操，他的出奔和浪死成为必然的结果。假如先生将其趣味主张一概藏于心底，做个所谓家庭和乐的牺牲者，一个老好爷爷，平静地在雅斯纳亚·波里亚纳瞑目，那么先生果真能成为托尔斯泰吗？他的死还会给您这位夫人以及全世界那样的警策吗？有了这样的最后，这样的临终，对于先生等身的著作，多年的言说，不正起到了画龙点睛的作用吗？的确如此。托尔斯泰不是可以轻易实现理想的实干家，然而，托尔斯泰也不是赏玩理想而终其一生的理想家。托尔斯泰不是一个可以轻易摆脱一切揪心的烦恼的木石之人，然而，托尔斯泰却有一个以最后的一息为实现其理想而奔腾的火一般的灵魂，犹如黑暗的夜空用火焰组成的大字一般鲜明可读。狮子久久困在看不见的铁槛里，只能徒作狮子吼，或玩球，烦闷无聊，最后，当它一跃而跳出槛外，就将奔突于万里之原野，以遂自由之死的心愿。这是悲惨而伟大的死！先生的死是先生最后的胜利！夫人，您失败了。所以您才产生烦闷，您的全家才会沸反盈天。如今，我是这么想，但当初不是。当时我想，先生作为先生，为什么您和公子小姐们不能默默哀悼呢？为何非那样争论、那样吵闹不行呢？不用说，先生的出奔和死，可谓投下一枚重型炸弹，自然会引起巨大的反响，这也是必然的。石头越大，激起的水花越大。在旁人眼里，托尔斯泰家的丑态百出，您的率直的性情，公子小姐们的推心置腹，从处于世界人们面前的你们家族的立场上来说，这些都是可以理解的，吵闹和论争也是不可避免的。认真的论争比起苟且的和平要好。但是，我不忍想到这些事导致了先生悲惨的死。也不忍心看到先生墓石上的泪水未干，家人就闹得不亦乐乎。

然而我们都是人，作为人，冲突是必然的。先生是经过深思熟虑才采取那样的死法的。而且，托尔斯泰的家人正因为不会作假，才产生那样的纷争吧。加之，眼下诸事都还要和衷共济，不必再说埋怨的话了。以先生为中心产生的悲剧，给大家带来或大或小或深或浅的痛苦，我相信从这种痛苦中会产生最美好的东西，并为此而祈祷。

四

当然，您比谁都清楚，先生是深深地、深深地爱着您的，当他离开您而出奔的时候，也是爱您的。正因为先生深深地爱着您，所以他才能忍受着别人不堪忍受的痛苦。看来，这话似乎有些不合逻辑，但无可置疑，先生出走的一个重要动机，就是为了拯救您和其他先生所爱的人。人有时把石头当作宝玉，有时又把宝玉当石头抛弃。狮子也会把幼仔从山崖上推下去。我们所舍弃的，往往是我们最难得的宝贝。对于先生来说，您就是他的活宝贝，这从他临终时的谵语里呼唤您的名字可以知道。您直到最后都是先生的爱人。为了您，先生才会那样死的。您也确实是知道这一点的。夫人，在这种深沉的情爱面前，您难道还不能低下头来吗？人的灵魂是不羁的，独立的，夫妇一生肉体的结合，无法约束他或她永久的存在。因此，先生生前他有他之道，您有您之路，这是没有办法的事。不过，在先生摆脱肉体的今天，我衷心祝愿你们实行真正的第二次结婚，这既不是金婚，也不是钻石婚。走过悲哀，我们将迎来清净。尝过痛苦，我们会获得理智。敬爱的夫人啊，先生是您的良人，全家的父亲，也是所有信赖和爱戴先生的人们的父亲。敬爱的夫人啊，您如今是雅斯纳亚·波里亚纳小王国的皇太后，同时请您不要忘记，您也是所有理解您的人的母君。夫人，请放心吧，凡是见过您的人，有谁不崇敬您的认真而勇敢的灵魂呢？有谁不知道已故先生正是在您的爱的鼓舞之下才为人类作出巨大的贡献呢？谁能断定，如果没有您，先生能否作为一个伟大的托尔斯泰而为人所熟知呢？先生是不朽的，您也是不朽的。您曾说过您在写自传。我想您正在孜孜不倦地进行这项工作吧。我真想先睹为快。我想，这本书的出版，可以澄清各种事实。您有义务作为我们这些人的后盾。请用您特有的真挚和魄力，完成您的著述吧。我们盼望这本书早一天出版。

五

今天是七月三日。七年前的今天，我正在雅斯纳亚·波里亚纳享受着厚遇。我清清楚楚地记得我所见到的人们和所遇到的各种事情。正是今天，我走出小屋，拿着笔和墨水，来到枫树下的餐桌边，请大家签名留念。这本笔记如今仍然留在我的手里。我打开看了，一切都在。先生、您，以及其他几位的签名历历在目。我甚至觉得墨迹未干。然而，先生的坐椅永远空下来了，这时，枫树下的那张餐桌也很寂寞冷清吧？我读了蒙德先生写的传记，知道奥伯伦斯基公爵夫人玛丽娅在和我见面不久就死了。我非常喜欢玛丽娅，然而如今只存下一片记忆了。前不久，我见到了从莫斯科归来的小西君。小西君在那件悲哀的事发生之前见到了先生，而且又出席了葬礼。但是他不太知道您和您的家人的事。我想安德烈君也住在一块儿吧？请转告安德烈君，我时常想念他。莱昂君一家住在彼得堡吧？在雅斯纳亚·波里亚纳菜园里随处乱跑的孙儿们，早已长成大小伙子了吧？亚里桑德拉小姐怎么样？我还记得，在那条伏龙加河岸迷路的时候，是小姐把我找回来的。米哈伊尔君怎么样了？我虽然和他只见过一面，但我非常喜欢他。朱丽安小姐早已离开雅斯纳亚·波里亚纳了吧？马柯维斯基君如今又在哪里？斯诃钦君依然是国会议员吗？奥伯伦斯基公爵和他那位戴着夹鼻眼镜的母亲都安好吧？伊利亚还工作吗？我曾经帮忙一道耙草的厨师太太也还健康吧？

呜呼，那枫树下罩着雪白桌布的餐桌，每天早晨上面的银制水壶响着，等待人们过来饮茶。桌子下的白沙踏上去软软的。还有那夕暮里的阳台，先生读书，您在上面缝制衣裳。在那"瑞兰达"的夜晚,家中的公子和小姐们弹着曼陀林,唱起了歌。还有那伏龙加河的水浴,多么惬意!走在那清凉的白桦林里,逍遥地踱着步子,日光从绿荫如织的间隙里漏泄下来,斑斑驳驳。先生也躺在那里睡着了……这一桩桩,一件件,是回忆不尽的。啊,真想再去一趟令我神往的雅斯纳亚·波里亚纳!

敬爱的夫人啊,我的这封信写得够长了,应该搁笔了。我愿神灵将慰藉您的寂寥,将给您力量。祝愿您的晚年像俄罗斯的夏夜那般安谧而美好。最后,我的妻子也对您所承担的众多的重负,表示诚挚的同情。

永远纪念,永远爱着雅斯纳亚·波里亚纳。

一九一二年七月三日

阿 安

也有形形色色的乞丐来。春分，秋分，三五月的假日，盂兰盆节，总有一些装扮得小巧利落的女子，驮着孩子，分成几路，高高兴兴来到这里。问她们打哪儿来，回答说是从新宿来。有不少自称是商人，带着草纸、价钱低廉的肥皂和玩具，实际上也是乞丐。那些生活困苦的职员，找不到工作的土木工，也都寻机或做乞丐，或沦为小偷、强盗，或拦路抢劫。这帮人也时常光临。一个秋天的早晨，门前的杂木林里传来了窸窸窣窣的声响，出去一看，有人夜间睡在这儿，一个身穿号衣的四十多岁的汉子，带着困倦的神色，爬起来伸伸懒腰走了。

除了一般的乞丐之外，也有许多特别指名要钱的。有时想给没有钱，有时有钱又不想给，当然也有想给又有钱的时候。有时用报纸包着两三块蒸白薯就打发了。当然，个别人又当别论。他村居六年，遇到了两个诚恳的乞丐——阿仙和阿安。

阿仙也许是富家子弟的缘故吧，身为乞丐，却态度傲慢，我行我素。他留着寸头儿，长着一副面桶脸，毛栗鼻子，瓮声瓮气地诉说着过去的放荡生活。阿仙很爱清洁，要饮料时总是喝开水。有一次给他海带渣儿，下回再来时他埋怨说："吃了那东西，不但搭上了酱油，还闹肚子。"有时小婢一人在家，他要茶要饭，最后还强求她把身上穿的衣服脱下来给他。吓得小婢缩成一团。主妇问了问阿仙的出身经历，他变脸说："怎么，你想找乃公的茬儿吗?"有时一下子没有东西，给了他一些梅干，他就皱起眉来，不屑一顾。男主人看到了，就不由得勃然大怒，骂道："穷要饭的，还分什么好坏?"他愤愤地接过去，出门走了五六步，扔到杂木林里去了。有时真想追过去揍他一顿，想想还是算了。主人此后便憎恶阿仙，他后来又来过一两趟。这二年顿时消失了踪影。

同性格倔强的阿仙形成对照，心地平和的阿安，在村中倒混得不错。阿安五十光景，皮肤浅黑，眯细着眼睛，一副木木的脸孔。阿安傻里傻气的，身上一件脏衣服，从冬穿到夏。一顶破呢帽，黑发低垂在前额，有时裹一条黑糊糊的毛巾。他一只脚穿木屐，一只脚穿草鞋，一瘸一拐地走路。主人曾经给他一双穿旧的运动鞋，没几天就破了，不到十天又光脚了。

他看来是个江户哥儿。想引诱他谈谈是什么时候因何种事而成为乞丐的，可他就是不上钩。他只说干过理发匠。他有时劝主人磨磨剃刀。主人的胡子六七年任其疯长，有时太长碍事就用剪刀剪几下。主妇嫁来十八年，也没有净过一次脸，家里根本没有剃刀。阿安的一片热情只好白费了。可是到了有剃刀的时候，又真不敢劳驾阿安那双"清洁的手"。

他一来到大门口，总是用手杖尖儿啪啦啪啦扫地。一听到这声音，就知道是阿安。"抱歉啊……"他站在门口，一板一眼瓮声瓮气地说。有时候他小声地哼着歌儿："春雨呀……"有一次，瞅准阿安到来的时机，叫他帮助用筐篓运沙子，给他五文工钱。其后他每次来，总是问："有活干吗？"有时撒娇般地要香烟抽，主人告诉他家里没人抽烟，他老是忘记，过后还要。正直的阿仙，认准死理不回头；聪明的阿安，性情随和，内心机灵。

夏季是乞丐的天国。到了夏天，我辈也想摆脱家庭这个累赘，躺在田园或山野，到日本全国乃至全世界乞讨一番。夏季是乞丐的天国，只是有一点不好，就是蚊虫多。不过，到处的堂宫皆寝室，背阴处绿草如茵，有些东西不能贮存，家家户户讨要的东西自然多。有一次，看见阿安跪在田间小河的一侧。

"你在干什么，阿安？"

听到声音，阿安抬起恍惚的眼睛答道：

"哎，哎，洗东西呢。"

原来他在刷洗草帽。遍地的田中小渠既是他的洗衣场，又是他的洗澡堂。

冬季就惨了。他们只能在小木屋和客栈等地方凌风冒雪。平时飞扬跋扈的这帮家伙，再也无法耀武扬威，不是钻进村中的堂宫，田野的肥料屋里，就是躲在避开面北的山崖下或杂木林中烤火取暖，通宵达旦。这些地方老闹火灾。旁边有一座阎王庙，主人搬来前不久，因乞丐们烤火而烧毁了，木质的阎王也化成了灰烬，只剩下石雕的夺衣鬼半蹲在露天里，一副可怕的样子。镇守八幡庙，为防止被乞丐们烤火烧掉，去年开始在大殿里安装了结实的防护门。阿安没有一处栖身之地。也许因为这个，近来一直没见阿安的影子。

"阿安怎么啦？"

他们时常议论着。

昨天，女佣忽然报告了阿安的死讯，据说是附近的女儿告诉她的。

"你问阿安，在我家的阿安姑娘死之前他就死了。"

附近一个名叫阿安的少女是在五月初死的，看来乞丐阿安是在樱花开放之际死去的。

听说阿安一直住在甲州街道南侧五谷神社里，死后埋在了高井户。他到底是怎么死的？

"他喜欢玩女人，大伙都说，女人家一个人不能单独送东西给他。"女佣说。

阿安死了吗？乞丐阿安真的死了吗？

"瞧他那副可怜的样子，死了倒让人安心啦。"主妇说。

主人的心头掠过淡淡的哀愁，仿佛秋天田野上空的一丝云翳。

麦穗稻穗

乡村一年

一

村子靠近都市,阴阳历一折算,年内的各个节日都要推迟一个月。阳历新年,是村公所的新年,小学校的新年。对神乐表演感兴趣的年轻人,过年时都到东京看热闹,或去耍狮子舞了。甲州公路上,跑着年后初次运货的马车,朝新宿方向行驶,拉车的马都打扮得花花绿绿,好看极了。头戴黑帽子、身披紫袈裟、脚穿白布袜和高齿木屐的游方僧,脖子上吊着装岁银的黄色大包袱,领着紧抱双手、拼命赶路的小伙计,到施主家化缘。除此之外,整个年关,村子里十分平静,既不捣年糕,也不插门松。因是农闲,青年夜校开学了。浚井、建柴屋、换房顶、修理农具,也都趁这时候。晒够了太阳、玩厌了孙儿的老爷子们,这阵子都到田野里,含着烟管儿,倒背着两手,慢悠悠踏麦子。

年轻人的活儿是去东京运肥料。天冷下肥不生蛆。这时节正合沤肥,俗称"寒练"。漫漫冬夜,全家老小,围着大火炉,打草搓绳编草鞋,互相比赛,看谁编得快,做得好。亲娘、闺女坐在淌烟的油灯下缝缝补补,一边念叨着在外打仗的家里人。也谈到了回东京的哥哥看到的城里新娘子乘的花车。

一月末尾,城里早早将过年的漂亮春装收进了衣橱里,玩纸牌的手留下了老茧,接二连三的新年宴会过后,大小艺妓终于可以喘口气了。这时,乡村举行大扫除,捣年糕。数九天的年糕不坏,浸在水里,是全年的茶点,忙时可当饭。人口众多的大家庭,可一次捣一两石米。亲戚朋友一齐帮忙,歌声震耳,东邻西舍,咚咚砰砰,闹腾得深夜难眠。从半夜一直捣到黄昏。过了阳历年,"美的百姓"家里,年糕吃完了,早饭前,阿系阿春笑嘻嘻地端着牡丹饼①来了。阿辰老爷子家里做的比别人大三倍,粉子捣得细,装在上好的红袋子里送来。筱田阿金家,馅儿是黑糖的,样子很好看,盛在小巧的盒子里寄来。平时很讲究的阿数婆婆捎话来,说怕馅儿不中意,只弄些刚刚捣好的寄来。去还礼时,只见家里扫得像过年一样干净,屋子里吊着两片腌鲑鱼。

---

① 用红小豆粉做的牡丹花型的糕饼。

二

　　二月是乡间的新年。虽说有的家里不插门松,但人人都换上新衣服,玩个够。甲州街道上有戏班子,门票八分或一角。也有说书的。小学有幻灯晚会。大天理教堂和小耶稣教堂,都从东京请人来说教。府郡的技师来举办农事讲座。节分撒豆①。七日喝七草粥②。十一日开仓。十四日送神火。有的家庭老派些,有的家庭走走形式,或根本不当回事儿。总之,过去的东西一年比一年远了。当地的名品是秩父山刮来的干风和化霜期。武藏野很少下雪,难得积上一尺,一般不到五日就化完了。有一年,一入四月,下了二尺多深的雪,连村里的老人们都感到惊奇,说从季节或雪量上,都是井伊扫部③以来所没有过的。自十二月到三月底,是漫长的化霜期,走路得穿草鞋或高齿木屐。干风席卷着霜枯的武藏野,霜和风使得人们的手脚和地皮都皲裂了,留下一道道鲜红的口子。干土立即变成尘埃,

---

① "节分",季节移转之意。指立春、立夏、立秋、立冬前一日。特别指立春前的2月3日前后,这天各神社寺院有撒豆驱鬼的习俗。
② 初春期七种野菜混合熬成的粥,1月7日食之以防疫病。
③ 井伊直弼(1815—1860),幕末大老,扫部头。作为德川家茂将军之继嗣,未等敕许即镇压反对派(安政大狱)。后被水户、萨摩浪士所杀。

风一吹，云雾蒸腾，远远看去，宛若火灾的烟。火灾很多，干透的草房，最易着火，加之锅灶和澡堂都烧碎稻秆儿，真叫人受不了。火灾少那才怪呢。村村间间都有消防，但实在应付不过来。夜游回家的人一看见火，就大叫："啊呀，失火啦！"大家传开了："失火喽，失火喽，哪里失火？确实失火啦！"各地消防站的小伙子，听到后赶紧回家，穿上消防衣，打开村中央火警值班房的锁，搬出灭火器，喊着号儿跑到那里，火场大多早已化成了灰烬。除去那些孤立而周围又长满树木的人家，还有房屋密集的公路两旁，村子里的火灾一般不大，但一有火星儿，必定烧起来。有一户人家，住在东京的儿子说城里一旦失火太危险，把好衣服都寄存在乡下，结果一场大火烧个精光。

梅花二月还不开，崖下朝南、阳光温暖的角落，一棵紫堇含笑绽放。二月寒凉，到了下旬，云雀开始鸣叫。叽，叽，叽，不错，是云雀。可翌日又听不到了。第三天又叫得欢。啊，云雀叫啦！虽然远山的积雪还很厚，虽然武藏野的冰霜还没有解，虽然落叶树枝条裸露、松杉还是灰褐的颜色，虽然秩父山的风依旧寒冷，可是云雀叫了，云雀在初春明朗的天空里飞翔、鸣叫。人们听到这叫声，心中泛起迎春的喜悦。云雀是麦田的乐师，云雀的歌声唤来了武藏野的春天。

三

春天来到武藏野。晴暖的日子，甲州的山雪一派迷蒙。院子里梅树上的积雪滑落下来，耳畔响起竹林间黄莺最初的鸣叫。然而，乍暖还寒的天气还很多。三月也还是颇为寒冷的月份。初午①，五谷神社轮番举办讲演宴会，各自带着五合米、一角五分钱，就能大吃大喝，尽欢而散。不知不觉间，该下地干活了。先扫除落叶，搭温室准备种白薯、南瓜和黄瓜，还有马铃薯。

春分前农家一件大事是男女佣人大换班。农村年年人手变少，好的佣工争争抢抢。近处又有东京这个大市场，不管到哪里，都能寻到赚钱的工厂。不论男工女工，主人对他们稍不满意，拔腿就走。寺本家的佣人说今年还要继续干，盂兰盆节和过年的衣服钱九十元。大伙儿很是羡慕，都说人品好，工钱又便宜。亥太郎的小儿子今年十二，给筱田家看孩子，月薪五角。厚嘴唇的阿久，利用自家工作余暇，到财主伊三郎家帮工，每月固定十天，工钱二十五元。石山给邻村办丧事，女儿跑来，说伙计逃跑了，石山赶紧从殡仪馆折回，把伙计找回来。阿勘的过继儿子阿作，

---

① 二月第一个午日。

四处奔走寻找女佣。好一些的蚕妇,去年里都谈定了。有的人家,将一件毛织的和服衬领、一双布袜,悄悄塞进女佣的袖筒,引她来年继续干下去。这样的大换班结束后,安心喘口气儿,就到春分了。

拿着线香、花、水桶,扫墓的络绎不绝。从东京来上坟的人梳着元宝髻,穿着印有家徽的礼服。寂静的墓地也有了人声。香烟缭绕。竹筒里插着丁香花、红山茶。竖起了新墓牌。田对过走着身披绯红袈裟的和尚。春分时节村子里修路。年轻人总动员,半工作半玩耍,将道旁长出来的树枝子砍掉,把一点儿草地的土抛到路中央,真不知是修路还是毁路。

四

四月,春渐浓。乡村三月三,家家摆偶人,户户做菱饼、草饼。小学新学年。附近,直到去年话都说不清楚的喜左小子,兵帽上挂着书包,大模大样走着,打今天起就是小学一年级了。五六年前,除了过节,女子穿礼服的极少,这阵子天天上学的,添了许多枣红裙子。这是小学校来了女教师后的现象。"桃之夭夭,其叶蓁蓁",桃花节自古就是婚嫁季节,村里娶媳妇,招女婿,大都选这个时候。三日三夜,将全村人请来喝个通宵,嘴里唱着"恭喜,恭喜若松哥儿"，把十七件嫁妆都编进歌里，这是大户人家的事。一般人家诸事都带乡下风味，新娘子自己到理发点梳个岛田发型，回家换上嫁衣，坐车子嫌太豪华，走到甲州街道，乘着马车过门来。这办法倒很好。有的人家，先悄悄唤媳妇进门，等适当的时候，再举行婚礼。碰到高兴时，从调布一带叫几桌酒席，把亲友都请来赴宴。新郎穿着礼服，由一位年轻的亲戚领着，拿着一条毛巾和一张棉纸，到村里挨家挨户拜问一番。再不然就叫新娘子涂着白粉，红硕的小手挽着睡袍的下摆，由伴娘陪着，到各家行礼，这就是所谓见面礼。

寺院按阳历算，四月八日举行释迦牟尼诞生法会，村里要晚一个月。各个寺院鸣钟召唤小孩子，于是孩子们一听到钟声，就在爷爷、奶奶或姐姐带领下，拎着小竹桶，高高兴兴去打甜茶。

音吉到麴町运肥，回来说，东京樱花盛开，人山人海，车子走不通。乡村樱树少，但有桃花、李花。野堇、蒲公英、春龙胆、草木瓜和蓟草，繁花似锦。"野外踏青来，木瓜蓟草花正开"。大忙之前，此花盛开，不少人到御岳、到三峰、到榛名，或乘火车，或穿草鞋，前去观赏。村里很少有带着孩子赏樱，或到海滩上拾贝壳的风流之士。蝶儿款款飞舞，可恶的蛇出洞了。空中云雀越叫越欢。在云雀的呼唤里，麦子渐渐吐穗了。孩子们"滴滴"地吹着麦哨，武藏野的白天变长了。玉川里三寸长的小鲇鱼,经偷捕者的手,悄悄送进了老爷的厨房。仁左卫门宅子里的大榉树,染着一团淡褐色的烟云,摩戛着春空。杂木林的橡树、栎树次第吐出嫩芽。贮藏的山药也发芽了,该栽种山药了。月末,是绿叶旺盛的时节。青春的武藏野,洋溢着复苏的朝气。各种虫儿出来了。水田里青蛙发出钝鸣。水温润了。该育稻种了。桑树绽开叶芽儿。家家准备养蚕了,晒笸箩,掸草席。月末就早早开始扫蚕蛹。虽说很少家庭有蚕室,但户户至少要扫上一两张。是吃笋子的时候,种植江南竹的人家,每天一大早起来上肥料,十亩竹林要花八十元到一百元。杂木山渐渐变成了竹林。

五

五月。预料下月更忙,乡下只把本月当阳历过。大麦小麦都秀穗了,一望无垠。绿野如同天放亮,丰穰的麦穗似白色的海浪漂浮。麦穗浥着朝露,在夕阳的映照下,银光闪耀。这时,人和云雀的歌声相竞赛。五日是吃槲叶饼的节日。于悦目的绿叶丛中,猝然跃出几条红黑的纸鲤鱼来。五月五日,府中大国魂神社举办所谓"六所样"[①] 的

[①] 六所神社合祭的"六所之宫"。

御祭礼。新制的蓝兜肚、蓝裤衩，初次上脚的布袜子，新裁的布巾在下巴里扎个结儿，年轻人向老子要上三元五元的，塞进钱袋，扛着自制的四尺长的杉木拨子，雄赳赳奔向府中。"六所样"放直径六尺多的大鼓一个，中型大鼓数个。劲健的两腕抡起称为"拨子"的杉木棒打鼓，十五六公里之外都能听到鼓声咚咚赛滚雷。说起府中祭来，有阪东男儿舍命撞神舆，能把神舆撞个粉碎；合伙用杉木棒敲大鼓；凌晨十二点，听信号熄掉所有的灯，黑暗里闹出人命、处女破身等乱子层出不穷。最近因有警察管理，这类事少多了。

落叶树的嫩叶渐次变青，杉、松、橡等常绿树，老叶落尽，最后换装。田里长满紫云英。树林里的金兰、银兰开花了。有薇菜，也偶尔能看到蕨菜，但没啥看头。

八十八夜，要采茶了。茶，大致连叶一起卖。扁豆、玉米、大豆，也要下种了。要下雨了，桑叶采了吗？今年桑叶长得不好，蚕宝宝会怎样呢？养蚕师还没来巡回指导吗？稻种怎样了？要翻地了。要整秧田了。早稻要播种了。说着说着，黄瓜、南瓜、白薯、茄子，都该栽种了。稗子、高粱等秋作物，也该下种了。这月中旬，大麦开始发青了。麦田的伶人云雀，从三寸绿开始鸣叫，"麦子熟啦，起床啦，快点儿下地吧。"天未明就叫了。开始征兵体检了。稚气未脱的青年，留着平头，穿着礼服，精神抖擞，各村都

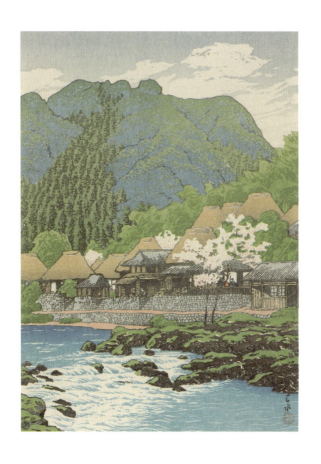

画 | 川瀬巴水

到府中集合。川端家的阿嘉，得了个甲等。"俺家阿忠，还没抽签，就选进海军。俺没有男孩子挣钱，本想叫阿忠当雇工，为了国家，没法子。"与右卫门咂着嘴说。筱田的阿银家里，去年哥哥抽了免征签儿，今年稻公凭体格，被选入炮兵。他人勇武，阿妈受不住了。

日子模模糊糊过去了。最后一场霜就像昨天，可春蝉已经鸣叫了。绿叶风吹，是令人怀恋的日子。到了诗人所歌唱的"绿荫幽草点白花"的时节了。田塍上盛开着雪白的水晶花。树林边是白色的橄榄花。田川的河岸上开满蒺藜花，繁密而芬芳。然而，没人观赏。最要紧最要紧的蚕宝宝长大了，可月中一度的冰雹节，肯定在镇守之宫举行。临近甲武山的三多摩地区，由甲府盆地产生的低气压，流向东京湾途中，正巧经过这里，冰雹、雷雨是该地的名产。秋风猛烈，但最可怕的是春暮夏初的冰雹。冰雹的通道大体是一定的，由多摩川上游而下，掠过这一带村子，向东南而去。五年前，下过一次拳头大的雹子，很是可怕。前年，一连下了十分、十五分钟，一地银白。有些地方，大麦小麦颗粒无收。桑树、茶园，还有蔬菜、水果，全部被毁。邻村的九右卫门老爷子，生活本来不错，卖了钱，可以用来浚井、换房顶，干什么都行，可田地遭到这场冰雹，大失所望，一味蒙头睡觉。左拉小说《土地》中那位深深抱着希望的青年农夫，遭到了一场冰雹，紧攥着拳头，对着上天怒吼"你干的好事!"这是当然的。这里称"雹乱",比战争都可怕。这里有冰雹祭,向榛名山菩萨请愿。然而榛名菩萨、镇守八幡,也都无可奈何。本村没有水患,却经常遭受冰雹的洗礼。这是村子向上天缴纳的租税啊!

六

六月,麦秋。"绿叶埋天地,只剩富士山"。层层绿叶连天地,间或显露一片黄熟的麦田。阳历六月,正是农家的五月,"农功五月急于弦"。农家最剧烈的战斗是六月。六月初旬,小学临时放假,是农活大忙时节。连小孩子的作用都不可忽视。初旬,蚕上山。中旬,割大麦。下旬,收小麦。

梅雨到来,天天阴雨。戴着蓑笠插秧了。旱地多的村子,插秧也是一件活儿,大伙儿都说:"插罢秧,就了了桩心事。"瞅着雨停,抓紧收获割剩的麦子,迟了,站着的麦粒也会发芽。收罢庄稼,还得除掉因一时疏忽而迅速生长的野草。白薯也该翻秧了。早稻、玉米、稗子、大豆,也要中耕松土了。二回茶也该采了。城里的公馆,再不去运肥,要挨骂了。时时要做麦饭,拿到水磨房,舂它一个晚上不睡觉。甲州贩茧子的人及早踏上了甲州街道。今年好价钱,川端阿岩家里,听说卖到四元一角五。邻村的滨田开始买茧子了。阿仙雇了四五个女工，用一架脚踏机器缫丝。阿长也领了营业执照，开始买茧子了。给本家的春子、兼子一些本钱，急忙运上一车茧子，拉着到处寻买主，问价钱，哪怕多卖一分钱也好。连碎茧都卖了，净赚四十九元二角五。夜里睡不着，心里琢磨，还不够五十元，但也是一笔钱，拿回来放进古老的柜子里，喝一杯茶，就下地了。

天上的云雀依然叫得很执着，村中的树林里栗子悄悄开花了。田间的小河，苇雀从早到晚叫个不停。夜里能听到杜鹃的声音。有时也有猫头鹰在叫。夜里有水鸡咯咯声。萤火虫来了。蝉叫。蛙鸣。蚊蚋出现了。苍蝇乌黑一团。跳蚤飞扬跋扈。金龟子、瓜蝇子、瓢虫，吃蔬菜的虫儿数不胜数。都是小生命啊！它们都要活。逮也逮不净，置之不理，蔬菜就会被吃个精光。能逮多少就逮多少吧。我们人也得活啊。人手不够，人手不够。自家人忙不过来。只得雇用从甲州街道过来的地方上的农民。将十亩地按一定的租金租给他们，由他们插秧、割麦。这样还干不完。这个时候，甚至要把坟里的死人拉出来使唤。除了死人和重病号，没有闲着的了。连瞎婆子也摸索着给人烧茶。地里的豌豆、扁豆结荚了，也没空儿煮了吃。精明的东京场末的煮豆店摇着铃铛来了。有些日子用稷米饼代替饭食。近的地方，一起来趁早饭前就下地，远些的田地，阿春一手拎着大水壶，一手提着好重的大包袱，里头装着山药、稷米饼，东倒西歪地带着干粮就上路了。这个季节访问农家，大都锁着门，家中连一只猫都没有。有的家里只有五六岁的女孩儿和婴儿两个人，不管问些什么，总是翻着眼珠，回答"不知道"。这时候小孩子也最容易出意外。家里到处沾着麦芒，坟地长满了草。寺院、教堂的和尚、牧师，闲得直打哈欠。来生如何，谁还顾得上那些？

七

繁忙之中，月份无情地进入了七月。六月忙，七月还是忙。

忙，忙，总而言之，就是忙。天长，活儿也干不完。夜短，也睡不安稳。家家女儿熬红了眼睛，户户主妇面带病容。性急的石山，斥责懒散的阿久又小气，又贪婪。"铁打的车轴，跑多了路也会损耗。我老了，不能挣钱啦！"个子虽小却很会干活的阿辰老爷子在发牢骚。"说得对，俺比辰哥您小十岁，心想，咱哪能输给年轻人？谁知一干起来，就上气不接下气啦。"打石板的与右卫门附和着说。然而，损耗也罢，生锈也罢，车轴总是车轴，车轴不转家不转。好容易收割的麦子，要是不尽早脱粒装包，就会化蝶飞了。今天还会下雨吗？啊，是大晴天！把大伙儿都叫来，一起到场上去。花白的头上缠着手巾,手里握着光溜溜的打谷棒。小孩子也跑来了。哥哥来了。弟弟来了。媳妇来了。小姑子来了。婆子不腰疼也会来。扫得干干净净的禾场上,又摊满了麦子。男男女女,各自结成对儿,相向而站,各人伸出一只脚,合着拍子,一上一下,你打一下,我打一下。男人短裤上扎个兜肚,草帽戴在后脑勺上,古铜色的胸膛暴出筋疙瘩。戴着菅笠或包着毛巾,扎着背带,套着护手的年轻女子,不时用腕子擦擦额头的汗,合着节奏打麦。咚,咚,叭嗒,叭嗒——一群人喊着号子提劲,大地也给砸塌了。"我要是找了你,可真是灰心丧气,干脆别了爹娘,离开这人世。"青年女子动听的歌声,令大家一起叫好。禾场上的太阳毒辣辣地照着。打谷棒光亮耀眼。青年男女的脸膛,个个晒得像熟透了的红杏。天空奔涌着一团团光亮的云朵。

七月中旬,梅雨一过,便到了真正的暑天。闪亮的麦子割掉了,田野又恢复了绿色。然而,这已不是暮春时节的嫩绿,是整天吐着绿色火焰的绿。朝夕的蝉声令人感到清凉。白天油蝉的鸣叫使人烦躁不安。即使凉爽的茅草屋,有些日子,气温也有华氏九十度以上。人在屋里,大都裸露着身子。田里的吊儿郎当的武太,只穿一件裤衩,在砍稻秆。十五六日,是东京的盂兰盆节,各地的佣人放假回家,到处走着脚穿白布袜子的人。甲州街道上的马车,坐满了这帮子年轻人。

八

风暴的中心是平静的。夏季农忙时节的战斗也有休战的时候。

七月末或八月初,麦子完事了,要选好日子早一点儿锄草了。先由本月的值班者出告示,通知大家乡村要准备大休了,拿出三天来,中间一天全村总动员,一起除草、修路。将公路两旁恣意侵害路面的杂草和小树枝,毫不留情地用快镰砍去。人们总要使加宽的道路名副其实。那些欲壑难填、求名逐利、不讨人喜欢的人的田地或森林,这时也才下决心大砍大伐。自古逢到这个时候,世界就不好过,休息日也时兴打工赚钱。乡村大休期间,田野里也能看到三三两两干活儿的人影。

八月,小学放假。八月七日,乡村的七夕节,有的人家竖起了竹竿,上面挂满五颜六色的纸条儿。不久就是盂兰会。用麦秸代替麻秆儿,轻轻点起迎魂火来。只有盆节,墓地和家中都热闹。穿着绯红袈裟的和尚,穿着东家送的单层浴衣、回家休假的男女的身影,断断续续走来的乞丐,所有这些,显现出了盂兰盆会的节日气氛。可是,这个贫穷的乡间小村子,从来都不知道什么叫盆舞。眼看一年里最鲜亮的一个大月就要过去了,这才断断续续有了年轻人的歌声。仿照圆圆的月亮围成个圈儿,众多青年男女,脚踩白色的大地,投下黑色的人影,载歌载舞,直到深夜。月儿倾斜了,一个人走了,两个人睡了,到头来,"舞得月落四五人"。如此情趣,这一带乡村也能尝到。

养夏蚕的人家很少,养秋蚕的人家很多。养秋蚕,八月里最忙。然而也有不少人,趁着养秋蚕的空隙,登富士,登大山,去江之岛、镰仓旅游。去大山,半夜就得动身,一天走完五十多公里。一位青年独自登富士山,腰里装着五元钱,彻夜赶路,困了,就在堂宫睡一觉。夏的生命是阳光和水,要日照,要下雨。这个村子离多摩川遥远,没有水害,而有可怕的旱灾。经常下阵雨,六年里只有一次求雨。想下雨的时候,就下了。好一个"湿润的季节"。也是传染病流行的时节。今年,草葺的防治院里,住满了痢疾和伤寒病患者。身穿白大褂的医护人员来来往往。清洁法施行方案很快颁布了。村卫生员和脚穿草鞋的巡警到处查看阴沟和垃圾堆。这位警察妻子得了痢疾,仍然十分尽职。有的村子鸣钟击鼓,求神拜佛,禳除疫病。

此种热闹不知不觉降温了,人们"热,热"地叫苦连天,忽一日,秋蝉急急地鸣叫着,武藏野的秋天到来了。早稻秀穗了。尾花探出头来。扒开白薯根,有的已经长成婴儿手脖子那样粗了。该种萝卜和腌菜了。荞麦、秋马铃薯也该下种了。一阵子碧绿的田野,又布满白色的早稻穗子。旱地里的庄稼成熟了,乌黑的稗米,金黄的稷子,褐色的小米。小米和稷子可以做饼吃,稗米只有乃木①将军才吃呢。这一带不常吃大米,而常吃碾碎的麦子,非到不得已的时候是不吃纯稗米饭的。进城运肥也带稗米的盒饭,一冷就散拉拉的,难以下咽。浇上热汤或冷水,急急塞进肚子完事。有的打工的,眼瞅着老板吃麦饭,自己吃稗子饭,一赌气,跑了。

九

九月,农家的灾月。二百十日,二百二十日②,就在眼前。朔日是风祭。种植麦子、桑树的人家,担心下冰雹,而稻子最怕风。九月,农家的鬼门关。过了这一关,就到了秋分,收起来蚊帐。夜间,母亲、女儿娘儿俩在灯下做针线。秋天的田园诗人百舌鸟,站在高高的栗树梢上大声鸣叫。栗子笑了。雁来红染上红色,仿佛相约似的,夜空里传来了大雁的叫声。树林里,路边草丛中,还有家里,

---

① 乃木希典(1849—1912),陆军大将,日俄战争中担任第三军司令官,攻占旅顺。后任学习院院长。明治天皇大葬之日,于自宅偕妻子共同殉死。
② 自立春算起,当在9月1日或9月11日,常刮台风。

所有的虫都开始叫起来了。早稻黄了。荞麦花如雪。曼珠沙华是秋分的花，这里很少。这一带秋分时节的花是胡枝子、女郎花、鸡儿肠。而最能显现初秋的繁盛景象的是，红白闪光、朵朵似绢丝飘舞的花芒草。孩子们剪来，做成十五的圆月。茅草葺房顶能耐久，比每捆五厘的麦秸贵一分钱。因此，有人开辟茅草原了。不过，随着东京逐渐西移，茅草原和杂木林年年减少。

九月，农村的祭月。重要的交往季节。对风灾的担心总算熬过去了，眼看就要秋收了，村村都在举行秋祭。戏剧免费入场，观众络绎不绝。没有祭神的歌舞，就谈不上神酒祭。今日粕谷，明日回泽，乌山是几日，给田是几日，船桥又是几日。在上下祖师谷，在八幡山，在邻村的北泽，人们掐着指头算，兴奋不已。那个村子敲鼓了，这个庄子搭戏台了。十村八村的联合起来搞得规模大一些岂不更好？可是，八个村子有八个村子的感情和历史。二百户以上的乌山自不必说，就连二十七户的粕谷、十九户人家的八幡山，也非各人搞各人的不行。所谓"祭"，不论哪一家，都是一样地蒸糯米小豆饭、熬菜肉、擀面条、做酒酿。把别村的亲友招来一起吃喝。嫁到东京的闺女，抱着孩子，领着丈夫和亲戚来了。今天这里的祭神会，落满雪白鸟粪的镇守宫，挤满了黑压压的人群，便宜的杂货铺、点心店、寿司店、杂烩店、水果摊，一个接一个。神乐是村里的滑稽戏，神官是掌门人，村里聪明的小伙子做神乐师。不爱说话的大个子阿铁，轻松地打着鼓，灵巧的阿龟戴着须发蓬蓬的假面具，一本正经地站在舞台上。"啊，那不是阿龟吗？嚡！"好奇的阿岛呵呵笑开了。今日在本村喝醉了酒的仁左卫门，明天又要去邻村演戏，披着薄绢子外褂，怀里揣着一点儿礼金，在戏里扮个角儿。仁左卫门是农民气质，我和他在附近每天见面，站在田埂上聊天、问候，谈谈天气什么的。他和邻村的干部忠五郎两个，互相打招呼，交换台词儿，交替做主角配角，你招呼我，我招呼你。祭祀就是乡村的睦邻节。三多摩，自古是个兵荒马乱之处，政党骚动，血雨腥风。狂躁的日俄战争时代，农家子弟一大早就扛着器具，到十公里开外的调布学击剑、练柔道。六年前，粕谷、八幡山和乌山之间打了一次大仗，棍棒闪闪，也有人被打伤。长期以来，虽不断有纷争，但没听说像前一次再闹乱子。"泰平有象村村酒"，祭祀繁荣，乡村安乐。

十

十月。稻秋。地里金黄的稻浪又是一望无垠。早稻变成了大米。性急的百舌鸟叫了。天短了。无数的红蜻蜓在夕阳里乱舞。柿子晒得很好看。一个寒冷的早晨，蓦地看见富士山北面一角发白了。雨后寒凉的早晨，有水霜。

十月是雨月。连续阴雨之后，杂木林里长出蘑菇。庄稼活儿还没完的弓着腰的老爷子，驮着婴孩儿的春子，拿着笊篱来采蘑菇了。栎蘑、湿地蘑、很少见的红蘑、珍贵的青头菌，多的是称作"油和尚"的蘑菇。一场秋雨一场凉。田野、树林日渐变色了。起白薯了，不断运向城里。乡村缺钱，村议会石山议员也是能省则省，乘坐甲州街道的马车，不从乌山，而从山谷上车。所以村里人卖白薯，宁肯运到十六公里外的神田，而不去八公里外的幡谷，因为每四公斤能多卖五厘钱。

茶花开了。杂木林缠绕栎树的野山药，叶蔓黄了。细竹丛里钻出来的盐肤木，红得耀眼。龙胆开花了，摆起一排青灰色的小酒杯。橡树下，橡子要用扫帚扫。豌豆和蚕豆该下种了。荞麦要赶在霜前收割。农家更为重要的一件事是，这月下旬或下个月初，要种麦子了。运肥车频频走过，车上堆积如山，后头还有两个人推着。先种小麦，后种大麦。仔细平整过的田地，量好尺寸，拉上绳子，自西向东，做成一条条笔直的垄子，填进肥料，培上土。七藏播种，年轻的媳妇背着孩子，拄着竹杖，从南到北换着脚培土，留下一行行整齐的脚印儿。农会劝人们使用熏炭肥和条播，一两年做过来，多数人还是按常规，喜欢自由的方式。

十一

真正的霜期,历年都是明治天皇的天长节①——十一月三日左右到来。净手的前夜打开挡雨窗,针尖般的水雾随风扑面而来,急忙钻进被窝,脚趾还是冻得缩了起来。天亮,武藏野一片白霜。不用说茅草屋顶、稻场、檐下突出来的木臼,还有晒衣竿上忘了收的带补丁的细筒裤子,田野、道路,甚至乌鸦的翅膀上,也是银白一色。太阳一出,变成亮晶晶的白金屑、紫水晶屑。若把山风说成风暴,那么霜的威力又作何比?是否可说是大地上的白色火灾。好多东西腐烂了。所有的桑叶打蔫了,第二天,自动凋落下来。活鲜的白薯蔓子,一夜之间像被汤煮了似的,翌日早已发黑了,用手一摸,成了粉末。直挺挺的山药茎,也一下子蜷缩腐烂了。不怕霜打的是青青的萝卜叶子,经霜变甜的腌菜类,还有从土地里陆续长出来的郁郁青青的大麦小麦。

霜伴着晴天。下霜的十一月是日本最晴明的一个月。富士山一片银白。武藏野天高气爽,敲起来像当当响的绿琉璃。朝日和夕阳很美。星月清雅。田野由黄色变成白茶

---

① 天皇诞生日。

色。这里那里的杂木林，村村的落叶树，现出最后的荣耀，黄、褐、红。绿叶丛中，柚子挂着金珠。光明自空中降临，从地上涌现。小学校的运动会，家长接到了邀请。村里的惠比寿讲习会，要带去四盒白米、十五文钱，一整夜，又吃，又喝，又聊天儿。天眼看变短了。要起白薯和山药了，挖个土窖藏着。中稻也该收割了。紧接着就是晚稻。较之夏季的战斗，怎么说也要好多了。晨霜，夜间风暴，白天里平静的小阳春天气很长。"小阳春天气，遛乡卖鲜鱼。""是沙丁鱼，沙丁鱼吗？""是秋刀鱼，秋刀鱼！"这样的对话从一个村子转向另一个村子。牛肉、猪肉很少吃，河鱼很少，偶尔得到一只被黄鼠狼吸干了的鸡，连鸡骨都砸了吃。除了地里长的，农家大体还有咸鲑鱼、沙丁鱼、棒鳕等海产。这时候，买些能烤出油的鲜鱼解馋。

月末，退伍的士兵回家了。是近卫[①]，还是第一师团？至少也要是横须贺的，倒霉的是分到北海道三界旭川的人，隔上两三年才能回来。亲戚朋友老远地来迎，村里先成立少年乐队，打着"欢迎某某君归来"的旗帜，到村外迎接。两三年的兵营生活，大都成了深通世故的人，丑之助君身穿裤褂、鞋子，头戴礼帽，气派的是那新做的制服以及摩

---

① 近卫文麿（1891—1945），政治家、公爵。1937—1941年，连续三次组阁。太平洋战争失败后成为战犯，于拘引前自杀。

得嚯嚯响的长靴。他感到腰里寒碜,在胸前别了一枚军人徽章,装腔作势地走着,见人就打招呼。丑之助走进镇守宫,先献上一杯神酒,领着在乡老军人和青年,高喊什么"大日本帝国、天皇陛下、大日本帝国海陆军",还有什么什么"万岁"。丑之助君还呼什么什么有志诸君"万岁"。然后送丑之助君回家去。眼看要吃饭了,小豆饭、鱿鱼丝、魔芋、山药、酱藕、豆腐芋汁。高兴的人家买上一桶酒,主客们口称祝贺而饮,高呼万岁而食。酒足饭饱,满面红光。过了二三日,刚回乡的丑之助,又穿上回来时的服装,神秘地挨家还礼了。每家送上一条毛巾和一叠绵纸。那些在他入伍时为他饯行的人家,还送了用金字刻着部队名称和自己姓名的杯子以及搪瓷盆。送出一个士兵,其家庭的开销可不一般。

军队换届时,迎完退伍军人,接着就是送新兵入伍。体格好的男孩子多,每年陆海军扩招时,每个村子都要拔取两三名新兵。年轻人里有的身插白羽箭,勇武无比。逃过抽选的青年到寺院神社感谢神佛保佑时,有的还特地去鸿巢①的什么什么宫那里还愿。二十岁前后,正是庄稼人生儿育女好时期,也有年轻的爷们。但是,今日全国皆兵。哪怕是独生子、掌上明珠,一句好听的话——"为了国家"

---

① 今埼玉县鸿巢市。

叫你出人，就得出人。要是不出，既对不起上头，也对不起近邻。因而，父亲的臂膀、母亲的心头肉岩吉，也留着平头，戴着礼帽，一身印着家徽的裤褂，神情既有几分凛然，又有几分羞怯，在镇守宫喝罢神酒，喊了万岁。然后，在五六面祝贺入伍的旗帜、村里乐队和一村之长的欢送下，走向未知的生活。两三天或七八天之后，家家寄来一张入队完毕的感谢卡。

十二

军队换届是一年最后的热闹时期，然后就进入初冬寂寞的十二月。

"稼收平野阔"，晚稻割了，田间一片空旷。野外的桑树一棵棵结了卷儿。为了防风，房子四周整齐地围着一捆捆新稻秆儿。沙啦沙啦，拔稻子的声音。哗啦哗啦，风车旋转的声音。拔萝卜、洗腌菜，年轻人的手红润润的。白天，主妇们坐在北面围起来的朝南小屋的铺席上，夜里则围着火炉，飞针走线地缝补裤衩、袜子。库房里很晚还有脱谷的声响。突然，哗哗下起了阵雨。冰雹劈里啪啦打在庇檐上。瑟瑟地下起雪了。北风刮来，树林骚然，落叶纷纷。干枯的落叶，蓦然飞舞起来。手握长锯的樵夫，站在倒竖着扫帚似的杂木林里，衔着烟袋，锯下橡、栎当柴烧。

堆满紫菜和树枝的车子出村了。冬至之前，白天越来越短，本来六点还微微发亮，五点就全暗了。水池里已经结冰。霜一天天更浓了。

十五日，世田谷有破烂集市。世田谷的破烂集市很值得一看。自松阴神社的入口，一直穿过上宿下宿，长约四公里，两边一拉溜儿都是店铺，新上市的农家日用百货自不必说，整个东京的扫煤灰的垃圾箱，还有各种打坏的破烂旧货应有尽有。卖的卖，买的买，令人甚感惊奇。有玩杂耍的。也有小吃店。店铺之间，像吃东西噎住了喉咙，人们一股压着一股地走过去。附近乡邻的老头老太、青年妇女和小孩子，都是一身行旅打扮，拎着大包裹，拉着货车，背着竹篮，赶早的半夜就出发了。有的买回来新草席、挖笋铲子、秤，有的买了做草鞋的材料、烂布条等，有的买了减价的旧鞋、旧煤油灯和故事书。也有的吃了豆腐饭团，观看了马戏……五花八门，应有尽有。看了世田谷的破烂市必须有所觉悟：世上没有无用的东西，悲观单单是因为骄傲。

破烂市过去，其后就是冬至，眼看到了年底。蛇入穴，人待在家里。霜枯的武藏野，静寂的白昼宛若入定于梦境之中。寂寞的乌鸦，从这棵栎树哑哑鸣叫着飞到那棵榉树。偶尔有不知打何处来的迷了路的猎手，穿着西服，绑着裹腿，鹬鸟和鸭鸟，凄厉地叫着从枪口前面飞起来了。接着，又马上恢复了寂静。朔风劲吹的晚上，武藏野传来海浪般的响声，人的心也随之飞向远方。个别人家为东京预先订货的公馆捣年糕，也有的年轻人到东京打工，为人捣年糕。除了这些人之外，十二月里，村中的人们都不忙。二十五日、二十八日、年三十、除夕，城里的新年一天天逼近了。东方十多公里外的东京，二百万人的人海，想必正是波涛翻滚吧？平素远远看到的东京的烟雾，这四五天来，也是团团蒸腾而起，遮天蔽日。但是，这里是乡下。城市的十二月，是乡村的十一月。冬季一派枯寂的武藏野，同生气蓬勃的春天已经相约，麦苗如今早已长到了二寸。心爱的儿子月初入伍、心情孤独的阿辰老爷子，本着一种信仰：冬至一过，白昼一天天变长；冬天之后，春天就会到来。他时时用竹片刮掉铁锹上的泥土，慢悠悠为二寸长的麦苗铲土、培根。

云和雨

旱地、稻田、森林、公园、昆虫、牛马、猫狗、人……一切生物都在焦急地盼望下雨。

"天不下雨,街道上满是尘土,都很难走路了。"从甲州街道每天来做活计的婆子说。

"下场雨,也好过个舒心的盂兰节啊。"家里女佣嘀咕着。

这两三天十分闷热。有时东方也起云,听到两三声雷鸣。

"要下雨啦!"

如此叫着,过了好几天。

今天正吃着晚饭,北方刮来了凉风。抬眼一望,果然,北边拥上来一团浓黑的云朵。在这团黑云的映衬下,邻家翁郁的杉树、栎树和竹园看上去一片翠绿。

"雨来喽!"

主人大声吆喝,赶快收拾院里晒的东西和鞋袜。女佣跑到后院收衣服。

不一会儿,妻儿离开餐桌走出来时,埋伏在北天一隅的那团浓云,倏忽蓬蓬升起,化作浑浊的烟雾,眼见着爬上天穹,大军散开一半,东面,西面,迅速而广泛地布满天空。

三人站在草地上，瞪起惊异的双眼，注视着这块庞大雨云的动静。

风云激荡。"天将去似卷画"——《启示录》上的这句歌词是有道理的。蓝天如今被南面的画轴卷裹而去，煤烟般的云的大军将蓝天向南挤压。刚才还在祈求下雨，喘息于干枯的盛夏里，如今怎么样了？仅仅过了十分十五分，大地就被声势浩大的雨云封锁，变成又冷又暗的冥府。

云的运动一秒一秒变得剧烈了。或向南流淌，或飞卷似旋涡，或黝黑而不动，或云中生云，或云与云摩戛而行。或变浓，或变淡。或自北向东，或自东而西。或自东向西，或自西而南。或逆流由南向东……仿佛全世界的烟囱都集中一处，滚滚黑烟喷涌而出。眼前行进着云的大军。奇怪的是，听不到一点儿响动。

他们惊诧地瞪着眼睛，着了魔似的伫立于翻滚的云层下。冷风飒飒扑面，迟来的雷声殷殷而起。北方，丝丝缕缕的紫电红光，噼噼啪啪，划破半壁云天，闪闪耀眼。雷雨将临，他们的眼睛还是不愿离开头顶的云彩。满天灰云，溟溟蒙蒙，逐渐朝南流动，如水，如雾，如烟。整个天空都在动，都以浩大的声势在运动。他们抬头仰望，有时片刻间被流云吸引，欲拔腿奔去，忽然又站定足跟，兀立不动。西方，时时有一道白亮的阳光，如探照灯一般穿透一处薄云斜斜映射下来，就像照耀着深深的井底，只有他们和脚下的草地蓦然一现。于是，他们用惊慌的目光互相对视一下。刹那之间，天地变得漆黑一团，妻儿面色如土，人和草木都屏住呼吸，停止了一切响动。狗不知打何处跑来，眨着不安的眼睛向上望着，用肥硕的身子蹭着主人的腿。

天空终于被云层掩盖了。饱含水汽的北风凛凛扑面而来，不久变成粒粒雨点。雷在头上响着，观云的一群急急奔回家中。关上所有的窗户，只留下堂屋朝南的雨窗，室内昏暗，点上了油灯。

大雨袭来，雷声滚滚，电光闪闪。满庭雨脚，一派白茫茫，哗然而降。

眼看着院子变成了河。雨点打在脚踏石上，蹦跳不止。满眼绿树，片片青叶沐浴着雨水，欣欣然不停地震颤着。

"啊，好雨！"

他们这样说道。

"还不到七点呢。"

听到女佣的声音，他们不由一惊。

从阵雨到大暴雨，雨彻夜未停。

大正元年八月十四日

夏之颂

一

夏天好。夏天好。你说夏天苦？那么四时皆春的天堂，对不起，我可不要。美国加州人士之中，有的专门到南方去迎接夏天，这没有什么奇怪。

夏天是放胆的季节。他本是个循规蹈矩、胆小如鼠的小人物，借着周围自然的豪迈，才得以倾吐自家之气焰。他把排外的封闭性的格子门一股脑儿拆掉了，脱去不自由的衣服，赤条条裸露出长满深深黑毛的身子。一般的来客，都是赤裸或半赤裸着接待。一个夏天之后，就像在海边度过一样，背、腹和手足变得黝黑。胆小鬼也能成为英雄汉。夏天的快乐在于裸体的快乐。裸体的快乐在于忏悔的快乐。光着身子晒太阳，来一次灵魂的大扫除，过后便觉无上的爽快。早上一起床，就到树下摘个水蜜桃，"咔嚓"咬上一口；或者到朝露瀼瀼的西瓜地里，用拳头砸开一个西瓜吃……自然之子回归自然的快慰是说不完的。

他家里，夏日都在草地上用晚餐。有时用餐椅，有时用矮桌，地上铺席子。金灿灿的日影搪在树梢里，草地一片青荫，蝉鸣如流水，大人小孩高高兴兴坐在草地上吃晚饭。猫狗似乎都把主人当成谈得来的知心朋友，老老实实依偎在他身边，一会儿看看主人的脸，一会儿看看桌上的饭菜。晚餐总是吃得很愉快，很长久。树梢里的夕阳消失了，杏黄色的云彩在广袤的碧空里飘荡。夏季夕照漫长，夜幕姗姗来迟。光明尚未退去，顾盼之间，抬眼一看，不知何时，头上早已升起一轮圆月，将团团黝黑的树影印在草地上。

二

强烈的阳光直射着最为痛快。幽幽阴影中含笑开放的白花楚楚可怜；阴天里看到的花儿颜色柔和、娇媚；盛夏赫赫烈日、饱享阳光照射的花儿，其色彩之美艳更是无可形容。他很喜欢色彩。赤橙黄绿青蓝紫，在这五颜六色皆似火的夏日的花园里，他，只戴一顶草帽，光着身子到处溜达，恍恍惚惚沉醉于色之宴、光之浴中了。他不喝一滴酒，可他对色彩十分痴迷。曾有人戏赠一帖，诗曰：

  盛夏日当午，
  园中往来遍。
  此身虽非蝶，
  独爱百花艳。

三

夏天的特色是富于新鲜的变化。他的家乡熊本,白天热到华氏一百度,夜里有时闷热,大汗不止。不用铺被子,只要一张草席就行,赤裸着睡觉。这样还是热。牵牛花浥满朝露的清寒的早晨,岐阜灯笼不易点燃的刮风的凉夜。这样的朝凉和晚凉是通过嘒嘒蝉鸣传达出来的。而白天却热得人和草木都昏昏沉沉,没精打采。昼夜如此悬隔,正是夏天的好处。

用五座喜马拉雅堆积起来的云峰,眼见着崩溃了。天边一点墨黑的云块,不到十分钟布满天空,灰蒙蒙一片,电闪、冰雹、雷鸣、暴雨、彩虹,转眼又是晴空……变化之迅疾,皆在分秒之间。夏季的天空多变化,夏季的大地很鲜艳。遵从信玄流"得尺则尺,获寸则寸"的乡下人,到了夏收季节,则相信谦信流的"一气呵成"。夏天尽管野草猛长,但是野草之外的东西也很繁茂。阿辰老爷子衔着烟管,倒背着手,一大早去查看田里的水,在他眼里,满含露水的早稻一夜能长一寸。昨日还在开花的茄子,明日就能摘了吃。瓜蔓子天天见长,想制止也制止不住。两三天放置不管,白薯秧子就要乱成一团儿。一切都交给老天爷、从来都不看钟表的农民,有时候看不到明显的成绩,也会提不起劲来。夏天是"美国作风",但一年到头都是夏天,过年时穿着浴衣拜年那也够呛,不过这一带地方夏天很快就过去了,反而好。

四

夏天的生命是水,这个村子距离所有的河川都很远,离海更远,不容易享受到水的快乐。去年夏,他买了一个扁平的大坛子,直径三尺,深只有一尺五寸。这只坛子放在院里草地的一角,每天早晨注满水晶般的井水。一般的大水桶,盛上几升水就会溢出来。水很金贵的乡野,一瓮之水就是琵琶①、洞庭,就是太平洋、大西洋。从书斋望过去,蓝天落在坛水之中,那里有一片水中天。白云时时浮现,一只花斑鹭鸶打空中飞过,影子映在水里。风一吹,细波粼粼。无风的时候,如琅玕凝聚着一团碧绿。

太阳渐渐升高,逐渐热起来。似乎一切的光和热,都投射到这直径三尺的液体天地里了。刚汲的井拔凉水经太阳一晒,也就渐渐不冷了,温热了,成了所谓日晒水。正午就是热水。碰到酷暑天气,坛子里的水滚烫,得掺进冷

---

① 滋贺县中部由地震陷落形成的日本第一大湖,以风光秀丽著称。

水才能用。

午后二时到三时之交，本该凉爽些了，可他家里有时热到华氏九十度。有的日子，风，骤然停止。午睡也厌了，只是看看报纸。就在这时候，他还是照例光着身子，趿拉着木屐，拎着手巾，走进院子。日光强烈，似灼热的银箭，从正前方一股脑儿向他射来。然而，他不慌不忙，慢悠悠走过草地，站在坛水旁边。先摘掉眼镜，挂在满天星的树枝上。接着脱掉内裤，搭在春枫树上。右手握着手巾，稍微离开坛子，退去木屐，光着一条腿伸进坛子。呀，真热！接着再伸进另一条腿。然后一屁股坐下，水越过坛子边沿，哗哗向外流淌。他悠然坐在坛中，用湿毛巾从头到脸，从胸到手，从容地洗浴。水不断向外流淌，干涸的庭院好像刚刚下过一场暴雨。蚂蚁和蝼蛄浸在水泡里奔逃，逃迟了的被水冲走了。他身心陶然，紧闭双眼。然后睁开眼，徐徐环视着周围。上有青天，下有大地，中有赤裸裸的一个他。看着他的只有太阳、麻雀、昆虫、树木、花草和房屋。他不时洗洗内裤，放在枫树枝上曝晒。五分钟就干了，就像熨斗熨过一样平整。

十分钟十五分钟光景，他出了水坛，将湿手巾顶在头上，浑身滴水，穿上木屐，像刚出母胎一般赤条条地，天上天下，唯我独尊，大踏步跨过院子。回到廊檐上仔细揩干全身，赤裸着站上一会儿。仿佛脱去一层皮，他感到周身凉爽。从廊子上一看,坛子里的水减少了,依然摇荡不止。剩下的水晚凉之后用来浇灌盆花。偶然几次在他出来后,妻女走进院子,青天白日,女人家在庭院里,毫无顾忌地用坛水净身。这就是乡间住居的好处。

夏天好,夏天好。

独　语

农　夫

我父是农夫。
　　——《约翰传》第十五章第一节

一

生在土之上，食土所产之物，死而化作土。我侪毕竟是土的幽灵。土的幽灵最适宜的工作是在土上劳动。所有的生活方法中，最好的选择是做农夫。

二

农夫是神的臣民。在自然的怀抱中，在自然的支配下，他们为自然而劳动，他们是人性化的自然。假若神是地主，他们就是神的佃农。假若神是主宰,他们就是神直辖下的天帝之臣民。纲岛梁川君所谓"与神共劳动,与神共欢乐",假若真有这样的职业,那只能是农夫。

三

农夫是希腊文的最后一个字母。

尼罗河、幼发拉底河畔,有用木片掘土、种植野生谷物的原生代的农夫,从他们到如今使用灵巧的机器、进行大面积耕作的美国庄园主,世界经历了日新月异的变化。但是,土依然是土。历史不过似清风一般打芸芸众生的头上吹过。农夫的命运就是土地的命运。诸君不能消灭土地。它使多少拿破仑、威廉、塞西尔·罗兹①任意经营自己的帝国?它使多少罗斯柴尔德②、摩根③随便搜罗美元、法郎?它使多少卓别林、霍兰特随便模仿鸟、模仿鱼?它使多少本格森、麦切尼科夫、黑格尔争论不休?使多少萧伯

---

① 塞西尔·罗兹(Cecil J. Rhoodes, 1853—1902),英国殖民地政治家,独占南非金刚石、黄金的开采权,成为巨富,并担当开普敦殖民地的首相,征服南非。终因实行极端的侵略政策而下台。
② 罗斯柴尔德(Rothschild, 1877—1923),犹太系金融业家族,英国最大富豪。其始祖于十八世纪末在法兰克福操金融业,奠定富贵基础,至孙辈跻身于英国贵族之列。全家于欧洲各地经营金融业。
③ 摩根(John Pierpont Morgan, 1837—1913),美国实业家,兴办摩根商会,广泛控制重工业、运输业和通讯金融业的经营管理权。

纳、霍普德曼又笑又哭？使多少高更、罗丹又涂又雕？而大多数农夫依然"日出而作，日入而息，掘井而饮，耕田而食"①。到了伦敦、巴黎、柏林、纽约、东京，变成狐兔之窟、世界终将灭亡之时，撒哈拉沃野上农夫挥动的铁锹，仍然在夕阳里闪光。

四

大哉土之德也。任何不净不能不容，任何罪犯不能不养。任何低能之人，都能在你怀中生息。任何命途多舛的将军都能在你怀中埋葬不平。任何怀才不遇的诗人，都能在你怀中排遣忧愁。所有尽情放浪、走投无路的荡儿，都能回归你的怀中得到安息。

可怜工厂的人们，可哀地底的矿夫，可叹店堂的人、办公桌旁的人，可笑台阁中人，可羡尔农夫。尔家纵令似猪圈，尔所劳动的舞台是青天之下、大地之上。尔之手足纵令似松树皮一般粗糙，尔之筋骨坚如钢铁。烈日之下，纵令汗流似瀑布，野风吹尔肌肤凉。尔食麦饭，夜夜睡得香。不急不止，一锹一锹耕田地。不谴不怨，一天一天盼望幼苗长大。即使受到风、旱、水、雹、霜等意想不到的

---

① 中国尧时代的《击壤歌》，末句为"帝力于我何有哉"。

天灾，也只是认为"老天爷所赐，老天爷又收回了"。土地保留着，还有来年。让那些昨日是富豪、明日是乞丐的市井投机儿，随便翻筋斗吧！让那些愚蠢的官人、学者随意耀武扬威吧！尔头尽管低着，尔足却立于土上，尔腰一直是硬的。

五

农夫的心情最安闲，动作最迟缓。他们的脸上有着许多空间和时间。他们大多都有一本账。到了年关，就说所剩不多了。他们的记性很长久，正当恩主忘记的时候，他们来行礼了。这在那些分秒必争、日日算计吃亏还是占便宜、东边损失西边补的城里人看来，未免太傻气了。阿辰老爷子说："聪明人都去了东京，乡下只剩傻子啦。"要说农夫是愚人，那就意味着：天网疏，月日钝，大地不动。一秒的十万分之一的闪电纵然痛快可喜，但奇怪的是，却否认开天辟地以来尚未照到我侪的星光的存在。所谓："神之愚，亦较人敏也。"切勿忘记这句话。

六

农夫和女人有共同性。"美的百姓"曾经在美丽的城市姑娘上学的学校作题为《女人是土》的讲演，博得姑娘们强烈抗议般的笑声。然而，以"乾"称父、以"坤"称母以及所谓 Mother Earth 等，就是在包容一切、忍受一切、滋育万物的土地和女性之间，架起一道极有意义的桥梁。土地和女人的关系，就是在土地上劳动的"土之精灵"——农夫和女人的关系。

农夫的弱点就是女人的弱点。女人的优点就是农夫的优点。看来被蹂躏，实际是装载；看来常常失败，实际一直是胜者，他们都具备大地的这种性格。

七

农夫最胆小。他们都是无抵抗主义。在权力面前，他们不敢抬头。"田家衣食无厚薄，不见县门身即乐"，对于他们，官衙是个可怕的去处。但是他们敬畏权力，实际上是敬而远之。税，他们边嘀咕边缴纳。征兵，他们边哭边出人。没有神的护佑，一般的事都是忍气吞声，默默放过。但是，他们这样做不一定是参拜神佛的结果。他们服从政府的命令，因为他们是一伙可以为强盗出钱的人。这里有一家豪农，以前经常有强盗出入，所以时常将手边所有的二十元、三十元钱送给强盗。为了免除无益的争斗而受到伤害，干脆这样做更好。农夫是顺从的，就像土的顺从一样。土看上去没有感觉，看到土一般愚钝的农夫的脸，人人都会想到，这种无穷无尽的蹂躏还能继续受下去吗？然而，不要忘记，看似毫无感觉的土地，也有可怕的山崩、地震，深层内既有燃烧的火、也有沸腾的水，既藏有生命的清泉，也藏有可燃的黑金刚钻——煤炭，还有无价的宝石。竹枪席旗，此乃祖辈似土一般无抵抗主义的农夫最后的手段。俄罗斯的强大就是农夫的强大。直到敌人攻到莫斯科，他们才拿出勇气来。农夫的愤怒可以忍耐到最后。一旦爆发就会震动大地。是谁站在震动的大地之上？

八

农家少不了的是不洁。邋邋遢遢，是农家的通病。但是，缺点的内里往往能看出长处。土和水若不收容一切污物，那么世界的污物如何处理？土之所以为土，不是排斥不洁而保持自己之洁，而是包容不洁而净化之，成为生命的一大温床。"我父农夫也。"耶稣一语道破，神正是一位伟大的农夫。神将一切看好。"勿使我所造之物为不洁。"这是伟大的农夫——神的语言。自然之眼无不洁。不是别人，是农夫首先站在正确的自然主义立场上。

画 | 川瀬巴水

九

做土吧,做农夫吧。大地只要有人之子居住,作为农夫对于人之子是最自然、最尊贵的生活方法,而且应成为一种救赎。

露的祝福

今朝在庭院中散步,眼睛向角落里一瞥,他立时站住了。胡枝子的枯枝上有东西在闪耀。是玉!是谁抛洒的玉?这一枝,那一枝,各种各样的红玉、莽玉、紫玉、绿玉、碧玉,光耀夺目。多么美的玉!贪看多时,嗟叹不已。走近用手指接触花枝,莹然消失。哦,原来是露!是的,这些都是露。露,露,将露化作玉的魔术师在哪儿?他回望东天,看到鲜红的朝阳,呆呆升起。

啊,朝阳!

以你的无限之大,而不厌宿于一滴露水之中。

这滴露水将须臾的生命寄托于细小的枝条。啊,朝阳!是你巨大的日轮使这露滴像玉一般发出光芒。

"为了你的儿子,为了显现你的荣光,献给正在显现你儿子荣光的玉石。"他祝福的话语脱口而出:

这露珠在阳光里辉煌如玉,
为何不珍惜它本身的晶莹?

除 草

一

六、七、八、九四个月,是农家忙于打草的日子。大自然使万物生长,养育了一切强者。如果放任不管,比较脆弱的五谷蔬菜,就会被野草埋没。二宫尊德①所说的"天道生万物,裁制辅导乃人之道也",于是人和草便展开了一场战斗。

田里的野草一股脑儿疯长。老人、孩子和病人不用说了,凡是有手有爪的,甚至连火叉都用来打草了。做饭、吃饼、喝茶,都得抓紧一分一秒,大自然不给人们休战喘息的机会。

"野草进攻到头上来啦!"农家人常说。草逼得人们不得不彻底整治一番。

这位只有二反地的"美的百姓",夏秋之间也受到了草的威胁。起床后连脸也顾不上洗,就蹚着露水除草了,一直到日将倾而晚凉生,还待在地里。有时为了彻底弄干净,

---

① 二宫尊德(1787—1856),江户后期农政学家。著有《为政鉴》、《富国方法书》等。

中午也不停歇。好容易除完了，一下子又长起来一片。他总是埋怨说：要是没有草和虫，田园之夏该有多美好。这些草多了有什么用处？人为何要变成除草机器呢？除草是愚蠢的举动，不如放着让它和农作物竞赛，总不至于全部覆灭，剩下什么就收获什么。

尽管如此，他看到眼前的野草如此跋扈，还是非除不可。看到邻居的田地干干净净，也不想使自己的田长满野草，以至于草籽飞到人家地里。他不能不顾忌到给近邻惹来的麻烦。

他又鼓足勇气除草了。一棵又一棵，除一棵少一棵。尽管草籽是无限的，但总是一点点减少。手在除着地里的草，心在除着胸中的草。心是田地，田地也是心，都会长草的。稍有疏忽，田地就会变得野草丛生，我们的心胸也就变得野草丛生，周围的社会也就变得荒草离离。我们无法除尽世界上的草种，除尽了，也许并非我们人类的幸福。然而，如果放任不管，我们就会被草埋没。因此要除草。为了自己而除草。为了生命而除草。如果没有敌国外患，国家通常要灭亡。没有野草，农家就会堕落。

"尔背我言而偷食禁果，土地为尔而诅咒。土地为尔而生荆棘和蓟草。尔苦苦奋斗，汗流满面，为了有面包吃。"

旧约圣经上把草看作是对人的惩罚。实际上，这种惩罚是对人子的一种深沉而慈爱的祝福。

二

作为"美的百姓"的他,是为了好看才除草的。要除就一棵不剩地用心除干净。农家更为聪明,叫做斩草壮地力。生草埋在地下,或经烈日晒干,烧成灰,堆积起来发酵、腐化,可以充作土地的肥料。驯服的敌人可以成朋友。"年年花尘肥樱树",不仅美丽的落花可以成为老树的肥料,就是捣蛋的恶草死灭后也能成为土地的肥料。水至清而无鱼,没有一棵草的土地,看上去怪干净,说不定是毫无生命的瘠土。本能是不可消灭的,不要忘记,对于不良青年,不要杀戮而需加以诱导。哪一个人怀中不是多少生长着几颗草籽呢?

田里的草各色各样。有一种草可以轻轻拔起,而且散发一种芳香。这里还有一种叫做咸草的,株矮、茎红,顽固地盘错在一起,但根柢很浅,一动手就可以除掉。还有一种无名草,无叶无花,在黑暗的地下蔓延一两丈远,人们不知道,此草专以谷物蔬菜为敌。最麻烦的是爬地虎,开着单瓣的菊黄的花朵,楚楚可怜,蔓延又蔓延,线一般的蔓子,用手一拽就断了。留下残根,寸把长的根子,不过十日就发成一片草。用铁锹深深掘起,仔细地捡出须根,不如此就难以消灭它。我侪活在世上,时常碰到这种草。

除草要趁朝露未晞之时,被露水催醒的草儿迎着镰刀嚓嚓而倒。为了一举消灭这种草,可以使用俗称"大砍刀"的长柄大铲镰,顺着一端嚓嚓砍去。梅雨季节,草沾在镰锋上,要是临近立夏,一小时就干枯了。

虽说夏草生长迅猛,只要用心,还是可以制伏的。最可怕的是秋草。生长期短的秋草,种子散落,发芽,小小的就能开花、结籽。那种速度,从草花的角度看,就像泪珠。然而,一有疏忽就落籽入地。一旦草籽落地,就很难清除。在田地里走走,有时可以看到土块整齐的耕地,杂草茂密,庄稼不多。去年秋,因为不幸生病,家中田地上的秋草未能及时铲除。

除草吧,除草吧。

蝶　语

我是毛虫时，丑陋。我化蝶后，舞之，人皆赞美。人赞美我，不知我曩昔一毛虫乎？

我丑陋时，人疏我，忌我，嫌而避之。每见之，必欲杀我。我被赞美时，人争而招我。我变乎？人眼无珠乎？

我，被看作丑陋时，我伤悲，凄凉，一味哭泣。这时，只有你怜惜我。

你，我是毛虫时，你对我怜而不舍。故化蝶后的我，今已成有翼之花，愿为君舞，舞之于君之花园矣。

美的百姓

　　他是一个"美的百姓"。他的这个"百姓",不是为了生活,而是为了乐趣。然而,为生活在趣味中的人获得乐趣,这样的工作也是为了生活。

　　北美的大传教士贝切尔①曾用几块马铃薯飨客,说:"这是我自己种的,一块一美元,请吃吧!""美的百姓"惮于此道,但要比贝切尔做得更好。不过对一切都缺乏热情的他,到底不能像在那须野种稗子的乃木翁那样,成为一个好的百姓。川柳氏②歌曰:"能钓吗?言罢走近文王旁。""美的百姓"先生的所谓"百姓",不过是太公望钓鱼罢了。太公望钓出来一个文王,"美的百姓"亲手种豆,想掘出一种趣味来。

　　作为百姓,他到底是不合格的。他种了三升荞麦,收获了二升。他播的种子,入土之后雪一般神奇地消失了。他种的蔬菜大都是苦的。他种的西瓜得到九月秋分之前才

---

① 贝切尔(Beecher Lyman,1775—1863),长老派教会的牧师,信仰复兴论者。曾在耶鲁大学学习,1799年成为牧师。其子亨利·华德(1813—1887)也是牧师,主张禁酒,弹劾奴隶制。1861年南北战争爆发时,在教会里组织义勇军,并提倡讲和。
② 柄井川柳(1718—1790),名正道,通称八右卫门,号无名庵川柳。

能吃到嘴。他种的萝卜奇形怪状，拧成了两三股，就像过年的稻草绳呈螺旋型，又像章鱼一样，不可思议。别看他的文章不入格，可他种的萝卜已进入艺术三昧。

他干活时光脚穿白布袜，像打仗一般意气风发、斗志昂扬地走进田里。稍微一动弹，浑身出大汗。拄着锹把兀立田地之间，天也看，地也看，人也看，看看这个杰出的百姓的风采。额头上的汗水不要擦，先歇上一口气儿。阴霾的天空飒然吹来的冷风，拂拭着额头。"此处有千两黄金"，他眯细着那双大眼睛乐不可支。对过田里，真正的百姓抡着长柄锹，后退着耕作。他目不转睛地观赏着那副运动的节奏，心里有说不出的感觉。小雨喑喑，云雀欢叫，满眼碧绿的麦田里，攀着红背带、头戴白毛巾的姑娘静静地干着活儿。他为这种色彩迷住了，搜肠刮肚要写进和歌或俳句。他自己挑着肥料桶时，要是碰到真正的百姓，他会很得意。农家的主妇们夸他"真是了不起"时，他也会很得意。劳动中有城里打扮得漂亮的士女来访，他更是得意。

在偶尔见面的城里人看来，他的那副地道的百姓装扮，也许以为他已深得其道了，可村里的人早已看破了他的真面目。田地对面的阿琴婆子说："听说老爷还有其他工作，你的钱只够晒东西的费用。"他本想去赚上一百元的晒物费，可人家说他另有职业，这是他自欺欺人。他一次也没参加过农事讲习会。

"美的百姓"的家,离东京只有三里。向东方眺望,可以看到目黑火药制造厂和涩谷发电厂的黑烟。顺着风向可以听到午炮的响声。听罢东京的午炮,马上又能听到横滨的午炮。黑夜里,东京和横滨的天空反射着红光。东南吹来都市的风。北面是武藏野。西面可以看见武相和甲州的山峦。西北吹来田野的风和山里的风。他的书院面向着东京。他的堂屋的宅基对着横滨。他喜欢读书作文的那扇廊下的玻璃窗,对着甲州的群山。他的精神就像他的住居的方向,时而被引向那里,时而被引向这里。

往昔,他模仿耶稣教传教士的见习生,模仿《英语读本》教员,模仿新闻杂志记者,模仿渔夫。如今又模仿百姓。

模仿到底不能代替本真,他最终都是一个"美的百姓"。

往日手记抄

纲岛梁川君

明治四十年九月某日,水勺子掉进井里,女佣用钩子探查,没有打捞上来。妻子又白花了一个小时,沉入水底的勺子就是不见踪影。最后,主人想起从前在相模海钓鱼的本事,取来了锚索。他用锚索上下打捞,有时手中感到碰上了,提起一看,四只脚爪什么也没挂上。他气了,在井水下耙来耙去,清水弄混了,关键的勺子一直没捞上来。越捞不上来越要捞,一手拎着锚,一手攀着井缘,向井下探着身子,同水底下看不见的勺子作战。

"来信啦!"

女佣拿着一张明信片走来。他咂了一下舌头,提着锚,接过了信,反过来一看,打着黑框。他想是谁呢?原来是纲岛梁川君的讣告。

他拿着信,离开井边,坐在堂屋的廊缘上。

程明道有诗云:"道通天地有形外。"像梁川君这样,从有象到无象,沿着"道"不断前进的人,贯通着过去、现在、未来此三种生态而常住,死只不过是由此种生态向另一种生态过渡罢了。虽然这么说,死到底是可哀而又可怕的事实。

他和梁川君此生只有一次相见。那是今年春天四月十六日,他久闻梁川君的名字,他很爱读新人杂志,上面登载了梁川君的《见神的实验》和收在《病间录》中的其他诸多名篇,受益良多。一天,木下尚江君来游粕谷,谈起梁川君的事,说:"去见他一面吧,看他那健康的样子,不像是个有病的人。"正好于四月十六日,在东京座剧场召开救世军①布思大将欢迎会,主人也收到了请柬,去京时顺便访问了梁川君。

一天下午,春风卷着灰尘吹打着残留枝头的樱花,这对一个肺病患者是个极为不利的天气。他钻进了位于大久保余丁町纲岛家的格子门。门上贴着主治医师写的字条:"梁川君有发热之虞,来访诸君切勿与之长谈。"听说病人在吃饭,他在微暗的室内等待了片刻。不知是中国人还是朝鲜人,遵主人之嘱书写的"自强不息"的匾额,悬挂在屋内。不一会儿,有人领他沿镶有玻璃窗的走廊,来到后

---

① 基督教国际性的慈善团体。

面的一个房间。这是铺有旧地毯的六铺席大的屋子,书架下面是玻璃门,上面堆满印有金字的书卷。一个微黑的人背靠着书架,打坐于座垫上。他郑重地行礼,用沙哑的声音和初次来访的人聊天,带着处女般的矜持。但是,只要看他那副凝然不动的黝黑而清澈的眼眸,你就会骤然想到,这是一个意志刚强的人。起初,听到主人沙哑的声音十分吃力,来客也觉得硬要同这种人谈话十分失礼,可渐渐地被他吸引住,听得入了港。谈话过半,家人来报告有客来访,纲岛君看看名片说:"正好,我正要给你作介绍呢。"过一会儿,一个工人模样的人,带了一名青年进来。梁川君介绍说,这就是西田市太郎君。"论实际经验,西田君有许多值得学习的地方。"他加了一句。话题涉及种种方面,他问梁川君:"你对圣经上出现的有关耶稣基督的章节,有哪些不满意的地方?"梁川君回答说:"我正思考这个问题,谈不上什么不满,耶稣的一个特色就在于所谓 Vehement① 这一点上。"话题转移到菜食上,他谈起过去的一件逸事:在一艘封锁旅顺口的轮船上,为了举行一次诀别的宴会,打算拿喂养的活鸡当下酒菜。虽说没有人先提出来反对,但最后还是把鸡放生了。梁川君侧耳细听,自言自语道:"真有趣。"席上的话题涉及面广,总之都是想到哪里,说

---

① 英语:感情热烈。

到哪里，不成系统。只是谈得很痛快，不觉时间已经过去，两小时之后，他和西田君先后离去。

接着，他又迈动双腿来到三崎町的东京座剧场，跟在大伙儿后头，享受了同布思大将握手的愉快。大将是个肥硕而白净的汉子，他的手大而温暖，就像去年夏天握过的托尔斯泰翁的手一样。午后和梁川君交谈，晚上握了布思大将的手。四月十六日，是他特别高兴的一天。高兴之余，在大将结束演说、开始募捐的时候，他便倾其所有，一下子变得囊空如洗了。

其后，他和梁川君往返交换了信件，梁川君赠他《回光录》，他因为忙于农事，早就断了消息。这讣告太突然了！精神不朽的人，尽管为疾病所累，总觉得他永远不死。梁川君死了，他脑子里还未来得及接受这一事实。一枚画着黑框的明信片落在他的面前，促使他迅速警悟。"他死了！"那明信片仿佛在他耳畔喊叫。

梁川君的葬礼在一个秋雨潇潇的日子里举行。他套着高齿木屐，由粕谷前往本乡教堂。教堂里挤满了人，不一会儿，棺材抬进来了，穿着草鞋的西田君出现了。一位小姐独唱，前辈和诸位友人朗诵了履历悼词，感情十分真挚。牧师开始说教："美人的裸体是美的，然而穿上彩衣更加美好。梁川通过意趣盎然的文字，阐述了永恒的真理。"他说出"梁川"这两个字，听起来有些别扭。

他跟在棺材后面到了杂司谷墓地。葬礼结束后，不知何时已乘上车来到纲岛家中。梁川君的亲友们聚在一起，共进晚餐，有西田君、小田君、中桐君和水谷君等熟面孔，也有好多不相识的人。

在新宿站下了电车，夜已深了。雨住了，路上像农田。他没有点灯笼，便不择路径，哗啦哗啦蹚着泥水回家。从新宿走了五六公里，在竹林边迎面遇到一个漆黑的人影，那黑影脸儿可着脸儿瞅了瞅他，把他吓了一跳。

"你是谁？"

对方发话了。他自报了住所和姓名，而后又问："你呢？"

"警察。你回来得这么晚？"

走到八幡附近，又下来两三个提灯的人，看到他的影子，停下来，透过灯光惊讶地说道："是福富先生哪。"然后走过去了。他们是八幡山的人。早先八幡山和粕谷的青年，和乌山的青年之间打架，也伤了人。直到今天，双方都还疙疙瘩瘩的。

回到家，已经过了一点了。

不久，出版了梁川君的遗著《寸光录》。不时出现他的名字，净说他的好处。总之，人应当从别人那里看到自己的影像。当然,梁川君也从他留下的影像中看到了自己。

梁川君在遗书中说,他在病中曾一度对自己的母亲耍过态度,这使他十分悔恨。若是把这一点看作白璧微瑕,那么,这白璧如何称得上醇美呢?像这般污秽的心胸和禽兽的行径,真该惭愧而死啊!

接到梁川君讣告那天掉进井底的水勺,当年年末挖井时打捞上来了。

然而,他生前已经沦落于宇宙的一角里了。他必须献上整个一生,上天入地,钻进水火、粪土之中才能寻找回来。梁川君为彻底寻求自己已堂堂凯旋而去了。蠢笨的他常常是捉了又失,失了又捉。如今已重复走过了七颠八倒、笑话百出的历史。但所有的人也只能在如来佛的掌心里翻筋斗,"人人自有通天路"。这一信念成为他堕入迷宫、徘徊流浪的慰藉。

晓斋①画谱

重田先生来了。重田先生是邻宇人，脾气有些怪，既非躁狂病，亦非忧郁症，只是抛却务农的家业，随处游走，"美的百姓"也许是个闲人，他时常来访。

今天他又来了，这样打着招呼：

"我是个晚睡的店，早起的村，见了灰尘摸扫帚的人。你看，我那弟弟又发疯啦……"

他絮絮叨叨说了一通，"失陪啦！"打了一声招呼就告辞了。"弟弟发疯"是他的口头禅，"弟弟"乃夫子自道也。

重田先生的影像消失后，安达君的面庞又历历浮现在主人的脑里。

安达君是医学学士，纪州人。

纪州是橘子和叛贼的故乡。纪州海疆的狂涛撞击着鬼城的巉岩，水花飞溅。苍郁的熊野山，心藏秘密，默然而立。这里是向秦始皇作变相造反的徐福移居的地方，是叛僧文觉②苦苦修行之地。那智的瀑布永远潮起潮落。这里

---

① 河锅晓斋（1831—1889），江户末期浮世绘画家，别号狂斋、惺惺、惺惺斋、酒乱斋、雷醉等。
② 文觉，生卒年不详。平安末期僧人，曾苦行于熊野，源赖朝举兵时力助之，一时权势大振。

又是雄才大略、威震天下的南龙公纪州赖宣修身养性的地方。这里自古就有一种浮躁不稳的空气。到了明治时代，出了个陆奥宗光，"大逆事件"中，也出现了一位牺牲者。安达君就生长在这片空气不稳的土地上。

我开始认识他的时候，他还是医科大学的学生，看了小说《黑潮》的序言，匆匆忙忙给一位兄长写了封信，加以无理的指责。是他自己的兄长。不久见面时，他也释然了。不过，看到他双眼莽褐，眉锋紧蹙，一副不耐烦的神情，我还是心有余悸。他虽然攻读医学，但喜欢文学，是高山樗牛的崇拜者。他们兄弟曾经结伴到骏州龙华寺拜谒过樗牛的墓。他的亲戚当时和我一同侨居于原宿。他常来走亲戚，顺便到我家里玩。他说，自己被亲戚家的狗咬伤了，为防万一，每隔数周就去注射一次血清。他还送我惺惺晓斋的画谱两卷。惺惺晓斋平素像猫一般审慎，一旦喝多了酒，就郁愤难平，狂态百出，不可遏抑。他的画画的是：狐狸把乌龟翻过来，用前爪死死摁着；蛇衔着拍打翅膀的麻雀；一只大猫懒懒地躺在地上，虎视着尚未睁开眼睛的一群小老鼠。总之，一张纸上画满了浮躁不安的小脑袋。安达君的礼品，使人感到富于情趣。

他某年取得医学学士学位后，回到故乡纪州，娶妻生子，过着一名乡村医生的生活。

我迁居千岁村那年夏天，一个学生来玩，被我粗暴地赶了出去。于是，学生生气了，花了五十元邮费，向《万朝报》的《文界短讯栏》投书，说福富源次郎疯了。我自己相当正常，可许多人不知道报界会无端造谣，看样子在他们之间已造成了很大影响。有的人写来了慰问信，百般打听，我自己已经无法保持沉静了。一天，我在庭院里哆哆嗦嗦搓麦粒，门口停下一辆车，走进来一个身穿西服的绅士。我抬眼一看是安达君。安达君看了《万朝报》的报道，特地从东京赶来看我。他看我没有什么变化，只是迷迷糊糊地搓麦粒，断定我正常，说，来看看就放心了。他还说，眼下正要到北海道的增毛医院担任院长，我问他妻儿如何处置，他似乎没有明确回答。

他从北海道寄来了苹果和和歌。院长的生活看样子很单调。我问他家里情况，他总是搪塞过去。我写了一些不着边际的和歌，以探听他的消息。

　　北国白雪千百重，
　　埋不住胸中的火焰。

不久，他又回归故乡纪州，而且依然以医疗为业。为了排遣胸中苦闷，他办了一个名叫《海岸木绵》的杂志，精心写作俳句。他曾经送我夏天的橘子，我写了这样蹩脚的俳句作为酬谢：

传书纪州国，暖日熏风吹。

　　一次，他的弟弟来玩，一问，才知道他和妻子分居，家庭不甚如意。关山迢递，音讯不通，就这样过了好几年。

　　梅雨季节是个人人都要发狂的日子，安达君也写来了这样的信：

　　梅霖郁郁，忧愁如水。

　　翌年春，突然有个纪州人来通知我：安达君因发疯而自杀了。我吃了一惊，向他的弟弟发了唁函。之后不久，那人又寄来一份纪州报纸，上面说：安达君曾用短刀自杀、幸被人制止，负了重伤。报纸还引用安达君自己的话："自己好歹是个知书识理的人，干出这种事，问心有愧。"

　　我又发出了慰问信。就在这封信将要到纪州的时候，令弟来通知说：安达君因上次负了重伤，到底死去了。

　　安达君听说我疯了，曾来探望我；可我没有弄清楚他的病根儿。

　　晓斋画谱作为纪念，我将珍藏在身边。

大正二年三月

落穗掇拾

草地上

临近新年,连日晴美。

庭院散步,轻风凛凛拂面。日光暖烘烘。杉树青褐,松树微黄。枫树光裸的枝条上,站着五六只山雀,白颊鸟倾斜着黑脑袋瞅着什么,叽叽喳喳地鸣叫着,从这一枝飞到那一枝。地藏菩萨的影子,淡淡地印在地面上。

三只小狗悠悠然躺在干枯清爽的草地上,像铺着一层浅茶色的绒毯,浑身沐浴着阳光,嬉戏、游玩。不问过去,不管将来,它们现在多么幸福!看到幸福的它们而感到高兴的主人,也不能说是不幸者。

厨房里传来开饭的哨音,小狗全家猝然爬起来,争先恐后跑了过去。主人不慌不忙脱去木屐,在草地中央仰天躺成个"大"字。一直眺望着一鸟未过、片云不驻的蔚蓝的天空。

明治四十五年一月十日

小　鸟

烧草地。

水岛生来了。还回了《社会主义神髓》，借走了《大英游记》。带来一只遍体枪伤的鹈鸟，说是在林中捡的。实在看不下去，埋在枫树下边了。

猎枪是有趣的吧？小鸟是可爱的。这村子，城里人不大来狩猎。小鸟很多。一走到院子里，东方突然传来暴风般的羽音，一群群的小鸟悲鸣着飞进后面杂木林去了。接着，传来了枪声。小鸟是可爱的，猎枪是有趣的吧？然而，我听到了，那急剧的羽音和因惊恐而发自小小胸间撕心裂肺般的悲鸣——

午后，一位戴着便帽的学徒打扮的少年，在门口站了好久，然后下决心走了进来。年纪十六，请我收作弟子。叫他到走廊上去，他打开格子门大踏步走进来。我把他从廊子上推下去，骂了声"混账"！他本是谷中村人，父亲如今在深川当石工，自己做纸箱子，老板每月付六元钱。我告诉他，我不是小说家，送了三个干柿子，打发了。

明治四十二年一月十七日

被　炉

雪还没化。

夜里，钻进大被炉，从架上抽出一本书，是《多情多恨》①。机械地翻着，一页一页读下去。猛抬头，看见对面鹤子俯伏在床架上，睡得很香。被炉上，猫打着呼噜盘身而卧。时钟咔嚓咔嚓地走着，已近九时。厨房里传来妻子洗涮的声响。

茫茫过去、漠漠未来之间，此一瞬之现今实可乐也。

又瑟瑟下起雪来了。

我继续读《多情多恨》，无论如何，这是名作。当我读到柳之助告诉叶山，雨点打在亡妻的坟墓上，眼前突然浮现青山墓地树立春日灯笼的红叶山人的墓。立即想起那位将名片放在墓前而痛哭的青年士官的姿影。他是《寄生木》的原作者，那位青年士官本人，早已化为故山之墓土了。

一切都已经过去。

多么想说一声：

---

① 尾崎红叶发表于1896年的小说，描写主人公鹫见柳之助对亡妻的追念之情。

"慢一点！"

为何人生如此匆匆而逝？

　　　　　明治四十二年一月二十二日

春七日

桃花节

　　三月三日。没有买新的偶人，妻和鹤子娘儿俩扎纸偶人，彩色的鹤、香盒子，三面的，四面的，集中所有好看的，一起摆在偶人台上。

　　艾叶饼做好了。艾叶是昨天鹤子和阿夏到田间采来的。东京的艾叶饼，涂上染料，色彩很好看，可最要紧的是香气太薄。

　　今晨，一场罕见的霜。正午前后，十分和暖。梅花很快开了。雪柳发出青青的嫩芽。山茱萸盛开着黄色的花。瑞香花的红蕾不知何时裂开了白色的口子。春兰、水仙也打骨朵了。

　　云雀频频鸣叫。麦田里荡漾着水汽。

　　哑巴巴吉代乘着裸马来了。女孩子叽叽喳喳吵闹着，打麦田里走过。年轻人成群结队去参拜大师菩萨。

春天。

猫儿恋，狗儿恋，鸡儿出来也趴窝。麻雀夫妇闯入人家屋檐乱钻穴。树木吐芽，开花。狗肚子眼看要胀破了。

夜里，点上松芽般的小蜡烛，照得偶人台很美。

春　雨

三月六日。

整天下雨。山阳①所谓"春雨寂寥"之日。

从书窗望过去，灰色的小雨似喷雾器，噗噗噗，一团团席卷而来，自北方斜斜掠过中原的杉树林。

凝视着雨的当儿，不由想起英国狂诗人瓦特森的"神乘雨而降临"（God comes down in the rain）的句子。这是短诗《乡下的信心》中的句子。全篇忘了，只记得上一句和"此处田家村，信神一念今尚存"句，还有结句"这就是乡下的信心，再没有比这更重要"。

农村若没有天道人心，农村就会灭亡。然而，这种信念日益消泯，人智人巧、唯我唯利之风，越发促进人心的分解。约略知晓农村实情的人，应该为其前途而担忧。

---

① 赖山阳（1780—1832），江户后期儒学家、史家、汉诗人。名襄，大阪人。长于诗文书道。著有《日本外史》、《日本政记》、《山阳诗抄》等。

雨　后

三月七日。

近来经常下雨。不是下雨就是阴天。所谓养花天气。

今日出太阳了。从早晨就暖和。鸡声听起来特别悠闲。昨日一天一夜都是雨,田里的土黝黑、湿润。麦苗明显浓绿了。绿色的麦苗赏心悦目,在柔嫩的阳光里微笑。有时,吹面不寒的微风拂拂而来,有时,空中飘飞的夕云默然青黑,那花儿是何等美丽动人!

邻家及早种上了马铃薯。

午后稍稍走向高井户。堆满米袋的马车来了。交肩而过时,猝然瞟见赶马人的风流,米袋上插着一枝白梅花。一只白蝴蝶,一只花蝴蝶,一直围绕着花朵款款而飞。赶马人不知不觉提高了嗓门,声音很动听:

"喝吧,闹吧,到了三十再戒酒。过了三十没人瞅。吁吁,喔喔。"

看早晨的天气,也许今日晴好,但还是不稳定。时时下一阵停下来,东方出现了虹。西边太阳出来了,远方的屋脊银光闪亮。北风吹来,田里小河两岸的山竹,窸窸窣窣地响动,日光耀眼。空中一隅,浓黑如蓝,村庄和部分绿麦炫人眼目,活像米勒的一幅《春》图。

挖野菜

三月八日。

今日云雀依然频频鸣叫。

午饭前,夫妻、鹤子牵着狗,去稻田里挖野菜。田边的水杨脱去绒毛,开出了黄花。路旁的草木瓜鼓胀着红蕾。我家附近,不要说花,就连自然食品也极为贫乏。芹菜少少,鸡儿肠少少,蒲公英少少,野蒜少少,款冬只有三四棵。可得之物仅如此矣。

午后读书,天空响起巨物的嗡嗡之声。站在廊上抬头仰望,以夏季才有的白铜色的卷云为背景,南面天上升起一只巨大的红纸鸢,系着两根长长的带子,在空中柔软地飘荡。纸鸢悠然自得地在虚空的云海里游泳,嗡嗡的声音震响了整个武藏野。

春天。

晚饭吃摘来的野菜。酱醋野蒜尚好,水余鸡儿肠味苦。

进入彼岸

三月十八日。进入彼岸。风还很冷。云雀的鸣声也带着轻狂。富士山笼罩着淡灰色的烟霭。

庭院的瑞香花日夜流溢着甜香。梅树吐了红萼，红蕾含苞待放。狗母子在草地上狂跳。猫像小狗一般来回奔跑。

春天。

进入彼岸，有团子了。

扫墓的多了。

傍晚，前往静寂的墓地。瑞香、红茶花的枝子插在墓前的竹筒或土里。香烟袅袅。蓦地发现，地藏菩萨独自穿着红色的衣服。抑或上月死了小女儿的阿松给穿的吧？

蛇出洞

三月二十八日。

近来晴美。早饭后去高井户买石头。武藏野无石。沙子和玉石来自附近的玉川。比腌菜石更重的石头来自上游青梅方向。一贯约一钱五厘。挑选的石头上秤称，土木工人走过来瞪起眼睛说：

"石头上秤——好可怕！"

午后，沿田间小路向船桥方向走。一出门，在墓地里见到了蛇。野外小河土地庙下边，孩子们在钓鲫鱼。十丁到那里一看，回来说就像我家祠堂那么小，一团朦胧。

近日晚间的富士山像画中的"理想"一样，遥远而美丽。

仲 春

四月十七日。

开门，如在海里。房屋周围尽是灰蒙蒙的雾。村村森林的树梢，幽灵般浮现于空中。正说要下雨，雾中忽然出现了太阳。日光越来越强，银白的阳光搏在雾气之中。

院里樱花盛开。落叶松、海棠，看上去似二八少女。紫色的杜鹃花、雪柳、红白茶花，花期正盛。单瓣的棠棣花也开了。清玄樱、亚西花色血红，红褐色的春枫自不待言，槭、枫、橡、榉、桫椤等的新芽，比花朵还美。

到田里看看。一簇簇金黄的菜花，白蝴蝶快活地飞着。向南望，中原、回泽一代，桃红李白。北望，仁左卫门家的大榉书摩戛春空，笼罩着褐色烟雾。

春日近午，大部分返青的草地上，印着新枫的浓荫，小狗母子蜷卧在树荫里，油亮的毛皮上簌簌落下了两三片花瓣。起风了。树影摇曳。蛙声咯咯。母狗闪动一下耳朵，继续沉入梦境。

傍晚，圆圆的夕阳悠悠然向西边沉落下去。云彩似刷子，一寸一寸打太阳正中横扫过去，观之如画。早已孕穗的青麦在晚风里飘浮。

夜，蛙声聒噪，月色银白。

夜

梅迟樱早的四月一日。

三时过后,我伴着一位青年妇女由粑谷到高轮办事情。午后六时到十一时,访问某家主人继续评理,终不得要领。离开这家时,已近十二时。但还是赶上了末班车,妇女在三宅坂下车,去看一个熟人。我在青山下车,到哥哥家去。

他们已经睡下,又敲门又喊叫,还是没有醒。附近虽然有侄女家,可她快到临盆的月份,不想惊动。于是,我便沿着青山大道朝御所方向走去。找到派出所一位巡警,在他的指示下,敲开了北街后头一两家旅馆。醒是醒了,但都撒了一个圆满的谎,口称"客满"而谢绝了。电车早已就寝了。打算先到新桥车站候车室里睡一下,天亮后去筑地医院探望生瘤住院的父亲。我踏着月光和电灯光,沿溜池大街向新桥方向溜达。到那一看,门关着,问站员,他睡意蒙眬地说,四时半过后才开门。眼下不到两点。

电灯明晃晃地照耀着庞贝废墟般寂静的银座大街。我转头向东,经歌舞伎剧场前面到筑地去。万年桥畔,有一家默阿弥[①]戏剧中出现的"夜啼面条馆"。已是夜间丑时两

[①] 河竹默阿弥(1816—1893),歌舞伎脚本作者。

点，又冷又饿。

"喂，来碗面条。"

"好的。"

灯光下一位六十光景的老爷子，伸头瞧了我一眼，立即啪嗒啪嗒扇起了团扇起火了。后方有两辆车子。一个车夫在打鼾，另一个坐在脚踏板上，用护膝抱着头，沉默不语。

"来啦！"

我从老爷子手里接过盖浇面，还有一双方便筷，喝了口汤，腥得差点儿吐出来。我还是连吃了两碗。

"喂，再来两碗。"

我付了钱。"谢谢款待了——哎，这位老爷给咱买饭啦。"听到车夫招呼他的同伴，我走过了万年桥。这时，我看到电线上吊着十一日的月亮，红红的，好像附近歌舞伎剧场背景上的那种红色。

筑地外科医院的铁门当然也是紧闭着的。楼上一室估计是父亲的病房，透过窗帘散出昏黄的光线。我侧耳静听，似乎有人的呻吟声，也许是错觉吧？看来父亲睡着了。他不知道他的一个儿子正望着病房的灯光，深夜里徘徊在窗下呢。

我困了。头耷拉下来。不管哪里，这个沉重的脑袋真想靠一靠。我昏昏沉沉梦游般地在本愿寺附近转悠，身子没有多大走动，只是幽灵似的徘徊。突然走进墓地。我知道，这里有一叶①女士的墓，以前曾经来凭吊过。月光下，我在坟墓和坟墓之间穿行，坐在谁家的坟台上。然而，这里是永眠的场所，不是享受一夜之死的地方。我从墓地被赶出来，又回到本愿寺前的广场。

忽然，我看到本愿寺的大门敞开着，门口有巡警或看门人的小屋，里面点着灯。没有人盘问，我大踏步走进去，登上本堂的走廊。倾斜的月光洒在地上，走廊上一片阴影。我终于得到安息的场所，在宽大的廊子上铺着包袱皮，枕着胳膊躺下了。迷迷糊糊之间，头顶传来扑啦扑啦的声响。睁眼向上一看，一团漆黑。这时暗中听到咕咕的叫声。

"哦，是鸽子。"

我又迷迷糊糊了。

月亮渐渐沉落下去。

明治四十二年四月一日

---

① 樋口一叶（1873—1896），女小说家。原名奈津，东京人。作品有《青梅竹马》、《浊流》、《十三夜》等。

画 | 小林清亲

春之暮

庭石菖又名草菖蒲，花开正盛。淡紫色、白色，这花虽说插上一两棵不怎么显眼，但是要是院中千万棵花，在午后阳光的照射下一齐开放，那绿色的底子，浮现着紫色和白色的花纹，美得就像铺着一面花绒毯。因为没人看，便将白天里来帮工的佣人拉来一起观赏。

除草菖蒲之外，还有芍药、紫色白色黄色的旗荪、蔷薇、石竹、瞿麦、虞美人草、花芥子、红白除虫菊，竞相开放，庭园内五颜六色。

田里的麦子，天天阳光朗照，一派油绿。春蝉乍鸣。苇鸟叫。蛙鸣。清风阵阵。傍晚，满院子夜来香芳香四溢。

今日，五月下旬的一天，雨可亲，风可恋，清荫可怀。蝉声、绿麦，满耳满眼。暑热、闪光的绿色，令眼睛发疼。果然，温度计指到华氏八十度。

落叶树都从嫩芽长成了绿叶。厚重的常绿树，那不可思议的嫩绿实在美极了。白槲树的青枝上簇拥着柔嫩可食的绿叶。杉树长出一团团海藻般的新芽。红松赭红、黑松灰白的小蜡烛似的芽心，一粒粒出现于枝头。竹子"暮春春服既成"，已经披上了厚厚的鲜亮的绿蓑衣，看上去，心性陶然。

今夜开始有蚊子叫。

"今宵哪得睡?春暮一只蚊。"

春天将尽了。

　　　　　　明治四十五年五月二十六日

首　夏

前日从阿七家里买来了茄子苗,今朝阿七的母亲特来看茄子怎么样了。

近来老吃豌豆饭,可是豌豆容易招来无数黑虫、青虫。今天,夫妻俩花两个小时捉虫。虫争食,蝇争住,人之子一日三餐也不成体统。

午后,到邻村买笋。笋子已近末期。可不,新竹长得比母竹高出一丈。往来都经过田野。淡绿的秧苗早已一派翠碧。南风拂拂。秧田的水映着蓝天,细波粼粼,二寸多的绿秧一棵棵欣然飘动。

这两三天,入夜雷声如击鼓,晚云间电光闪闪。五时过后,一阵雷雨袭来,一小时后,转晴。

一件夹衫尚稍觉寒凉,穿上呢外套出门。门外的路出现了水洼,黄熟的麦子倒伏下来,栎树、橡树缀满绿色的水滴。西边晴明，东京的上空暗云密布，远方雷声殷殷。武太和伊太光着脚背来一筐黄瓜苗。

已经进入夏天了。

明治四十三年五月二十六日

恨和枯

开门，露白。草地上张起绵纸般的大蛛网。蛛丝上缀着细小的露珠，像璎珞，从这一枝垂挂到那一枝。门口闻到了甜香，篱笆根部的金银花不知何时开放了。

生生又生生。营营且营营。眼下这时节，不管走向哪里，都感受到生气勃勃的自然的威压。田里青蛙钝声地叫着"快生，快长"；麻雀、燕子忙着筑新巢，准备生产，昨天和今天一直在板窗格子里做窝，叽叽喳喳地喧闹着，衔来各式各样的杂物。苍蝇乱飞，蚊子吵闹。蔷薇、豌豆爬满无数小虫子。地里长出茂草。四围的自然压挤着，感到万物的灵殿都在缩小。

邻居阿金送来过南瓜苗，他来看看生长情况，顺便告诉我说，他家里本来有一架长得很好的葡萄，有一年家中的阿新摘葡萄，从架上掉下来摔伤了。从此以后，全家人都恨这棵葡萄树。结果葡萄不知何时枯死了。恨和枯,多么有意思的事。《新约圣经》上记载,耶稣走过不结果的无花果树咒骂了一句,傍晚归来一看树已经枯了。只有像耶稣一般心力强大的人,才会有这种事。

晚上,升起红灯笼似的月亮。本以为要下雨,谁知竟是一个水样的月夜。这阵子,每天晚上月亮都好。夜阑,蛙鸣,苇雀在叫。生活在月光里的我们,也感到像住在又深又静的水底下一般。

明治四十五年六月一日

麦 愁

坐在书桌前,心情散漫,写不出一行字。

外面眼看要下雨,不管哪里,家家都一起割麦去了。镰刀刷刷响。一面将昨日割下的麦子,高高地装上货车。不时腾起欢乐的笑声。人们都很快活。劳动现在有了报酬。高兴是当然的事。

历年一到麦秋,"美的百姓"先生就开始烦闷不安。我称之为自家的"麦愁"。先生家大麦小麦合起来,面积约有一反的收获量,雇上两名佣工,很快就收拾完了。一边消遣，一边打麦，根本不算什么。对于买大米吃的先生来说，收上两三袋大麦是小意思。过着单纯生活的农家，麦收既自豪又热闹，然而，多愁善感的"美的百姓"，感到脸上无光，气急败坏地诅咒自己。他终不能成为一名彻底的、实实在在的农民。但也不能随意地写作。他羡慕他们，他可怜自己。这是对他半途而废、我行我素生活的惩罚。没办法，本来，观众也是一个演员。然而，离开来独自看，依然寂寞。

终日懊恼。晚上在院子里散步，之后，坐在走廊边的台子上。天上眼看要下雨，满院子的夜来香使得周围显得更加寂寥。我久久凝望着那黄色的冷艳的花朵。

明治四十五年六月五日

梅雨乍晴

梅雨时节，这十几天没有一个像样的晴天，擦铺席的新抹布长霉发黑了。今天突然晴好，可喜的太阳出来了。等得不耐烦的蝉高声鸣叫。土地升腾着蓬蓬水汽，地面印着浓黑的树影。蔚蓝的天空像少女的翠袖，夏云银光闪耀。敞开门窗，充分放进来阳光和风。

盼望今日晴明的农家，兴高采烈地开始打麦了。东边噼噼啪啪，西边噼噼啪啪。东面的阿辰家里，由个子很小但大方潇洒而富于男子气的岩公带头，唱道："村外三轩家，吹来城里风。唉咳哟，唉咳哟。"热闹的歌声夹着噼噼啪啪声。北面的阿金家都是不爱开口的人，家中唯一能唱几句的稻公去当炮兵了，春子上小学了。老爷子、大儿子、大女儿和三儿子四个人，老大音公不会唱，有时会大声吼几声，规规矩矩地打麦子。东西南北，欢声笑语。听之令人兴奋不已。

梅雨乍晴时，家家打麦声。

明治四十三年六月二十九日

无产者

新宿八王子之间的电车线路开工了，大兴土木。村子里连日下来戒严令，居民仍然战战兢兢。

论起天下无敌的强者，土木工人当是其中之一。他们是顶天立地、无所畏惧的赤裸的英雄、原人。他们原来就是赤裸裸的，一无所有。既然一无所有，也就一无所失。

既然一无所失，他们也就无所畏惧。在生存竞争之战中，他们总是进攻者。唯有主动进击才可得手。守，是有产者的事。守，已经先输了一步。

世界上再没有比无产者更强大的了。无产者拥有一切。他们没有明天，没有昨天，只有今天，只有一刹那。他们不怕神，不怕皇帝，不想闻名。他们没有可失去的财富，没有可爱的家人。他们的地位已经低得不能再低。国家，是何物？法律，有何用？习惯，有何约束？他们只服从胃的命令、肠的法律、皮肤的要求、舌头的指挥、生殖器的催促，除此之外，不受任何束缚。他们本身就是自然力，就是一接触能撞翻"泰坦尼克号"① 的冰山。他们是用铁蹄践踏华丽的罗马文明的北狄蛮人。一切的作为文明，都在他们面前化为灰烬！

挖土，运土，平土，堆土。他们是工蚁。同是干的土活，农民是蚯蚓。蚯蚓怕蚂蚁。

对于有产者来说，无产者最可怕。土木工人的村子尤其可怕。然而，他们虽说一无所有，但还有生命。他们珍惜生命。这正是他们的弱点。他们以无有而强大，也有因有而变弱之虞。世界上可怕的是那些连生命都不顾惜的人，

---

① 英国客船，1912 年 4 月 14 日夜，在大西洋海面为冰山所撞而沉没，乘员 2200 余人中 1500 余人丧生。

不管拿什么条件去，都别指望他们会妥协。他们不管有什么都不满足。他们要把整个宇宙据为己有，或者将自己献给整个宇宙。为了获得这一切，即使失去已有的一切也在所不惜。耶稣和佛陀，就是这种可怕的人。

明治四十五年七月十三日

蝉

今年我家的大麦小麦歉收，说起来荒唐可笑。其原因是，去秋种麦，以马粪为底肥。这是从世田谷骑兵连队运来的新鲜马粪。因是官马，粪里混杂着大量的燕麦，马吃下去还没有完全消化。总之，新鲜的肥料不好，因为没有自家的堆肥，新马粪中混有过磷酸的缘故。麦子发芽的时候，马粪里的燕麦也发芽。麦子长高了，燕麦也长高了。燕麦比麦子更旺盛。给麦子施肥，燕麦拼命吸取养分，生长旺盛。麦田一下子变成燕麦田了。费了好大劲儿才把燕麦拔掉。可是关键的麦子受燕麦挤压，穗子十分瘦弱。肥料吃掉肥料，世上这种事儿有的是。

托尔斯泰的遗著之中，我读过英译的《活尸》剧本。

这是托尔斯泰化的"伊诺克·阿登①",虽然不似《黑暗的力量》那样动人,还是叫我放不下来。坐在走廊的藤椅上,读着这个剧本,眼前浮现了托翁的面容和他全家人的表情。今天是七月一日,正是我六年前待在雅斯纳亚·波里亚纳的日子。时晴时阴的天空,上上下下的丘陵,绿色葱茏,小麦熟了,如今我的周围正是当年情景。

摊在膝头的剧本已经看不清字了,我抬起眼睛。先前无声的细雨,眼下早已融入苍茫的夕霭。我的视线从浅绿的草地、青碧的松林,次第转向灰褐的远景。忽然,对面苍郁的杉树林里,传来了"铃——铃——"的声音。

那是蝉儿银铃般响亮的叫声。

明治四十五年七月一日

夏日的一天

昨夜,难得地全裸着身子睡了。

睁开眼,雨窗外蝉在叫。蚊帐外边的暗角里,蚊子嗡

---

① 《伊诺克·阿登》(Enoch Arden),英国作家丁尼生(Alfred Tennyson,1809—1892)的自由体叙事长诗。

嗡作响。折身看时钟,五时差十分。打开门来,东面栎树林里,早已散射着早晨金色的阳光。

洗罢脸,光着身子跑进草地,用刚磨好的镰刀割起草来。似雨非雨的露。割草于露间。嚓嚓嚓,非常有趣。

洗脚,揩干身子上来,八时。近来不吃早饭,十时,饮牛奶一杯。

今日写作少许。

午餐兼早餐,红小豆饭。今日是妻子生日。打开昨天暂时隐秘的礼物一看,白发三根。她也生白发了!我自十四五岁就有五至十根白发。总之,已经到了"部分偕白发"的年纪了。

主妇的生日,小豆饭加豆腐汁,没有一条沙丁鱼。午前到果树园散步,发现五个早熟的水蜜桃。姑且拿到餐桌上来,这是最及时的贺礼。

今日是入夏以来最热的一天。午后,室温达到华氏九十度。在千岁村生活了六年,今天初次热到九十度。敞开所有门窗、隔扇,撤掉堂屋的全部花纸屏障,把六叠二室的房间打通为一间。明知道越喝越出汗,还是忍不住地大喝凉麦汤和汽水。一边喝一边不住流汗。猫和狗都躺在树荫下睡觉。

太热了,想理发。盘腿坐在客厅的走廊上,推子不行,叫妻子用剪刀理了个三寸头。早晨割下的草,早已干枯、变白。妻子说，就像北海道的牧场。我割草，妻为丈夫理发。不知草的心情如何，人的心情很快活。

撤去花纸屏障，餐厅变得宽阔了，晚饭的餐桌一片清凉。我一边吃饭，一边看着两面苇帘屏风上残留的落照。夕阳映射的屏风跃动着南天竹的黑影。透过苇帘，芭蕉硕大的绿叶摇曳生姿。

青山街道传来汽车的声音，东京的N君等三人，前来拍摄甲斐山的照片。因天色太晚不行，只勉强拍了两张就回来了。

太阳西沉了，微微刮起了南风，入夜如流水潺潺，最要紧的是点上一盏灯。坐在堂屋的廊子上，身心虚空，浸在凉风之中。灯光远射，橡和江南竹的叶子片片似绿玉，闪闪烁烁。灯光达不到之处，叶黑如墨画，万千跳跃。树木间隙，夏夜泛白的天空，无数的星星流光溢彩。庭院黑暗的角落，飘来阵阵浓郁的甜香。这是山栀子和山百合的香气。"夏夜疵蚊五百两"，因而，一只蚊子都没有。

今日误摘了两只乌瓜。妻为鹤子刮去瓜瓤，雕了一只帆船，吊在廊檐下。风时时吹灭灯火，只好在中间点上一支小蜡烛。这是一个绿色莹莹的小天地，白帆船中的生命之火，将一直透过表皮散射出来，永不休止。

明治四十五年七月十八日

波斯菊

今天天气令人想起夏季。午后温度上升到华氏六十八度。白蝴蝶飞舞。苍蝇活动。蝉一个劲儿叫。

如今是波斯菊盛开的时候。深红、红、淡红、白，庭院、花园、田野、垃圾堆旁，到处随意盛开。随时供人观赏，可终日没有人来。唯有主人一人，沐浴在黄金雨般和暖的秋阳下，饱尝色彩的宴飨。

阿辰老爷子不时拉着货车打宅子外面通过。

"真像花车一样啊！"他赞赏着走了过去。

院内，芙蓉、胡枝子、莲花杜鹃，叶子着色了。梅、樱落叶了。满天星首先变红。落霜红泛红，木瓜泛黄，松树深绿，山茶花溢香，波斯菊色彩满庭。实在是一个难得的良辰美景。

傍晚，站在住宅南端榉树墩上眺望，太阳不知何时落在甲州山上，山体发出紫色的光。夕阳照耀着淡褐色的田地和小河堤上白色的尾花。南村北落晚炊的烟霭，乌啼，鸟鸣，秋静，眼看着这样的一天就要过去了。向东京方向望去，几股黑烟笔直升上胭脂色的天空。最南方，前天目黑的火药库爆炸，死了二十多人，那黑烟就是从那里升起来的吧?

　　　　　　明治四十四年十月二十三日

秋　寂

　　今日是寂寥的一天。
　　走过大丽花公园,看到有两尺长焦褐色的绳子在蠕动,是蛇!抬起蜥蜴般纤细的头,频频吐着黑针似的舌头。我瞧着,不知应该打死它还是不打死它,踌躇之间,那蛇立即钻进直径约一寸的洞里了。眼见着像被什么迅速吸进去一般。
　　园内散步,掉落了几个蝉蜕壳。昨夜在屋里,听到小生灵临终前微弱的呻吟声,今朝一看,风琴上放着一只奄奄一息的螽斯。它还没有死,而且死之前,它会好一阵鸣叫。
　　自然老了。一只蜂子在客厅前爬着,两翅不张也不合。是什么变弱了?是没力气飞了。于是,悄悄掉在地上,又向草地慢慢爬去。
　　今日是寂寥的一天。
　　午前阴天,这是一个令人欲哭无泪的日子。

午后,空气闷热难耐。感到一种慵懒的自然之气。没睡好的鹤子去午睡了。狗懒洋洋地躺在垃圾堆旁。猫在草地上睡觉。风从南方吹来。温馨的事如同六月的风。闭目一听,冬天也有北风的呼号。

今日是寂寥的一天。

现在是午后四时。夕阳蓦然从云缝漏射下来。满院里盛开的波斯菊和其他菊花,残红未尽的鸡冠花,蜂虻群集的八角金盘的大白花,渐渐泛黄的草地,叶子掉落而干枯的胡枝子,以及白桦、落叶松等,都在夕阳里寂寞地生息。虽还鲜丽,但在哭泣。虽然美艳,但很寂寞。

今日是寂寥的一天。

大正元年十月二十八日

暮秋的一天

寂寥的暮秋的一天。天气像菩萨的眼睛,一会儿睁,一会儿合。

入冬已经五六天了。三天两头下霜,是薄薄的霜。也许上月屡屡刮暴风的缘故,庭院的百日红、樱、梅、沙罗树、桃、李、白桦、榉、厚朴、木兰等落叶树,叶子大都落了，光着枝条。柿子树和常磐枫下面，美丽的落叶层层叠积，像铺了厚厚的绒毯。菊尚未褪色，依旧艳丽无比。小菊、紫菊在园里各处绽放，五颜六色。红白山茶花枝上枝下，铺天盖地。南天星、山红叶、一行寺、大杯、大丽菊、初霜等枫树类和银杏，红、黄、褐、绯红、紫，呈现着深浅明暗各种不同的色彩。凝重的常绿树点缀在清浅的光秃的树木之间。常绿树中，松、杉等青叶之下，垂挂着一簇簇陈叶，巴望一阵风来，重新获得新生。空气里充满菊、山茶花的馨香。我饱吮着秾丽如酒的空气，宛若一只蜂虻，从庭院到公园，从公园到田野，随意徘徊。走出庭院时，脚下落叶嚓嚓响。向梅树的小枝条一望，上头穿着一只干青蛙，这是调皮的百舌鸟作干粮用的，挂在这儿忘记收了。园内散步，大半是留种的波斯菊，梢上残留着两三朵红白花，没精打采。田里的大麦小麦已经长到一寸多长了。萝卜和腌菜郁郁青青。篱外田里正在播种晚麦。对面地里，传来了咔嚓咔嚓开镰收割晚稻的声音。

现在是午后四时。太阳刚刚露了一下脸儿，发出一点儿光亮又躲到云层里了，眼里所能看到的，只是一派沉郁的景物。我站在松树下大部泛黄的草地上，望着墓地上的银杏树。啊，这是一棵直径不到六寸的小树，树枝一律朝向北方，就像削掉一半的鱼骨，只有一枝朝南。南面这一枝，梢子上没有留下一片叶子，黄叶都密集在北边了。这根光裸的树枝上，站着一只瘦削的大嘴乌鸦。这只乌鸦久久地伫立着，忽然尾翼拍打一下树梢，哑哑鸣叫着飞走了。银杏树叶如黄蝶翻舞，簌簌飘落下来。

回泽杉树林那边，走过了送葬的队列，传来了"南无阿弥陀佛，南无阿弥陀佛"哭一般单调的念经声。

大正元年十一月十日

两个幻影

今日北风寒冷，冬的气息已达到十分。

然而，东京附近若谈到冬，显得太荒唐了。不论怎么寒冷，总有些风和日丽的地方，不难看到碧绿的青菜、二月里盛开在崖阴下的木槿和蒲公英。

不到北方，便不知冬的情调。若不是奥州、北海道、桦太，乃至大陆的俄罗斯、西伯利亚，就不知冬的趣味。秋渐老，冬的气息一刻刻逼近，一种切身的恐怖、一种临死的深深的绝望和悲哀，是东京近郊浅薄的冬日所无法比拟的。东京附近的冬，是半死不活的。只有在冬意味着真正死亡的国土上，才能体味到秋暮的苦寂，才会懂得春的复苏的喜悦。"啊，神啊，感谢您使我同这个春天相会。"——俄罗斯老农在田里祈祷的心情,一个住在东京附近的农民是很难体会到的。

不管承认不承认,我等总是受周围环境的支配。这就是我们这个国家一切事情都搞不彻底的缘由。

＊＊＊＊＊＊

午后散步。田野里都在欢欢喜喜收割晚稻。

可以看到甲斐山,从青山街道向船桥方向走十四五步,东京方向驶来两辆车子,是漂亮的胶轮车。路两旁割稻的农民停下手中的镰刀看着。我举起了携带的望远镜。前车透明的幌子内,坐着两个貌美的年轻女人,挽着发髻,涂着白粉。后车似乎是一位乳母,穿着美丽的友禅织的和服,抱着一个小女孩。车棚上吊着玩具。今日是十一月十五日,"七五三"① 节,看样子是到东京参拜神宫回来的。两辆胶轮车由身穿白上衣的健壮的车夫拉着,悄无声息地上了斜坡。这时,我觉察一个影子越来越接近我所站立的地方。是个老婆子,像骷髅,两个眼窝通红,小蒜头般的鼻子朝右边歪斜着。脖子上套着小包袱,跋拉着一双草鞋木屐。我很害怕,靠边儿为她让路。我很担心她会不会跟我说话,谁知那婆子用那双血红的眼睛瞅了我一下,从我身旁走了

---

① 男孩三岁和五岁、女孩七岁这一年的 11 月 15 日,穿着和服和木屐,到神社参拜。

过去。不一会儿，消失在杂木林丛生的山上了。

我回忆着打眼前通过的两个幻影，思索着内里的含义，忘记了看山，只顾朝田野方向走下去。

大正元年十一月十五日

雪

岁暮二十八日，午饭前下起了雨，下着下着进入了夜里。

夜半二时许，枕边忽听有物撞击之音，余折身而起，装束整齐，拥被伫立良久，不见侵入人的影子，户外只有瑟瑟之声。

"雪！"

刚才的声音是雪从朴树枝头滑下的响动。余含笑而眠。

六时，起身打开挡雨窗，银光射眼，廊前一片纯白。积雪五寸，还在纷纷而降。

去年天暖，未见下一场像样的雪。年内看到五寸的雪，是余等成为千岁村民后的第一回。

余打开后书院之门，从此处客厅望去，西南方面尽收眼底。雪里田园好似一幅无额之画。庭内十数棵松树高低参差，枝条被雪所压，摇摇荡荡，似乎就要将雪抖落下来。光秃秃的落叶树，顺从地任凭雪堆积。一丛干枯的胡枝子，弯成弓形，低俯于地面。余不由放声而笑。背向这里的石菩萨像，戴着护士般的白帽子，两肩顶着白雪的肩章，清澄而立。

余关上纸拉门进入室内，工作之前写信两封。一封给筑波山下某医师；一封给东京银座书店之主人。水国之雪景，岁晚之雪都的浮世绘，如梦幻浮现于眼前。

写完信，余开始写作。纸拉门渐渐炫目，时时有雪滑落下来，发出惊人的响声。桌边的黄铜茶壶也发出咚咚的声音。

鹤子来招呼吃午饭。到室外一看，雪还在簌簌而降。然而四边的天空已闪着非雪的光亮。堂屋前的草地，已被朴树滴下的雪水弄得斑驳陆离。

"怎么？这就化了吗？像春雪一样哩！"

我骂着，在桌边坐下。黑漆的饭盘里放着三种东西：用南天竹的红果做眼球的兔子、用沿阶草的绿果做眼球的鹌鹑、用沿阶草的叶子做眉、用其果做眼睛的小雪人，在饭盘里共居一处。这是妻专为鹤子做的。

"这雪人是西洋人，眼睛是蓝的。"鹤子说。

因为下雪，今日报纸没有送来。早晨送牛奶来，午后年近七十岁的邮递员老爷爷刚来过。订了明日的年糕，邻居主人来取糯米,顺便给鹤子带来两块刚蒸好的白薯。

余在里客厅继续做着早晨的工作。因为天气寒冷,不住向火钵添木炭。纸拉门子微暗,光线适度。飒然有声,轰然作响。似乎起风了。四时过后,妻沏茶,鹤子拿来烤栗子。

"这是煮开的雪水啊!"妻说。

我撂下笔,首先倒了一碗。说是银瓶,却还是那个铁瓶。尽管如此,茶味倒还柔软。手里剥着烤栗子,打开纸拉门不时向外眺望。从北方吹来了风。白色的风掠过田间的杉林,一阵阵拂拂而斜吹。庭内如蛾如花般的大小雪片,又飞,又跳,翻着筋斗,舞蹈般地回旋着,玩笑般地散开了,轻轻地浮动着。半溶的雪帽依然高高戴在地藏菩萨的头上。庭院的红松枝头,时时有雪的瀑布落下来。

"今夜还要下啊!"

妻子说罢,和鹤子一起走了。

余听着风雪之音继续工作。写完一页,文字早已变得朦胧。余揩拭一下笔尖,站起身打开纸拉门。

苍白的雪的黄昏。看不到人影,听不到人声,一片寂静。只有雪霏霏复霏霏下个不停。眺望良久。忽然一个黑黑的东西通过廊檐,这是上月来到我家的野狗。它是一只大耳朵童犬,不知从何而来,跟着闯进家门,追逐不去。余家已有雌雄两只狗,再加上这只母犬,喂养起来颇为麻烦。特地请人丢到玉川去了。谁知第二天又突然回来了。再把它送上火车,从荻洼乘车到吉祥寺,拴在树林中,过了一周,它脖子上拖着绳子又回来了。再托邻人妈妈,送给喜爱狗的有着两个儿子的家庭,刚刚在那人家拴了一下,不久就拖着长长的铁链子跑回来了。一切办法都无效,如今仍然待在这里。余吹口哨,"她"倏地抬眼看看,不久垂着尾巴,往后边去了,将小小足印深深地留在雪里。

雪依然纷纷而降。

我不由联想起今年一年中发生的各种各样的事。自己、家庭、村里、本国以及外国,今年真是多事之秋。世界各地,形形色色,人心昂奋,人世动摇,走马灯一般在我心头掠过。

哪里有平静的世界?

余久久地、久久地在雪中眺望着什么。

大正元年岁暮二十九日,灰白的天空迎来了黄昏。

飞旋飘舞着的世界,一派银白的夕暮。

熊的足迹

勿 来

因连日的风雨而停运的东北线开通了。我们听到这个消息后，于明治四十三年九月七日早晨，从上野乘海岸线的火车，三点多钟在关本站下车，又换乘汽车驶往平潟。

平潟是有名的渔场，从镇上出发，顺着海湾的南面，绕过正前方的出岛，可以看到一座水蜈蚣般的长长的栈桥。雨后的渔场，只能闻到一片海腥味。在静海亭寄存了行李，向旅馆借了木屐和雨伞，乘车到勿来关遗址游览。

钻出城外的隧道，从常陆入磐城，沿着波浪拍打的冷清的滨江道路走了一段，在唯一的一家茶馆下了车。这里出售勿来关的碑帖、松树和海贝的化石以及画片等。我让车夫背着鹤子，大家踏着泥滑的道路，小心翼翼穿过铁道，顺着山间田畔登上城关。或许因为有了那首"路隘满落樱"①的和歌吧,这里遍植着芳野樱。净是一些小树。路通向山中,遍地生长着胡枝子、女郎花、地榆、桔梗、萱草。踏着满山秋色向上攀登。车夫折了一枝色浓的桔梗花交给了鹤子。

从滨海路的茶馆走了一千多米,就来到关址了,马背般狭窄的山头呈现着马鞍形的凹凸,据说是八幡太郎②搭弓挂鞍的高大的红松和黑松,有十四五棵,迎着太平洋的海风,翠绿的梢头发出飒飒的响声。这不是五六百年前的老树,除了松树,没有特别古老的东西。石碑是嘉永年间的。茶馆虽然开着,然而夏日已过,今天根本看不到一个人影,也没有人来饮茶。掬一杯弓端部的清水,站在挂弓松下眺望,西边重叠的磐城山上,白色的云雾翻滚流动。东边是太平洋,昏黄的夕阳从云间漏泄下来,波光起伏。捕捞鲣鱼的桨声,疑乃可闻。往昔,通向奥州的滨海的道路,就经过这座山上吗?八幡太郎冒着纷纷扬扬的落花打马从这里走过吗?歌留下了,关址已无可寻觅,只有松风飒飒,低吟浅唱。人世千年,实在是匆匆流逝。茫然伫立,只见山头走下来两个年轻的农民,赶着驮满青草的马,打我们面前经过,又向对面的峰顶登去。

---

① 藤原俊成撰《千载和歌集》(1187年成书)中有"风吹勿来关,路隘满落樱"的句子。
② 即源义家。

日暮，返归平潟的旅馆。澡水微温，厕所不洁，鱼虽新鲜而厨艺不高，有腥味。想喝水，有海涩味，加之蚊蚋众多，黑糊糊聚集一团。迅速钻入蚊帐，夜半落雨，头上漏水，慌忙移开床铺。旅途中第一个寂寞的晚上。

浅　虫

从九月九日到十二日，滞留于奥州浅虫温泉。

背后是开往青森的火车。枕下，陆奥湾碧玉般的潮水发出激荡的声响。西南的青森，人烟可望，背后，津轻富士的岩木山看起来十分小巧。

从青森来的偕着艺妓的游客，在歌中唱道："一夜相随也是妻。"

五岁的鹤子初次见到海鸥，说："妈妈，白乌鸦在飞呢。"

旅途中从海滨拾来许多小石子。两个大人和一个小孩玩弹石子游戏。想起十岁那年夏天，陪伴父母乘船到萨摩探望祖父，约莫百里的海路，因为风大，到达天草岛花了十余天。故事也听完了，为了度过漫长的时光，年近花甲的父亲和快到五十的母亲，陪着十岁的我一起弹石子。今天，用这不灵活的手数着小石子，蓦然想起了这件往事。

走出海岸，贝壳堆积如山。在浅虫的饭菜里，炸海贝很好吃。海滨随处开满了紫色的玫瑰，黄昏的海风里香气四溢。

　　野外出恭处，海边玫瑰花。

大　沼

一

"梅香丸"载着我们从青森到函馆，在津轻海峡航行了四个小时。这是一艘新造的非常漂亮的客船。然而妻子乘不惯船，她还是晕了。在函馆码头的朴树旅店休息了一夜，她还是说头疼。下午乘火车，直奔大沼。

函馆车站是个极其简陋的车站。候车室里，一个喝醉酒的和尚，满脸通红，穿着斑斓的袈裟，抓住一个法国人模样的长髯的传教士，不停地唠叨。传教士微笑着，好歹敷衍着他。

开往札幌的列车，离开了杂沓的函馆，一路上行，经过了桔梗、七饭等地。像剥掉一层皮一样，脑袋变得轻松了。以卧牛山为中心的八卦图形状的函馆，在眼底下展开。"放眼望大海，水蓝北地秋。"从左窗望去，隔着津轻海峡一带蓝蓝的秋潮，津轻的陆地遥遥浮现于水平线上。到了本乡，我看见那位醉僧下了火车，戴上富士山形的黑帽子，提着小型的绿绒毡包，蹒跚地走出了检票口。车站的站牌上写着：到江刺六十公里。火车从函馆开出，走了一个多小时的山路，经过大沼站，驶抵大沼公园。这是专为游客刚刚建成的车站。在这儿下车。两个旅馆的侍者等候着。我们在他俩的带领下，登上一艘小船，船头上插着"红叶旅馆"的小旗。旅馆的侍者打了声招呼离去了。船老大摇着橹，小船咿咿哑哑地启动了。

出了开满金黄色水藻花朵的海湾，进入广阔的沼泽，阔别已久的赤红光秃的驹岳忽然显现在眼前。东边山头飘起似有若无的烟霭。明治三十六年夏天，我来这里时，火车只能到达森林旁边，大沼公园内只有两三家临水而立的简陋的小吃店。驹岳喷火是后来的事。火车通到钏路也罢，驹岳喷火也罢，而大沼这地方却依然故我，还是一派晴明和寂静的景象。这时还是九月十四日，然而沼泽周围的板谷枫已经渐次发红。各处的楢树和缠附在白桦树上的山葡萄的叶子，火焰般燃烧。空气澄澈，水平如镜，夫妇岛方面有一只帆船行驶。我们的小船也在前进，橹声轧轧，野鸭飞起了，千鸟飞起了。不一会儿，小船进入一港湾，红叶馆到了。女侍出迎。登上栽满小枫树的斜坡，被领到里头一间临水的房子。

京都的红叶馆我不知道，这个红叶馆濒临大沼，面对驹岳，名副其实地被无数红叶包围着，是一座潇洒的红叶馆。尤其是夏日已过，如今旅馆里清静无人。用木柴起火，洗矿泉浴，坐在古老的油灯旁，在靓妆的女侍的伺候下，吃沼内出产的鲤鱼和鲫鱼。在阒无人迹的山上，在寂静无声的水边，度过安然的夜晚。

半夜传来殷殷的雷鸣。挡雨窗的隙缝里射进闪电的光芒，听到了沙沙的雨声。起来打开一扇窗户向外张望，月儿已出现在天空，沼泽的水面上漾起萤火般的星光。

二

天明又下起小雨。吃早饭时，雨停了。乘小船出去钓鱼。来到一座铁路桥旁，又下了一阵雨。我们在桥下躲了一会儿雨。不久，雨过天晴。这一带沼泽水颇深，小沼的水直向大沼里汇集，所以水像河川一样流淌。钓了半天，想钓的鲫鱼未钓着，倒钓得一些虾虎鱼。小船停靠在水草岸边，到嫩红的枫林里闲逛。走在没有杂草丛生的景色爽净的小山上，踩着沙铺的地面，十分舒心。虽然名为公园，但却不带人工的痕迹，实属难得。在可以清晰地望到驹岳的地方，一位十八九岁的青年，架起三脚架，正在进行水彩写生。驹岳山上云影来去，水面和森林忽明忽暗，看起来有趣，可画起来困难。时间不早了，我们不再钓鱼，登上船绕岛一周。大沼周围三十多公里，加上小沼，约有五六十公里。听说过去有大小岛屿一百四十多个。这里不像中禅寺的幽凄，也不像霞浦的淡荡，总之，大沼像水淡、松绿、楢树、白桦杂然相揉的松岛。沼泽尽头形成瀑布，沼里只产鲤鱼、鲫鱼和泥鳅。这里的大山岛和东方岛听说前年都建了铜像。有的岛上保留着几座过去做过领主的武家的古墓。夏天，这里是理想的游乐场，眼下很冷清。不过，也能看到一两只学生乘坐的小船和青年夫妇游山的小艇。我们把船泊在岸边，摘几片艳红的山葡萄叶子，回到了旅馆。

午后写信，走出旅馆大门到陆路车站投入信箱。木屐踩入松软的沙地，走过芦苇丛生、水草茂盛的海湾的渡桥，越过颜色渐深的桦、楢和板谷枫等树木的梢头，时时可以望见赭红的驹岳。一派冷寂的风景。全身感受着北海道的气息。

傍晚，妻子坐在庭前突向沼泽的地岬的石头上，对着驹岳写生以作纪念。我和鹤子看了一会儿，又到附近的森林里攀折花草。秋天的太阳转眼之间落了下去，山光水影不断变幻着。夕晖映照着赭红的驹岳，山峰渐渐变得灰白，而近前的小岛却由紫变蓝，大沼的太阳沉落了。妻还在挥笔写生。天空黯淡，水面泛白，时时有鱼儿跳水的声响。水边的树林里，宿鸟受惊似的飞出来，蚊蚋嗡嗡有声。

"还是画不好呀。"

妻啪嗒一声盖上画箱，站起身来。我蹲下来，想背起鹤子，手伸到身后觉得发冷，原来已经有露水了。

去札幌

九月十六日。离大沼。火车绕驹岳半圈,向森地行驶。从车窗内贪婪地眺望喷火湾的晴潮。开往室兰的小轮船在波涛上摇荡。火车把驹岳抛到身后,一个劲儿沿喷火湾奔驰。接近长万部,隔着海湾,有一座飘浮着白铜般鲜亮的云彩的山峰。同室一位绅士告诉我,那是有珠山。

离开海湾,进入山路。在黑松内停车吃面条。荞麦面味道颇佳。在兰越站仰望那向往已久、深深印在心里的虾夷富士山,姿容端正,连峰顶都长满了绿树,秀润欲滴。真想登上去看看。在车上遇到熟人O君,他正要回札幌农科大学去。暑假,他漫游朝鲜,如今才回来,车到余市,看见了日本海的侧影。余市是北海道有名的苹果产地。夕阳下,苹果园内色彩艳丽,真好看啊!小贩用网兜盛着叫卖,我买了两网兜。

O君在小樽下车。我们八点到达札幌,住在"山形屋"。

中　秋

十八日。晨，离札幌，去旭川。

石狩平原，水田已经黄熟。其间，九月中旬，还是收获小麦的季节，于是又回到了北海道的感觉里。十时，火车钻出隧道，停在可以俯瞰河水的高崖上的一个车站。是神居古潭。我突然想起什么，提着行李急忙下了车。

走出改建中的砖石狼藉的车站，在茶馆里雇了脚夫，把鹤子和行李交给他，顺着陡峭的山崖走向河边。暗绿色的石狩川滔滔奔流。两岸用铁索吊着一架险桥，横跨于河面之上。桥头竖着路牌，上面写着："每次同渡不得超过五人。"

战战兢兢踏上桥板，脚下轻飘飘的，每走一步，桥身就上下左右摇晃。飞驒山中和四国的祖谷山中的藤蔓桥，踏上去也是这副心情。虽然有个形式上的铁丝栏杆，手抓上去就一阵晃荡，谁还能渡？只得闭眼不看下边的河水，一口气过去。桥长约四十米，过了桥正在喘口气的当儿，一位青年妇女背着炭包从山上下来，向站在那儿的我们扫了一眼，脚步如飞地跨过了吊桥。

沿着山下河边的道路，向上走了四五百米，来到一户简陋的人家，木板屋顶上的细长的烟囱里冒着白烟。这是神居古潭的矿泉旅馆。我们暂时被领到楼上的一个房间，榻榻米铺的是没有边缘的草席。不一会儿，下围棋的旭川的客人离店了，我们又搬到了二楼，在散发着硫磺味的矿泉里洗了澡，躺在房里休息。戴草帽的三个男学生和两个披发的女学生，到隔壁来玩。他们乘下一班车又马上回去了。石狩川水声哗哗，河下游山腰间的车站里，正在砰砰啪啪用铁锤敲打石头。偶尔传来一阵轰鸣，那是火车从山间通过。又是寂静。午饭要了河鱼，面对着石狩川，吃了罐头、笋干和鸡蛋。

　　饭后出去参观神居古潭。听说上游有夫妇岩，是该地的名胜。我们没有去那里，而是到刚才渡过的吊桥边看看。桥上方，五六棵大楢树伸出河面。树荫下有一个小屋，三个伐木工正在采伐改建车站用的木材。桥下，青石峨峨，岩角横斜，从桥畔刺向河面四五十米。我一人踏着尖尖的岩角，披开荆棘，走向石岬的尽头。岩石上到处是水洼，发红的蔓草覆盖于岩石之上。站在地岬上眺望，河床上下，三四百米高的杂木丛生的山峦夹岸而立，形成一道屏障，中间稍稍凹陷之处，便是新开辟的车站。水里的岩石上，紧紧排列着枪杆般的柱子，上头支撑着半边站台。车站的左右紧连着隧道。火车像蜈蚣一般爬出隧道，在这个车站喘口气儿，然后又徐徐蠕动起来，被对面黑洞洞的隧道口吸了进去。对面是一带长满杂木的山岭，秋色尚浅，没有

画 ｜ 川瀬巴水

什么可观的景致。眼睛转向河水，石狩川在上游泛着白色的水花汩汩奔流，到这里呈现出碧青的颜色，形成一个个小旋涡，无声地流过吊桥。一部分河水被桥头突出的岩石阻挡，贮成小水潭，其余依然向下流淌着，擦过我站立的崖角，又碰到了对岸苍黑的岩壁。整条河水左冲右突，斗折蛇行，滔滔奔流。听说去年涨水时，淹没了山崖上的道路，直逼到矿泉旅馆边来。可以想象，二丈多深的泥水，流经这个狭窄的山峡时奔腾怒号的可怕情景。现在，虽然已经看不到这样的气势，看一看水流还是心惊胆战。桥下水深四十米，听说从前有四米长的海鲨游到了这里。崇尚自然的阿伊努人为这里献上神居古潭的名字，看来是很相宜的。

晚饭后，点灯，闭户，仿佛已沉落到幽深的地下。河水在耳畔流淌，听起来越发显得冷清。店老板送来一盒胡枝子米糕。今宵是十五中秋夜，在北海道的神居古潭迎来中秋，亦可作他日的一个回忆。稍稍打开雨窗，月亮被云遮住，朦胧中向谷底望去，只听到石狩川飒飒的水声。

名　寄

九月十九日。早晨从神居古潭乘车。车厢内坐满了金襕袈裟、紫衣裹身的日莲宗的和尚。他们要到旭川去,从旭川换车去名寄,从旭川开始以下都是未走过的陌路。

永山、比布、留兰,风景次第寂寥起来。车上甲乙二人争论着:干涸的土地是刚收过紫苏还是刚收割的麻田。丙却说是薄荷田。

不久进入天盐、和寒、剑渊、士别一带,看来是牧场,广漠的草原一派霜枯的景象,随处可见六尺多长的虎杖草,呈现着美丽的黄叶。这里就是所谓泥炭地。车内的旅客啧啧为之惋惜。

余放声高吟:

泥炭地阔不可耕,留看虎杖秋色美。

在士别看到一座树叶葺顶的剧场,立着"共乐座"招牌。

下午三时许,到达终点站名寄。在丸石旅馆放下行李,喝足了茶,立即出去参观。

旭川平原被压缩在天盐盆地里,这里是个住着几户人家的新辟的小镇。从车站折向大街,排列着几百间树叶葺顶的房舍,多半是杂货铺。这里可以看到好大的真宗的寺庙,天理教堂,清净、素洁的耶稣教堂。从店里买个甜瓜,然后去看天盐川。这是一条大河,但水不深,褐色的河水滚滚北流。一只渡船被铁丝连接着。我们也过河走了一会儿,蚊虫甚多,坐在倒下的树干上,在遮着路面的七叶树的树荫下,剥甜瓜吃。味道稍甜,是地道的北地产品。太阳早已下山,轻寒阵阵,凄清的秋夕从四面八方向这个人烟稀少的小镇包抄而来。我赶紧渡过河,回到了旅馆。城里,一个男人骑着马从野外奔驰而来,马蹄声震荡着这座名寄小城。

旅馆老板是赞岐人,伺候晚饭的是爱知人。隔壁,刚才骑马从北见农场归来的汉子,正和客人下棋。按摩师的笛声在大街上掠过。

春光台

　　明治三十六年夏，我到旭川作过一次闪电般的旅行，在那里住了一宿。当时的旭川比现在的名寄还要冷清。冒雨乘车往近文，特意访问了阿伊努老酋长的家，听他讲一些当地的掌故，还买回了一些土产。如今，我在车上巡视，想唤起当年荒寒的记忆。然而，从明治四十三年的旭川里，再也找不回七年前的旭川了。

　　我们出了市街，渡过石狩川，远远眺望着近文的阿伊努村落。横穿过第七师团的练兵场，下车登上了春光台。春光台是超过江户川的旭川的鸿之台，可以一望上川原野连绵地蟠踞于旭川的北面。山丘上满布着水晶末一般闪光的白沙。巨大的槲树渐渐用叶色染绿了白桦。几条公路在树丛里蜿蜒伸展。眼下就是第七团。黑糊糊的木造的巨大建筑，细而长的建筑，一尺长的马在奔跑，二寸长的兵在走路。红旗树立，军号鸣响。日俄战争凯旋时，在这座山上举行了盛大的招魂祭，演戏、摔跤。在狂欢的人群中，有一个人站在这座春光台上看热闹。他就是前一天晚上接到恋人父亲的一封绝交书、胸中吐血不止的师团中尉、寄生木家的筱原良平。

　　我环望四周，山丘上除了我们再没有别的人。秋风飒飒,摇动着檞树的叶子。

断肠青年今何在?
春光台上秋风吹。

我们走下春光台,在一个士兵的指点下,访问了良平的亲友、小田中尉的没有一个女人影子的官舍,谈论了一阵有关良平的事。良平本来在陆军大学的预考中及格,被别人挤掉了,他愤愤不平,打碎了玻璃窗户。我们从他最后住过的官舍前走过。这里和其他下级将校官舍一样,木板围墙内是一所简陋的木板房屋,院内有一株柳树,垂挂着长长的枝条。失恋的良平忍着痛苦辗转踟蹰的练兵场,几天前的大雨在这里造成了许多水洼,随处开放着成堆的红白相间的苜蓿花。

钏　路

一

在旭川住两夜，九月二十三日晨去钏路。钏路那面全是陌生地。

昨日在石狩岳看雪。火车里也很冷。沿上川原野南行，水田呈黄色。水田和旱地随处可见烧剩下的黑糊糊的树桩，使人想起正在开发的北海道尚未灭绝的阿伊努人，悲哀之情油然而生。在下富良野仰望青郁的十胜岳。火车渐渐进入和夕张相背的山里，沿空知川上游溯流而上。沙白，水绿赛玉。此处秋已深。阅万树霜色，在狐褐色的树丛中，枫叶如火，被称为北海道银杏的桂树金黄灿烂。火车从旭川走五小时光景抵狩胜站，石狩十胜之地。我从窗口探出头去，看着左边的木牌：

　　狩胜车站
　　　　海拔一千七百五十六点一二英尺
　　狩胜隧道
　　　　全长三千零九点六英尺
　　距钏路一百零十九点八英里

距旭川七十二点三英里

距札幌一百五十八点六英里

距函馆三百三十七英里

距室兰二百二十英里

火车通过三千英尺的隧道，由石狩进入十胜，此后是一个数百英尺的下坡。越过翠松耸秀或枯木峭立的峰峦，行驶到绝无遮掩的开阔地，仿佛一卷画轴渐次展开，放眼望去，从火车经过的霜枯的茅草山地，到连着青青山麓的十胜大平原，视线一直可以达到天地相接的远方。那里潜卧着的是北太平洋。许多人把头伸出车窗眺望。火车顺着开满白色花朵的山腹曲曲折折像蛇一般前进。可以看到东北方向的石狩、十胜、钏路以及蟠踞于北见边境上的青青的群峰。南边有日高边境的青翠的高山。火车奔跑着，群山时而从左边车窗出现，又时而从右边车窗出现，最后到达平原。

不一会儿，迎来一片榉树林。接着，出现一片大豆田。十胜是大豆之乡，在旭川平原和札幌深川之间所看到的水田，十胜倒很少。带广是十胜地区的中心，河西支厅的所在地，开阔平原中的城市。八名雏妓从利别乘上了车，她们今天是去陆别参加网走线通车典礼的，池田站是网走线的分岔点，可以看到球灯、国旗和布满彩饰的机车。到处是黑压压的人群。火车开到这里，甩下了大部分乘客，然后沿着泱泱奔流的十胜川向东行驶。时间已晚，在浦幌听到太平洋涛声的时候，车厢早已亮起了电灯。铁路从这里拐了个直角向北方伸延，一路上断续听到了海的声音，近九时光景，疲惫地到达钏路。继续被车厢摇晃着，横睨着十九日的缺月，渡过了晚潮漫卷的钏路川上的长长的币舞桥，到达轮岛旅馆住宿。

二

翌日饭后出去参观。钏路町横跨钏路河口的两岸，站台的一侧是平民街，官厅、银行、拥挤的商店和旅馆，大都在河东岸。东岸一带是丘陵地，避开了海风，许多人家坐落在河岸的山脚下面，许多船只停歇在僻静的地方。我们从弁天社向灯塔方面走，在钏路川和太平洋夹持的半岛的尖端，东临太平洋，西临钏路港，钏路川和钏路镇尽收眼底。正前方和海岸平行的山丘上，可以望见秋日早晨明净的天空里，排排耸峙着雄阿寒和雌阿寒的秀色。海湾里停泊着冒烟的轮船，漂浮着渔舟。币舞桥上人行如蚁。这座北海道东部的第一大港，气象十分壮丽。今日寻访，上午必须离开钏路，匆匆一览，随后返回旅馆。

茶　路

乘钏路线火车在北太平洋涛声凄凉的白糠站下车，请旅馆老板去村公所打听住在茶路的M氏的情况。他回来说，早些时候还在，现在已不知去向了。将妻儿留在旅馆，请了向导，打上裹腿，穿上运动鞋，带着阳伞，轻装外出。时候已是下午两点多了。到茶路十多公里。听说夜晚才能回来，找个手电筒装入口袋，向导提着夜宵和马灯出发了。

把涛声抛向身后，穿过铁路，沿着枪柄一般笔直的大道向西走，左右是一片湿漉漉的泥炭地，长着黄色的还魂香，紫色的桔梗，以及其他不知名的花草，都被霜打枯了。向导说，只要掸落一点烟灰，就能着起火来，烧上一两个月。路的一边铺设着轻便铁轨，民工们在各处拆卸铁轨和枕木。

"这是怎么回事？"

"这是通向安田煤矿去的铁路，哦，只有七八公里，一直到那山里，哦，已经废弃不用啦。"

向导说道。他还说，一个伙计扛着铁轨在桥上走两米远就能赚五十元，扛一根枕木能赚多少多少元，云云。枕木都是沉重的楢木做的，北海道很少生长栗树，钏路等地连三株栗树都找不到。楢木坚硬，不易腐朽，不比栗树差。

向导是水户人，是个五十来岁的性格乐观的汉子，早年在北海，近年在白糠，开一爿小吃店。

"这里什么人都有啊！"

"是啊，三教九流都向这儿来呢。"

"都是些不三不四的家伙吧？"

"倒也不是。其中有个淫棍，专门找良家百姓的媳妇、小姐，因为这些人不好意思张扬出去。有个农家的小女孩，才十五六岁，出外割草，被这家伙抓住了。正巧有个伐木的汉子看到了，闹出了乱子。你问这个人吗？后来被赶出了村子，眼下听说在大津的渔场上干活呢。"

山从三方面逼近过来，经过唯有的一户人家，讨一些水喝。吊瓶是洋铁桶，一头坠着石头，从水井旁三尺长的桂木洞眼里穿过去，一直通向丈把深的井里。井水像水晶一般。这一带没有农田。海上有雾气袭来，只出产长根的菜类。地面上一概不长谷物和青菜。若不向内地深入走上二十几公里，就看不到麦田。

遇到一个男子背负着许多鹿角走来。左边可以看到茶路川干涸的河床。

走了十几公里，道路几乎呈直角拐向右方，已是茶路的出口，路旁有一座大茅草房。

"歇歇再走吧。"向导说着先进了草屋。

中间一个大地炉，炉钩上挂着一把大水壶。煤烟熏黑的屋顶上，吊着草包，插着烧好的鱼串。柱子上挂着棒棒糖。宽阔的"土间"的一角辟为橱柜，摆着许多碗碟之类。

走出来一个五十多岁、秃顶、留着短须的汉子。他和向导说了几句话。

"到茶路去看谁？"

我说出了M的名字。

"哦，是M君，他早不在茶路了。去年搬走的，如今在钏路，钏路的西币舞町，干殡仪工作。嗯，他和我很熟，上个月还来玩过哩。"

主人说着，拿出一叠信翻着，从中取出一封来，上面果然有那人的名字。

"他和妻子一道吗？"

其实，当年M把妻子放在乡下，来到北海道，音讯不通，只有靠风向异地的妻子传递关怀。

"是的，他和妻子住到一起了。你问孩子？孩子不在，听说大孩子住在满洲呢。"

没料到很快打听到他的境况，我道了谢，马上折返白糠。

"好歹弄清楚啦。他呀，是淡路人，开了饭馆，可赚了大钱啦。"向导说道。

回到白糠的旅馆，秋日已黄昏，灯影里，妻儿已清等了许久。吃罢晚饭，乘八点的末班车回到钏路。

北海道的京都

在钏路见到了要访的M氏,了结一桩心事。翌日经池田往陆别,完成了此行第一项目的——访问了关宽翁,滞留六天,在旭川住一宿,小樽住一宿,十月二日再次进入札幌。

去时一昼两夜,回来一昼夜,瞥见了札幌的外表和七年前看到的札幌找不出什么不同来。听说都府的耶稣教徒很多,唯一的一辆汽车在市共议会前受阻。两个晚上都在独立教会前听T牧师说教,睡眠于"山形屋"旅馆。翌日和T君、O君一起去参观农科大学。在博物馆看到泡在酒精里的从熊的胃中取出的父子二人的手,使我十分痛心。明治十四五年以前,札幌附近仍有熊出没,那时北海道已经开发了。在宫部博士的讲解下,看了两三个植物标本,有在桦太①的日俄国境边采制的新命名的紫杜鹃,还有久已听说的冬虫夏草,木髓腐烂而成的猴头菇。后来,某君又展示了昆虫的标本,有美丽的蝴蝶,短命的蜉蝣,并讲述了这些生物的生活,作了有趣的解说。这里有榆树荫浓密的大学校园,洋槐蓊郁的街道。北海道的京都札幌实在

---

① 即库页岛。

是个好城市。

一天夜里,我们乘火车离开札幌,第二天冒着小雨再次游览了大沼公园,当晚去函馆,又乘上梅香丸依依不舍地告别了北海道。

津 轻

在青森,十月六日晨去弘前。

津轻这个苹果王国,如今正赶上兴旺时期。走过弘前的城下町,看到背着竹筐的津轻妇女和穿着草鞋、牵着炭马的津轻男人,嘴里啃着苹果赶路。在代官町一家名叫"大一"的商店,我买了两箱发往东京。这里宽大的商店里堆满了苹果箱笼和粗木屑等物,拥挤着正在打包的男女。经过了古老的士族街,新兴的商业街和城边的破烂市,渡过岩木川,向城北三里板柳村方向走,尚未落雪的炭木山,在十月的朝阳里,呈现着桔梗花般的青绿。山周围的田野一片秋色。街道上是断断续续的椴梓树中的黄叶小村,还有那叶子发红的苹果园。

又走了两个小时,渡过岩木川的长桥,来到田舍町,进入房屋整齐的富足的板柳村。

板柳村的Y君,一边管理苹果园,一边唱新潮歌曲,是个爱好文艺的人。他还到粕谷的茅庐唱过两次。我们在Y君家里叨扰了一个晚上。在"文展"上观看了不折[①]的《制陶》油画以及漫游三千里后滞留于此的碧梧桐的"花苹

[①] 中村不折(1866—1943),水彩画家、油画家。

果"题额,还欣赏了子规、碧梧桐、虚子的和歌手稿和与谢野夫妇①在竹柏社中的手稿。在一座五十平方米的苹果园里,我看到被挑剩的苹果丢弃在一边。我尝到了各种苹果。晚上,会见了Y君在村里的几个主要朋友。我把透纳②的水彩画册送给Y君,在扉页上写了下面的歪诗:

秋日里,
苹果朱红槺梓黄,
岩木山下喜逢君。

第二天一早,离开板柳村,过了岩木川桥,同昨晚会面的诸君告别,在Y君的陪伴下,大步跑上了舞鹤城,站在津轻家先祖的甲胄铜像前,再一次眺望岩木山。急急忙忙照了几张相,就大步流星向车站跑。Y君送我们到大鳄,在这里和他分手了。我们继续乘火车旅行,将经由秋田、米泽、福岛等地,回到自己的村庄去。

---

① 正冈子规、河东碧梧桐、高浜虚子、与谢野铁干和晶子夫妇,皆是俳句、和歌作家。
② 透纳(Joseph Mallord William Turner,1775—1851),英国画家,长于水彩画和油画。

红叶之旅

红　叶

　　几年前，母亲就惦记着婆家住在京都的小女儿，碰巧，寄生木家的阿新阿系两姊妹从南方来，加上我们全家一共六人，结伴前往京都。明治四十三年十一月中旬，这时节，采松菇已经晚了，赏红叶还有些早呢。

　　抵达京都的第三天，大家分别坐上车子，一起离开上京的姐姐家，顺高尾、槙尾、栂尾一路，观赏岚山的秋色。穿过堀川西阵，沿着坦荡的白土路向西奔跑。从丹波吹来的风凉飕飕的。前方是爱宕山，黛青色的山头，看上去仿佛戴着一顶唐人的官帽，俨然一副帝王的样子，向下俯视着。我们在御室①下了车，低矮的樱树已经脱光叶子，显得空落落的。红黄相间的山门，映着八成红的枫叶，有些说不出的妙趣。我很喜欢这座御室。对面不远就是双冈，

---

① 仁和寺的俗称。

记得兼好曾经写过,爱戏耍的法师们带着徒儿,把饭盒埋在落叶里,后来却找不到了。① 我也去找找看吧。转了一圈儿,连个人影都没有,只能听到小鸟的鸣声。

车子驶向梅林。挽着柴车的妇女,稻田地翻地的姑娘,都是一身漂亮的棉服,戴着手套,穿着布袜,头发梳理得亮光光的。看得出,劳动对于她们是很美好的。我所居住的武藏野,那里百姓家的女人们可不像这般自在,烈日晒着,狂风吹着,汹涌的水浸泡着,细细的沙尘飞扬着,钻进耳朵和鼻子。八年前,我从岚山徒步去高尾的时候,遭了一阵雨打,跑进梅林唯一的一家百姓家里,借了一件蓑衣。没有姑娘向我献棠棣花②,一位老婆子拿出蓑衣说道:"别把衣服糟蹋了。"于是,我把礼服翻转过来,披上蓑衣,歪斜着帽子,急急走向高尾。一群青年肩头挑着瓢盆等物,和女艺人合伙打着纸伞,从对面走过来,见了我嘲讽道:"哟,这是唱的哪一出呀?是勘平打野猪的段子吧。"③

眼下终于来到了高尾。下了车,叫车夫背着母亲,过了白云桥,登上神护寺境内观赏风景。这里,红叶才有五六分。来到一家茶馆,姐姐高兴地打开精心配制的饭盒。

---

① 见吉田兼好著《徒然草》第五十四段。
② 古代武将太田道灌,途中遇雨时,有美女向他献花。
③ 早野勘平,是古典人形剧《假名守本忠臣藏》中的人物,因误杀岳丈而自戕。

我们试着玩投磁盘的游戏。那磁盘离开手心，在空中翻了几个个儿，仿佛又要飞回手边似的旋了旋，落到了这边的山崖上，怎么也飘不到谷底去。山峦染上了各种色彩，清泷川打山间深谷中流过去。河下游被一道水堰挡住，绿矾般的水涨得满满的，褐色的落叶点点漂浮。

"为何要把水拦住呢？"

"听说用来发电哩，先生。"老板娘端着茶走过来说。

我香甜地吃着饭。

我们离开高尾，沿清泷川上行，经槇尾到栂尾去。

栂尾比高尾来得潇洒。这里虽然位于高尾的上游，但枫叶比高尾红得多。从寺旁的茶馆望去，对面山上像是用绿青色画的几株杉树，把枫叶映照得格外鲜亮、美丽。这栂尾寺里，从前有一位先辈在这儿避暑，我曾偕同朋友来玩过，还住了两三天，那是我十二岁那年夏天的事。我们每日到寺下边的河里游泳，一天三餐吃的都是南瓜饭。从村里买些西瓜，在河水里浸透了再吃。如今，我到河里捡了一些红白石子作个纪念。清泷河是激起我许多回想的河流。打从住在栂尾那年之后又过了八年的一个秋天，我曾借口得脚气病而逃学，到爱宕山麓清泷川下游的一个村子，玩了一个月，埋头阅读《悲惨世界》。

我们从栂尾经广泽池往岚山。广泽池的水被戽干了，鲫鱼和泥鳅在泥里吧哒吧哒地响。岚山的枫叶比高尾还早。

岚山和桂川依旧是美的。河的这岸是草茸的屋顶，显得风流。然而，有了自动电话亭，通了电车，也通了汽车，真是太大煞风景了。"三船之才"①早没了，也没有小督、祇王祇女和佛姬②了，甚至连那半长和右卫门③也见不到了。

"日暮归来春月明"。在与谢芜村④的时代，大秦这地方充满浓郁的诗趣。我走过这里，坐在归程的车子上，满腔不平无处可吐，心情闷闷不乐。

我固然是其中的一分子，但我想，日本国民为何要走上这条路呢？他们都是易受感动的理想实施者。他们是有志趣的国民，又是急功近利的国民。日本人一味遵照西洋人的劝告，决心削平东睿山，填平不忍池。他们也想在上方地方实行功利主义的理想。他们想打通千金难买的东山，将琵琶湖水引出来。烟尘、噪音和毒气，污染了鸭东一带。狭窄的街道上杀人电车嘎嘎作响。他们把大煞风景的东西带进岚山，连高尾山中也被水电站搅得一团糟。在努力、实利、富国等名义下，在偏执狂热的物质欲望的刺激下，

---

① 古代白河天皇行幸大堰川，命擅长诗、歌、琴的诸大臣，分乘三条船上，以助游兴。
② 皆为日本古典小说《平家物语》中四个女性。祇王先是受宠于平清盛，失宠后落发为尼，偕其妹祇女隐居于往生院。小督后来得宠于高仓天皇，遭平氏忌恨，遂隐居于嵯峨野。
③ 古代人形剧《桂川连理栅》中的两个主人公。
④ 与谢芜村（1716—1783），江户中期俳人、画家。俗姓谷口，别号宰鸟、夜半亭、谢寅等。

心安理得地干着这一切。那些有头脑的西洋人会怎么看呢？

京都、奈良、伊势，只要能做到的，连同须磨明石的舞子海滨，都应该当作"日本之美"的博物馆。我不希望那里有一根烟囱出现。破坏难得的天然，扫除易失的史迹，其结果又能获得什么呢？那只能留下大煞风景的环境和人世，只能留下荒无生趣的灰烬，岂有他哉。

日本国好比是个没有主子、只有奴才胡作非为的家庭。要有一个为千年家国谋划的主脑，也不至于干下这样的蠢事。因为我爱日本，所以我不希望日本变成一个毫无趣味的国家。因为我爱京畿，所以当我看到被所谓文明继续践踏的京畿的时候，我是痛苦的。

义仲寺

在三井寺吃了螺丝糕，观赏湖上的风光。不管怎么说，琵琶湖是好。

"那是睿山，那是比良。那里的湖水不是可以看到一团黑森森的东西吗？那就是唐崎的松树。"

我离开座位，指给同行的姊妹们看。看看表，早已过了两点。我们从远处远望罢唐崎的松树，下了三井寺，从码头乘上开往石山的小火轮。

正好是八年前的这个月。如今在朝鲜的内兄和我同车去看唐崎的松树，他说为了求得夫妻和睦，人人都来这里寻找。他笑着攀上松树，找到了两对四叶一头的鸳鸯枝来给我看。然后驱车回大津，乘小火轮去石山，到临湖的旅馆里吃鳇鱼和蚬，再乘公共马车经义仲寺回旅馆。秋雨时降时止的天气。

我将此事向他的妹妹——我的妻子讲述了一遍。这时小火轮鸣着汽笛在湖面上滑行，随后掠过膳所城。这里，不管何时看都有好水涌出来。湖水流到这里形成了河。钻过铁桥，再钻进濑田的长桥，到达石山的码头。

把随身行李寄放在湖畔旅馆，皮鞋和木屐踩在石山的石头上，发出籍籍响声。我们捡石子，拾红叶，拜谒了石山寺,看了昏暗的内阵里的宝物。不论是真是假,这里的"源氏之间"① 倒是个可居之处。我们又登上了观月堂。隔着河眺望笼罩在桃红色里的光秃的鸡冠山,眺望三上山那座蜈蚣般的濑田桥。这座桥位于一湾湖水括成河流的地方。想象着月出的情景,良久不肯离去。

秋天的太阳无情地倾斜了。今夜决定住在宇治。我们一下山,连在湖畔的旅馆歇也未歇,就雇了车子,是两辆"二人座"。不在上方这个地方,是很少看到这种"二人座"的。妹妹平生头一遭坐这种车。

姊妹上了前面的车,我们三个乘后面的车紧跟着。车子顺濑田川岸平坦的道路向马场方向行驶。太阳即将下山,青白的云朵飘浮在湖上的天空。湖畔的村村寨寨腾起了夕雾。乌鸦鸣叫。来到粟津时,一排排松树笼罩着青碧的烟霞。

"这里就是木曾义仲②战死的粟津哩。"我大声招呼前面那辆车。妹妹转回头来,可以依稀看见她那白皙的脸庞。

车子跑了一阵子,在镇上一处灯火明亮的房屋前停下来。

"这是什么?"

---

① 传说紫式部在此对月写作古典小说《源氏物语》。
② 即源义仲(1154—1184),平安末期武将,任征夷大将军,与范朝、义经等战,兵败身亡。

"义仲寺。"

我惊呆了。八年前,一个秋雨霏霏的寂寞的日子,我所见到的义仲寺,嵌在一个古风的小巷内,是个别有情趣的草庵。

我吃罢饭,敲了门,硬是进去了。寺内漆黑一片。我让车夫提着灯笼,向妻和小姊妹介绍了木曾殿和芭蕉墓。

外面,火车和人声嘈杂不息。

宇治的早晨

到达宇治是晚上九时。去万碧楼菊屋，被引领到沿河的旅店。"近水楼台先得月"，这是中井樱洲山人题的匾额。

这里的饭店和我缘分不浅。我的伯父可是个优秀的美食家。维新初年，他曾住在这里，为了吃烤鳗鱼，把钱花个精光，连乘淀川"三十石"的钱也没有了。于是用布巾包着头，沿河堤一直步行到大阪。和伯父有着同样血统的我，当然也不例外。八年前的秋天，我住进这座万碧楼，当时适值秋末冬初，我受到特别的待遇，用的是紫府绸的铺盖，吃的是不愧为伯父的侄子那样的饭菜。吃完了看看钱包，我非常不安，于是第二天我对房东说，我出外玩玩再回来，就乘上火车回京都了。当天因为有事，我没能再去，既懒得打电报，也不想写信就那么默不作声地搁着。第二天去宇治，到了万碧楼，带着一副逃跑后又回来的表情。尽管多送了些小费，但紫府绸的铺盖已经消失，代之而来的是半旧半新的棉被。主人当然不会记得了，我只有独自发笑。

关上玻璃门，这间客厅没有挡雨窗，两个烛台上的烛光也不很亮，隔着白色的格子门，河水飒然地响着，听了令人感到寒冷。打开门来一望，初九的月亮，照在宇治川的急流上,形成银光闪闪的碎片。传来了千鸟"比其比其"的鸣叫。

早晨起来洗罢脸,我套上旅馆的棉袍,大家也都是一副旅行的打扮,茶也没有喝,就出外参观了。宇治桥寒霜似雪,木屐咯吱咯吱走过去,在上面印下一个个"二"字。"古时太阁先生①叫人从这里汲水煮茶。"我以一个向导的口气讲解着。大家倚在那座突出的桥栏杆之间向下俯视。流水似箭,河面腾起银白的水汽。至今未变的柴舟眼见着从桥下向伏见方面驶去。朝阳从朝日山上冉冉升起。过了桥,从刚刚开门的通圆茶屋旁向东朝兴圣寺方向步行,忽觉有明丽的黄色炫耀于眼前,原来是小店里的柚子堆积如山。不知属于什么种类,个个如朱栾一般大。虽说身在旅途,也不忍一走而过,二钱五厘买了五个,请店里送到万碧楼。

兴圣寺的后门南面,正对着宇治川的急流。我们登上了劈开岩石的名叫琴坂的坡道。左右石室上生长着槭树,一枝枝红黄斑驳的霜叶伸展着,一路上去,头戴云锦,脚踩翠缎。登了一段,穿过一扇中国式的小门,从这里回顾走过的坡路,可以看到宇治川的一段河水被嵌在门洞里。趺坐于金刚不动的梵山,唯有一片下界流转的消息。看着

---

① 指丰臣秀吉。

在门洞里闪烁而过的流水的影像,别有一番情趣。这座寺的结构真是别出心裁。穿过花匠精心制作的小院子,来到僧房,没有一个人。挂着断了尾梢的古旧的木鱼和小槌。敲了两三下,还没有人出来,又敲了四五下,几乎要敲破了。巨大的响声终于传到了里面,出来一个小沙弥。这里没有什么宝物好看,买了些画片作为纪念。

仿佛从天上来到了下界,可爱的坡道到底还是有个尽头。出了石门,河边系着几只小船,有的船上插着小旗。船老大上岸劝我们登船。

"怎么样,不乘船过去吗?"

"好,乘船吧。"

大家上了船。

远看河上,宇治川冲出狮子飞、米滝等几处逼仄的山隘,到这里终于流到了无有遮障的开阔地,好像离弦的箭一般,以不可阻挡之势,倾满河之水滔滔而下。上游两岸红黄驳杂的山峦,披着青碧的晨霭。山阴间的河水宛若千丈长的五彩的锦缎,一旦流出山阴,来到朝阳映照的河段,那水就像睡醒了一般,流光溢彩,滔滔有声。整个河面轰然作响。

"真棒啊!"我不由放声叫道。

船老大嘎嘎地摇着橹,渡过了宇治川。

"多么漂亮的河水!"妻子从船舷用两手掬着水赞叹道。

鹤子也学着她。

平等院靠近河岸处有座细长的小岛,听说叫做浮岛,从满布的枯葭中可以望见十三层的石轮塔。

"那座塔是什么塔?好像先前未曾见过。"

"最近才挖掘出来的,那是宝塔。"

船老大作了说明。水流湍急,河面不足一百米宽,留连之间已过了河,船驶抵平等院上手的岸边。

付了船钱,打这里的两三家茶馆前走过,我们掇拾着美丽的红叶,进入了平等院。

嫩草山之夕

奈良奠都一千一百周年纪念，街上到处是球灯、玩物和人的脸孔以及谈话声。前往下榻的猿泽池的三景楼，老板换了，店名也改成"新猫馆"这个怪里怪气的名字了。心中一阵厌恶，想了想，还是在这里下车了。

饮茶一碗，马上去参观。

上方客、东京哥儿、艺人、学生团体、西洋人……这活生生的现代，踩躏着历史，踩躏着怀古的幽情，也踩躏着诗和歌。鹿群带着惊异的神色。穿过杂沓的人流，先去拜谒春日祠。我们在乡间旅行时听说，若宫前面建筑了和式小楼房，穿过曲折的回廊，看到有一种树木生长在另一棵树身上，旁边立着木牌：寄生木。一位大阪一带长大的姑娘说："这就是良平①啊！"阿新和阿系相视莞尔而笑。阿新悄悄掐了一片茶花树叶，留作纪念。

来到嫩草山的茶屋时，秋阳恹恹就要下山。五六个穿草鞋的女孩子从山上唿哨着滑行而下。

"怎么样，上去看看吧？"

"好，上去。"

----

① 指筱原良平，德富芦花小说《寄生木》的主人公。

把行走困难的阿新和鹤子留在茶店，我仍穿着皮鞋，两个女人换上租借的草鞋上山了。

听到名字就感到亲切的嫩草山，看上去实在是一座美丽而令人怀恋的山。八年前的十一月初，来奈良的那天晚上，当我从三景楼的二楼眺望嫩草山美丽的姿影时，我的心有多么激动啊！嫩草山和笼罩着蓝色烟雾的春日山毗邻，包裹在貂皮般和暖而圆满的景色之中。凑巧，这时十五的满月照耀在上空，然而那时行色匆匆，竟未能登上山顶。现在才得以实现昔日的愿望。

经霜打枯的低矮的芒草、萱草和其他枯草丛中，有条游人踏出的小道，从山麓通到山顶。我们顺着其中的一条小路登上去，山比远看的要高，路比想象的要陡，脚下老是打滑，大约花了十五分钟才到达山顶。额头和脊背出汗了。山顶比较平坦，从山下看不见的绝顶，重叠着横在这山的背后。唯一的一家茶店已经打烊，山上没有一个游人。

我们擦去额上的汗水，站在嫩草山顶，放眼眺望大和国的风景。

夕暮。

太阳已经从河内的金刚山一带沉没了。一抹殷红的残照浸染了西南的天空。从西生驹、信贵、金刚山、南吉野，到东多武峰和初濑诸山，整个大和平原，逐渐罩上了苍苍的暮色。大和的国土包裹在晚山的屏障里，紫霭袅袅的村庄,枯黄的田野,明丽的河流,神武陵、法隆寺,一千年、两千年的遗迹,以及今日所有生息着的一切,在进入夜的安息之前,都在向太阳献出留连之情。

我们向山下大声吆喝了一声。一个人影离开长凳开始登山了,那是车夫背着鹤子来了。不一会儿,将要到达山顶时,鹤子下来了。

我们还在眺望,山下阿新的身影已经看不清楚了。

身后的枯草发出沙沙的响声,黄昏的天空蓦然映出两个大黑影。那是两头鹿。

脚下,奈良城灯火通明。传来熙熙攘攘的人声和物音,如蜂群般嗡嗡作响。

咚!

山下敲响了晚钟。仿佛被这钟声惊起,乌鸦哑哑鸣叫,从山峦的夕暮飞向旷野的黄昏。

我们再次向平原望去,夕阳的余晖已经消退,眼里的一切都包裹在苍郁的雾霭里。

大和的夜幕,现在降临了。

我为何作起小说来

一

某先生曾谓余曰:"你为何要写小说?不如做个小学教师培育未来国民更好。"本乡某生寄书曰:"您为何要写小说?游戏文字大都不能作出有用的东西来。"

然而,我为何要写小说呢?

我一再用这个问题不断反问自己。我也不止一次产生怀疑,比起写几部蹩脚的小说,也许不如生产一块白薯更为有利。在狭小的日本,写小说的人为数实在太多。逍遥、鸥外、篁村诸老先生,二叶亭、嵯峨之舍、绿雨等久已就此绝笔的诸先辈,以及一叶女史等故人皆从文一时。以小说家立足于现代之日本、纵有万般缺点,终无损"不朽"二字的诗人如露伴;若以露伴为父,则堪称近代小说之母的如红叶氏;作为一名小说家,将红露二家置于眼下,令人想起巴尔扎克的郁愤大家如柳浪氏;步武于柳浪,而精悍之气愈益迫人的如天外氏;以玄想之妙笔,同赫索伦一起称雄于世的如镜花氏；苦于多才的我国莫泊桑如风叶氏；其泉不深而水清、其才不雄而佳美的如眉山氏；对于跻入思维超逸之小说家班底不屑一顾的如月郊氏；气韵深厚如宙外氏；势如破竹如水荫氏；温藉缠绵如秋声氏、春叶氏；老劲多枯涩如鲁庵氏；独立历史小说之道场，披荆斩棘如涩柿园氏；趣向纯正、前途令人瞩目的如春雨氏；多诗人气质亦不乏小说家敏锐的如独步、清秀的如花袋两氏，如葵山氏，如颇有文名的弦斋氏，如幽芳氏，如松鱼鹤伴诸氏，如丽水松叶诸氏，如门庭冷寂的力士浪卞氏……其他还有无数闻其名而不见其作，或见其作而不知其名的作家。真不知我有何等权利忝列诸君之末席。

团十菊五诸氏有被称为江湖戏子的时代；芳崖雅邦氏也有不挨饿的日子；曲亭氏戏墨余绪，本领却在别处，其时代明辨其才，使之奋而跃起。时代变了吗？戏作者之名变成小说家，可作家地位又有几多进取？有的新闻记者被称作采访匠而愠怒，一听到小说家有几人唇边不露出冷笑呢？啊，我为何作起小说来呢？有人说，我并非靠文笔立世之人。我亦想说一句："我何尝想以小说立世呢？"不，我本来是想以小说立世的，有个时期我曾希望做小说家，打那时我就怀着一种希望。拜伦说："我不以福音为耻。"我以做个小说家为荣。

画 | 小林清亲

不要再听我吹嘘吧。说什么法国有雨果，俄国有托尔斯泰，斯托夫人的笔胜过十万精兵，可以废止奴隶制；说什么贝桑尔的《人们》在伦敦建立了平民宫。邻儿虽贤无碍于我儿之愚。彼之长与吾之短有何干系？虽瘦亦立于自家之足，虽幽亦靠自家之灯。在我等看来，以乔木作支柱，借电灯之余光以修缮自家之面目，实属难以容忍。

然而，我为何作起小说来呢？

二

为了吃饭就要有农耕、医疗、娼妇的卖淫、大臣的捺印。为了生存，才写小说。

为了消遣。落于不幸的才为多情人。处于时，当此事，思想活跃，感情激动，心中有无限寂寥。有忧愁。有不平。有不快。有悲哀。有愤激。抬眼，则有罪恶之跋扈，无数之冤枉。君不见世上多少曲直事，侧耳听，则有无限哀音。君未闻此大千世界面向宇宙所发出的悲苦的叹息。

呜呼，苦悲者唱道："万物皆劳苦。"歌之才可发泄几分苦闷。我的小说是无吕律的歌。我的小说是我存在的安全阀。

三

然而,"人并非只为了面包而生存",同时也依靠自尊而生存。政客不是也说为衣食而奔走也为国家而尽力吗?商贾不是也说营家亦富国吗?"劝善惩恶"不正是曲亭氏的自诩吗?Weekday Preacher① 是萨克雷的自诩。人道主义的使徒是雨果氏的自我标榜。我为何要写小说?不为别的,作为人类的一员,总希望四海一家的大理想更靠近这个世界,哪怕毫厘之微。作为日本国民的一员,只愿以进步大军中的别动队,鞭策一度顿挫的维新风潮。呜呼,此乃大胆不逊之宣言。而且,我记得克拉克氏曾经对他钟爱的弟子说过一句话:"Boy be ambitious②!"我自知乃庸劣菲才,但我矢志不可移转。

不要以为我是倾向小说和主观主义小说的鼓吹者。小说不是伦理学的讲堂录,当然也不是政治小册子。作为小说要弄清它的价值,不管它的作用如何。小说家的第一要义在于看。边走边看,归来报以所见所闻。它可以单纯地报告,也可以附上自家的意见。总之,看要看得彻底,写

---

① 英语:"每日说教"之意。萨克雷为英国作家,著有长篇小说《名利场》。
② 英语:意即"后生们,你们应有雄心壮志"。

要写得深透，唯此而已。然而，小说是图画，不是照片。透过冰冷的玻璃镜头的印象，和透过温暖鲜活的人的眼球的印象，不属同一类。人也是一样，自然是迥然各异。人既然不是机器，客观上就不会使自己过不去。被称作忘却自我的莎翁文集中，莎翁不是仿佛依然存在吗？毕竟作品是作家的影子，作家平生怀抱的主义、精神、气质、性情，不管如何遮掩，总有几分传达给了读者。当然，有时有意，有时属无意，不用说，小说到底是个有力的武器，巨腕挥舞这一武器可以发挥重大作用，弱手挥舞这一武器，也可获得相应的利害。那么，以小说立世的人，难道不要预先想想应该如何发挥其作用吗？

四

小说家是小上帝。必须是小上帝。古人不是说吗？百人利于思，一人利于视。世间有无数偏癖，有假装，有枉屈。正如树老会成精显灵一般，人唯其老就会有真理化的习惯。历史有潜流，往往和表流背向而驰。个人的一生有内部生活和外部生活。言行在此而动机往往在彼。命运在彼而生命往往在此。罪果真是罪，恶果真是恶吗？世上所罚的果真都是罪人吗？受奖赏者果真都有神前之义举吗？不放过罪行，不泄漏真情，不容半点曲柱。小说家应当是人们的辩护士兼警察，而最终要站在审判官的位置上。他无须朗诵判决书，只要陈辞论事则义理自现。小说家是手握春秋之笔的人。

语曰：世之一半不知另一半如何生活。岂止是他人，就是自知者又有几人？多忙之世，皮相之世，往往忘记人与动物的区别，被风潮所驱使，唯营营奔走，骄横，犯罪，误解，速决。有称为小说家者，以玻璃镜照之曰：看，这就是人，就是你。再以幻灯映之曰：这就是社会。然后又以电影示之曰：这就是尔等的行路图。将解剖图公之于众曰：社会的病根在此。将理想之境招入反射镜中曰：尔等要到达的即在彼方。要知己，要反省。要恕人，不要等到有人喝令叫你停止好好想一想，善恶需自语。只有政治家才忧国吗？只有新闻记者才是世之木铎吗？只有教育家才教化人吗？只有学者才是真理的发明者吗？传教岂止于教堂、寺院？娱乐人心岂止是小说家所能？不，小说家必须和他们共担责任，共享光荣。

小说家又是小小历史家。史家从社会角度描写个人的发展，小说家从个人角度寻求社会的命运。无意义地列举繁琐的事实，非史家之所能事。小说家的眼光，应当在于看破、识别和组织。于无意义的琐事之中引出意见，于拉杂之中辨认一贯的命脉，就此追索着灵魂的历史。岂止这些。循着命运的足迹，探寻因果的起伏，发明造化摄理之大法，考虑神人之交涉，正如大历史家同时也是大诗人、大预言家一样，大小说家也应该是大预言家。

小说是本真的事业。小说是尊贵的职掌。自重吧，小说家！拓宽你的心胸，纯净你的心灵，从你的眼中抹去偏癖。要明视，要精察，要忠实地报告。不要把读者放在你的眼前，只是忠实地发挥自家和自家之所见。勿忌惮。勿枉曲。打吧。笑吧。怒吧。哭吧。用你的眼泪去慰藉人。用你的愤怒去唤醒人。用你的笑声去羞耻人。你的笔虽小而你的权力和责任至大。要自觉，要自觉。自觉就是自重。自重就是权力。我希望小说家能自重，坚决站在这个岗位上。

五

"文章千古事，得失寸心知。"我岂止不知自己无学菲才，我还不知自己的眼高手低，技疏，根薄，观察肤浅，思想平庸，再加上缺乏处世经验和智慧，其文生硬粗笨。总之，比起旧式的传奇小说来，减少了文章之美，增加了一些洋味，实为幼稚。余好名，尚不忍希图虚名，对于我来说，写小说是唯一的嗜好，唯一的手段，也是唯一的事业。半生所见不少，所感亦不可谓不多。就是说，我写小说不光是为生存，但我希望为写小说而生存。顾余年虽已渐长，但心尚是学龄儿童。愿附诸先辈之骥尾，脱退一切偏癖，使自己痛苦的心跳和世界的大脉搏相一致，用"With malice towards none with charity for all①"的眼睛，见所能见，并欲将其所见寄语我的同胞。

呜呼，"言者不知知者默"，暴露自家肺腑，提出过大的承诺，至为愚蠢。然有感于心，不得不言。裁制一书答某先生和某君，亦为自家布下背水之阵矣。

明治三十五年九月二日

---

① 这句话意思是："对任何人都不应有恶意，对所有的人都应有善心。"

胜利的悲哀

一

今年七月初旬,生于圣彼得堡俄罗斯博物馆,有幸见到俄国画家别列斯察金①的很多幅油画。别列斯察金一生从事反战绘画,前年俄舰彼得巴罗斯克被我敷设水雷击沉,当时,他和提督马科洛夫一起化为海底之水屑。这是人人皆知的事。在他有数的几幅油画里,有一幅画使我终生难忘。

那是拿破仑翁站在麻雀山②上俯瞰莫斯科之画也。法国士兵用刺刀尖儿旋转着帽子高呼万岁,拿翁戴着那顶拿破仑帽,身穿外套,拿着眼镜的手倒背着,默然眺望着莫斯科。莫斯科梦幻一般在眼下时隐时现,一团蓬蓬的烟雾斜斜掠过拿翁,给整个画面一种"梦"的感觉。别列斯察金的命意如何不得而知,但生仿佛于此读出了"胜之哀",即"胜利的悲哀"。数日后到莫斯科,游麻雀山。这里距莫斯科约四公里,

---

① 查未详。
② 即列宁山,位于莫斯科西南,莫斯科大学所在地。

莫斯科河从下面流过，一眼可以瞥见旧都。站在这里，想起别列斯察金的画，忖度着百年前站在此处的拿翁的心理，其心脏的跳动隔了一百年之后又在我的耳畔响起，似乎低语着什么。他在说些什么呢？"胜利的悲哀"，是也。他脚下蹂躏着欧洲，无所不尽其意，唯英国据海抵抗，且只能借结交国俄国之北以负隅。其制此即所以挫彼也。于此兴军四十万，潮水一般涌入俄国，波罗迪诺虽有苦战，终于击退俄军，将目的地莫斯科置于眼下。可谓意气冲天矣。然而，麻雀山上的拿翁并非胜利在握的拿翁。他确实感到了心中的缺憾。他一定在其目的垂成之际深有痛苦之感。但是，这种感觉瞬间即逝，再度回到了唯我独强之境。他进入了莫斯科。而后，雪中撤军，而总崩溃，而流亡厄尔巴岛，而滑铁卢，而圣赫勒拿岛，而死去。他至死都没有觉悟。麻雀山一瞬间，即将成为他一生大转变之机，又被他放过了。他终于成了"肉我"之饵食和身子，其生涯只不过是一场虚幻的美梦。

二

生以为，儿玉源太郎[①]将军奉天之战以后的心机，不

---

① 儿玉源太郎（1852—1906），军人、政治家、陆军大将、子爵。曾任台湾总督、陆军大臣、内务大臣、文部大臣。日俄战争中任满洲军总参谋长。

正类似麻雀山的拿翁吗？事实虽然不得而知，但世传将军有遁世之志。他确乎觉胸中之烦闷，此乃大悟之机也。然世迫他以参谋长之职务，他不能舍此之任，不能忘却胸中之烦闷。红灯绿酒之场本不能释解其闷闷，而他频频出入其所，而突然被死亡之手拉去。生于俄国之归途海参崴，听到其死时不禁叹息，可惜好男儿，他为日俄战争殉死，他欲悟而未得悟矣。啊，他将其脑中的烦闷作为送给国民的礼物而逝去。

三

岂止儿玉源太郎，当日俄战争终局，有几人不感到悲哀、烦闷、不满和失望？

让我等自白吧。我等不怕北方的巨人，仇恨他们，辽东归还以来，睨彼为不共戴天之仇敌。每有机会，便兵戎相见，以牙还牙。我们且不问日俄战争起因何在，当初彼相当从容不迫，而我则有必死的决心。我怨愤强烈，较彼头脑灵活。战争开始了。旅顺终于陷落。奉天之战大胜。日本海全胜，致使东乡大将与英雄奈尔松提督相争雄。日本武将威名远扬。怨恨以血获报。胜利，胜利，大胜利！而后与彼媾和谈判。

今日再发旧创未免迂执也。然与彼媾和当时，日本国民的心态难道不值得研究吗？将对于媾和的骚扰看作是单纯的失业者的暴乱、一味的起哄胡闹，未免太浅薄也。日本就是这种怨恨和仇视。而这种怨恨一旦消除，则显得甚为短暂。日本陶醉于胜利、胜利，而此种胜利，并未能使得当时的俄罗斯平身低头，自己却已经精疲力尽了。当觉察彼自此将全力奋起，其胜利已变得虚无缥缈。战争的结果未能得出理想的结论，未能作出彻底的清算，并在上帝那里记上一笔账，此种闷闷之情只能导致人心破裂。而此种闷闷与股市繁荣无关，与加入强国行列无关，依然留存于国民心中。这残留的闷闷之情将成为左右日本前途的力量，不是吗？

四

人思恋无限。当思恋无限之人撞见有限时，于此便有了悲哀。败北是悲哀，胜利亦是悲哀。全胜亦是悲哀，不全胜亦是悲哀。欢乐至极哀情亦多，已达其界限也。怨得解而意气索然，"我"已达其界限也。有限的悲哀即意味着无限的追求。

"神授予人以远虑之思。"吾力达到极限时，吾立于线之一端时，吾觉悟到吾所追求只是泡影时，吾看到吾之事业将要付诸东流时，当自身之梦觉醒时……于此，金床玉几亦不能使人安眠,妻子珍宝亦不能慰我,举全世界亦不能填我方寸之空。斯时之悲哀,何得测乎?听,此"真义"正催促我们正视这个"假我"。

拿翁于麻雀山闻其声而不听,儿玉将军听其音而肠热,惜未悟即逝。此声至今犹在日本国民耳畔絮絮不止。啊,猛醒吧,我可爱的日本,我的故国日本,睁开眼认清真正的自我吧。

五

所谓战后的建设,日本世界性的发展,这只是听得令人心烦的宣传口号。战后的日本确实正在大发展之中,陆军增设师团,海军陆续制造大军舰。南满进行大规模建设,彼我使臣多升格为大使级。曾对治外法权愤恨而流泪的日本,前后经过三年的征战,其贪求已进入一等大国之列。

啊,日本啊,尔已成人。果在成长乎?否,否,尔在倾听人的妒辞谀辞之前,不可不后退一步,在神灵前静观一下"自己"。

尔之独立,若靠十几个师团的陆军和几十万吨战舰的海军结盟而得以维持的话,尔之独立实乃可愍之独立矣!

尔之富若没有几千万元的生丝和茶叶,没有抚顺的煤炭,没有台湾的樟脑、砂糖,尔之富实乃尔之贫也。尔所谓战胜之结果，使尔置于如何位置，难道还不觉悟吗？一方面，白皙人种的嫉妒、猜疑及稍感不安，如黑云向尔涌起，或将继续向尔涌起。另一方面，其他有色人种，于尔凯旋的号声中，风驰电掣般抬起头来。事实难道不是如此吗？立此两者之间，尔欲何为？一步走错，尔之胜利即亡国之始，而成世界空前人种大战乱之源也。此时岂是尔空喊发展发展之后胡乱盲动的时候？

猛醒吧，日本！睁开眼，日本！皇天所期待于尔者非此屑屑，亦非如梦幻，似水泡者也。布大义于四海，尔之使命也。使和平之光辉耀如日月，尔之大任也。勿恃尔之武力，而恃尔之神。悔改尔之罪，向世界陈谢尔黩武之罪衍。衷心奋起尔之最大诚意，以赢得世界同胞之信任。尔每每呼吁天佑，然尔终未识神明。尔感胜利之悲哀，然未知其所求也。尔不可不跪在父神之前，俯首帖耳聆听其教导。

日本国民，改悔吧。

谋反论（草稿）

我居住于武藏野的一隅，每次去东京，要是往青山方向走，必然经过世田谷。离我家约四公里光景。公路南侧有一处遍生着稀稀落落红松的地方，这就是豪德寺——因有扫部守井伊直弼的墓而闻名的寺院。走出豪德寺不远，可以看到溪谷对面有一座松杉繁茂的小丘，吉田松阴的墓以及松阴神社就在这座小丘之上。井伊和吉田五十年前互为不共戴天的仇敌，"安政大狱"中，井伊砍下吉田的头颅，鲜血染红樱田门的白雪，后井伊又被浪士所杀。斩人者和被斩者的死，消弭了一切恩怨，隔着一座山谷相安而眠。用今日我等的人情之眼来看，松阴本是醇乎又醇的志士的典型。井伊也是背负着幕末的重荷刚强挺立的好男儿。他们或在朝，或在野，互相厮杀骚乱，五十年后的今天，对照历史背景来看，毕竟为营造今日之日本，而从各自相反的方面互相呼应罢了。他们各自站在自己的位置上，充满自信，尽力而为，之后而入土。今日，明治的百姓们若无其事地享受其余泽，悠然地在陵墓旁的麦地里打田埂。

诸君，我们生于明治，不了解五六十年前穷困不堪的社会。那时候，这个狭小的日本划分为六十几块棋盘，一到邻国就要通过关口，就要纳税，人与人之间就有了阶级，有了格式，有了分界，被法度所束缚，被习惯所固定，苟有新生事物，尽皆禁止，有新的作为的人，皆成了图谋造反的人，请想象一下那样的时代吧。实际上，这正是不堪忍受的时代。幸好，世界大潮流的余波，冲决了一时闭锁的日本的闸门，波浪滔滔地流入我国日本。维新革命一举扫荡了六十藩，整个日本，变成了统一的国家。当时，人们快活的情景是任何东西都无法比拟的。诸君，解脱是痛苦的，又是最大的愉快。当人们在忏悔，赤裸裸站立的时候，当社会摆脱旧习，赤裸裸立于天地之间的时候，其雄大光明的心地实际上是难以言喻的。明治初年的日本，其实是开始此种解脱的时代，剥掉一层穿着臃肿的衣服，再剥掉第二层，直到光裸着身子。明治初年，日本的意志着实惊人，五条誓文从天而降，藩主放弃了封地，武士扔下了两刀，"秒多"变成了平民，自由平等等革新的空气磅礴高涨。日本简直就像雨后春笋节节向上，达到了灵性的高潮，可以说是发狂——"发狂"这个词儿很贴切——发狂的快感是不发狂时所难以知晓的。是谁创造了这样的气运，是流贯着世界的人情的大潮。是谁领导这个潮流？是我们先觉的志士。所谓志士苦心多，不论是倡导新思想的兰学家，还是以打破局面为能事的勤王攘夷的处士们，从当时的权力来说，都是谋反者。他们披荆斩棘所经历的千辛万苦——这是一朝一夕难以尽言的。生存在今日明治时代的我们应当十分理解和感念他们的辛苦。

我每经过世田谷都作如是想。吉田和井伊化成白骨已五十年了，他们以及无数人的牺牲所换得的动力，把日本推放于今天的位置上。日本改元明治也已四十余年，维新的创立者多已成墓中鬼。当年的书生和小青年如今也变成了一脸福相的元老或谙于世故的中年人了。他们老了，日本也成长了，再不是孩子了，而是大人了。明治初年疯狂奔跑的日本，不知何时变得瞻前顾后，一步三回头了。内治初见规模，又于两次战争中扩展了领土，新日本的统一于此告一段落。应该说，维新前后志士的苦心总算获得了酬答。然而，新日本史就此告以完结乎？今后就转为守成之历史乎？不要回转局面了吗？已经不需要志士了吗？当然不是。五十余年前，将德川三百年的封建社会加以颠覆、瞄准日本打了一炮的世界大潮，正在不倦不息地澎湃奔流。这是人类一统的倾向。今日世界从某种意义上讲，就是五六十年前的德川时代的日本。任何国家都可以派出陆军海军，推倒海关的墙壁，口称兄弟，实是敌我，右手握在一起，左手暗暗捏住怀中的手枪。这是一个困顿蠢钝、不可片刻忍受的时代。而人类的伟大理想，必须推倒一切障壁而成一统。必须统一，必定统一，国与国之间也是如此，人种与人种之间也是一样。阶级与阶级之间也不例外，性与性之间亦同此理。宗教与宗教——计算起来是无限的。部分统一于部分，全体统一于全体。不论是大小旋涡，在冲过闸门的波涛中都有自我存在的位置。这种大回旋大动荡是那样漫无边际！恰似明治初年日本人尽皆欢欣鼓舞，疯狂地陶醉于解脱之中，抛弃自我一般，我们的世界什么时候也会来个王者掷其冠、富豪倾其金库、战士放下刀剑、智愚强弱忘掉一切差别，在青天白日下拥抱握手翩翩起舞呢？或者这是梦吧？是梦也可以，没有人不做梦而活着的。——这个时候一定会到来。当然，这不是终局，只要有人类，新局面就会不断打开。然而，如果人类的历史一刹那能达到诗一般的高潮，迎来这令人陶醉的一刹那，不就可以报偿漫长旅途之辛苦了吗？这时节一定会来到，一定会一步一步地走来的。我们衷心默念着。不过这种愉快需要我们用汗、用血、用眼泪去换取。收获是短暂的，准备是长久的。左拉的小说曾经描写了这样的故事：无政府主义者偷偷锯掉矿山的排水管，流水滔滔灌进了矿井，不知不觉淹没了立矿、横矿和废矿，骤然之间，矿山塌陷了，建筑物和人很快就被埋葬了。旧组织的崩溃是迅雷不及掩耳的。地火蔓延的时日是漫长的，人们不了解需要多少牺牲，实际上这牺牲是众多的。多少万人的生命才换来日俄两国的握手言欢啊！他们牺牲了，然而牺牲不单单是这一种。有的牺牲是主动将自己提供给进步的祭坛。——一定还会出现新式的吉田松阴们。我每当经过世田谷时就时常这样想。想啊想啊，可我未曾预料，在明治四十四年开头的今天，我们早已在此地杀死了十二名谋反者。这仅仅是一周前的事。

诸君，我和幸德秋水等人的立场多少有些不同。我是胆小鬼，害怕流血，幸德君等人是否尽心尽力坚决实行大逆，我不知道。正如他们之中的一人大石诚之助说的那样，此次举事，弄假成真，不由自主，未来得及顾盼脚下就坠入了陷阱。我不知道是否就像他说的那样。我也不知道口舌被封闭、笔杆被折断，手足不能动弹、痛苦不堪、决心赴死的人，是否想同天皇陛下同归于尽。我不知道从冷酷的法律角度来看，被判处死刑的十二人是否皆有死刑的价值。"杀一无辜而取天下，不为也。"不论事情的原因如何，如果像大法院判决的那样，真有大逆的企图，我将甚感遗憾。暴力不能使人感动。自我牺牲而不想使他人一起牺牲。然而，即令一万个不同意大逆罪的企图，在欢迎这一企图失败的同时，我也不愿处死他们十二个人。我希望放了他们。他们虽然背负着乱臣贼子之名，但不是一般的贼人，而是志士！即使是一般的贼人，也不该判处死刑。何况他们是有为的志士。他们是为实现自由平等的新天地而为人类献身的志士。其行为纵令狂痴，其志向不是值得怜惜吗？

他们本来是社会主义者。他们于财富的分配不平等之中看到了社会的缺陷，主张生产力的公有制，这样的社会主义有什么可怕？世界各地都有。然而，气量狭小、神经过敏的政府却大打出手，对日俄战争中提倡非战论的社会主义者实行强烈的压迫，从"足尾暴动"①，到"赤旗事件"②，官方和社会主义者之间水火不相容。诸君，最高的帽子是令人忘记戴在头上的帽子，最高的政府是令人容易忘记其存在的政府。帽子戴上头顶，不应当使人感到压迫。我等的政府不知道是重是轻，反正在幸德君等人的头上是感到重的，结果他们成了无政府主义者。无政府主义又有什么可怕？如果无政府主义那样可怕，趁着事情未闹大的时候，不要由下级官僚，而是由总理大臣或内务大臣亲自会见幸德，进行促膝恳谈不是很好吗？可是当局竟然学着不识庵③的样子，使出了武田式和家康式的手段，而且那般傲慢。犹如得意的章鱼一样用长的手足妄想紧紧缠住他们。他们实在难以容忍，才忽然老鼠变成了老虎。他们中有人也许早已觉悟到只能采取最后一招了，于是，幽灵般的企

---

① 1890年前后由于足尾铜矿的矿毒流入渡良濑川，引起住民的不满而产生的暴动。
② 1908年6月，为欢迎社会主义者山口义三出狱，大杉荣等人打着红旗游行示威，因而受到逮捕。
③ 不识庵是战国时代武将上杉谦信的诨号，下文的武田指武田信玄，家康指德川家康。

图渐渐浮现于脑际。着急是不行的，自暴自弃也不行，现在还需要再忍耐一下。但是，是谁使他们自暴自弃呢？从法律上看，从上天来看，他们不是乱臣，也不是贼子，而是志士。皇天怜其志，他们的企图未能成熟就失败了。他们企图的成功，将意味着素志的蹉跌。皇天怜皇室，也怜他们，才使他们的企图归于失败。企图失败了，他们被擒、被审，十二人享受着上天的恩宠，光荣地化作绞刑台上的露珠而消失了。十二人——诸君，不要忘了，还有一人，那就是幸德君的母亲，在土佐也死了，多半是自杀身亡的。

就这样，他们都死了。死是他们的成功。根据"逆反"的理论，人事的法则，负就是胜，死就是生。他们的确是自信的。当宣判死刑，走出法庭的时候，他们之中有人高呼"万岁！万岁！"就是明证。他们就这样含笑而赴死。被称作"恶僧"的内山愚童的遗容是平和的。十二名无政府主义者死了，播下了难以数计的无政府主义者的种子。他们完成了光荣的牺牲，然而制造牺牲的人实际上就是祸害啊！

诸君，我们的脉管里自然流动着勤王的血。我很喜欢天皇陛下。……天皇陛下刚健质朴，的确是男儿的标本。"永远保佑我代臣民平安的伊势大神"，其诚应该高及上天。"手握长棹用力划，哪管船头障碍多。"作为国家元首，其坚实的向上心从这一行字里可以看出。我等之心可同"广阔而无垠的青天相比",一片十分美好的用意。诸君,我等一面顶戴着如此的天皇陛下,纵令他们是企图杀死双亲的鬼子,却为何可以宽宥这十二名,而要杀掉其余的十二名呢?陛下没有仁慈之心吗?没有爱憎吗?断然不是这样。——这的确是辅弼的责任。假如陛下身边有忠义刚勇之臣,则无异于陛下的赤子。二十四人的罪行虽然有深有浅,也会一起宽宥,给予反省改悟的机会。如果有挺身恳请之人,陛下也会颔首应允,我等也不必为十二名革命家建造坟茔了吧?假如在这时候,有山冈铁舟——铁舟为忠勇无双的男儿,陛下年轻时,仗着英武之气,将臣下任意抛掷不用,铁舟为之忧虑,曾激烈进言将陛下废掉。——如果有木户松菊——明治初年,木户为陛下左右,三条岩仓以下卿相列坐,木户面向陛下凛然进言曰:今后之日本和过去之日本不同,外国有的已经废除君王,实行共和政治,应该特别注意。陛下闻之竦然,龙颜大变,列坐卿相尽皆失色。——哪怕元田宫中顾问官活着也好。元田真心敬爱陛下,致君尧舜,以为毕生之精神。伊藤君活着也好。——不,假如皇太子殿下是皇后陛下的嫡子;陛下也许会有所考虑。皇后陛下是个聪明过人的人。"河水虽浅,塞之则溢,民心亦如此。"陛下的这首歌是为政者的金色诫律。"河水虽浅,塞之则溢",阻塞了就会泛滥,确实是这样。若当局者不是一味阻塞,数年前就不会发生日比谷焚毁事件①。若政府不是神经质顽固地阻塞社会主义者，也不会有这次的事件。然而，不幸的是皇后陛下去了沼津，能够起作用的衮衮诸公皆成为故人，身居庙堂之上的人中没有一个堪称帝王之师的人，没有一个敢于犯颜进谏的忠臣，眼看着辅佐君德、以致陛下于尧舜的这一千载难逢的极好时机白白失掉。从国家百年大计着眼，眼下杀戮十二名无政府主义者，等于为将来播下滋生无数无政府主义者的种子。打着忠义的幌子而杀谋反的阁臣才是真正的不忠不义之臣。以不臣之罪被杀戮的十二人却成了以死向吾皇室的前途奉献警告的真正忠臣。忠君忠义——表面上忠义者居多，有的引咎辞职，诚惶诚恐，一副唯唯诺诺的样子，有的自作聪明，干涉"御歌所"，向朝鲜人买好。哪里还有敬爱陛下人格、尽心尽德的真正的忠臣呢？哪里还有敢冒不忠之嫌疑、进谏陛下以使陛下爱仇敌、宥不孝而为仁君的忠臣呢？诸君，忠君出自孝子之门，忠孝本一途。孔子关于孝是如何说的？"色难。有事，弟子服其劳；有酒食，先生馔，曾是以为孝乎？"行仪好并非孝，他又说："今之孝者，是谓能养。至于犬马，皆能有养，不敬，何以别乎？"爱惜身体并不是孝，"孝"字可看作"忠"，只是爱惜

---

① 1905年9月5日，日俄签订媾和条约，部分政治家在日比谷公园发动抗议集会，焚毁了建筑物。

玉体能是真正的忠臣吗？假若爱惜玉体是第一忠臣，侍医、皇厨和宫廷警卫都应当是大大的忠臣了。如今之事，正是真正的忠臣转祸为福的千金难买的好时机。许多国家都一样，日本也出现了无政府党，在西方，犯下可怕罪行就一概杀戮，如果日本能有一个宽仁大度的皇帝陛下，尽赦其罪给予反省的机会。——这不是颇为得体的事吗？为使皇室进入民心，这实在是个难得的机会。然而，彼等阁臣之辈，事前既没有预见到萌生此种企图的缘由，缺乏一种忧国之诚；事后又没有使局面获得转机的智慧，缺乏一种亲切之情，可以说是他们一手造成了二十四名"不孝之子"，最后不管三七二十一，干脆来个二一添作五，一半对一半。——假如是二十五个人，也可能硬是分割成两份十二个半吧？——二等分以后，将不会特别成器的"腿子"减罪免死，打入牢狱，而将"头脑"加以绞杀，赶入地下，真可谓恩威并施。以陛下为后盾，面对五千万观众充分作了表演，真是丑态百出啊！不光是政府，就连议会也都害怕"大逆"之名，没有一个敢为圣上革除弊政的人。出家僧侣和宗教人士，哪怕有一个为逆徒们乞求活命也好，然而一旦自己管辖的寺院出了叛逆，就诚惶诚恐上书皇上，坚决和他们断绝来往，革除其僧籍，连一句慈悲的话都没有。这是多么冷酷无情！关于幸德等人的死，我们五千万人都应一起负责，可是应当受谴责的是当局。总之，政府对于幸德等人一开始就采取了以蛇吞蛙的手段，阴险至极，冷酷至极！张网捕鸟，最终收拢；设陷阱以待，赶鹿入穴，然后急忙加上盖子。他们也许是为国家设想，然而在上天看来，这是不折不扣的谋杀——谋杀！根本不进行什么公开的审判，以有碍风纪为理由，一切都在暗中进行。——诸君，请记住议会上花井律师的话吧：大逆事件审判时，当事的大臣没有一个列席旁听过一次。——用死的判决恫吓国民，对其中的十二人实行恩赦，以稍稍讨好于民众，其余十二人被突然宣判为死刑，——不，这不是死刑，是暗杀——暗杀！人死尸寒，总应赢得一滴眼泪吧？可依然穷追不舍，连收尸合葬的人数都加以干涉。秘密，秘密，一切都在秘密情况下进行，连解剖尸体都不在大学里做。看来，如有可能，连十二人的灵魂也要彻底绞杀尽净。不，他们以为杀害幸德等人的肉体，等于扼杀了无政府主义。那些当局者是无神无灵魂的信徒，但是只有标榜无神无灵魂的幸德等人，才是真正永生的信徒。当局者也不会彻底相信无灵魂的，看来他们害怕幽灵。看了对死者后事的干涉就会明白。他们当然害怕。幸德等人不但没有死，而且活得很好。如今把睡在武藏野的我硬拉到这里，以证明他们在此地是永生不死的。害怕死者，也害怕生者。在押送死刑减一等的罪犯去监狱的路上，警护们大都用短枪顶住囚徒的头颅。——其恐怖之状何至于此也。幸德等人也许会笑吧，拥有数十万陆军、数万吨战舰的海军和几万名警察的堂堂明治政府，竟然对少数几个被捆住手脚的人如此惊慌失措，实在太过分了。人无亏心之处就没有什么好怕的。幸德等人该瞑目了。政府将他们绞杀前前后后所表现的惊恐之状，正清清楚楚暴露了他们所说的政府这一权力阶级大鼎的轻重。

此种事态的形成，是由于当其国政要津的人缺少博大的理想和坚定的信念，不懂人情，不知道尊重人格，没有倾听忠言的度量，没有随日月共进的上进心，傲慢无理，落后时势所致。诸君，我们决不可不公平，当局者的苦心本是可以察知的。地位缚人手脚，岁月催人老朽，庙堂的诸君过去年轻，是书生，如今都成了老人，很遗憾，都老了。即使砍掉，思想依然皦皦。白日之下驰驹，政治就像就着恍惚的马灯之光，骑着一匹瘦马轻松地走路，这是古来的通则。庙堂诸君都是秃头的政治家，都是所谓立于责任之地、以慎重的态度掌管国政的人们。对于他们来说，处士的横议确实是一件头疼的事，当然要排除工作上的麻烦了。一味想着统一统一的人的鼻子尖上，是能嗅出禁物的。在老人的心里，一根香火能爆起一声炸弹的声响。天下太平当然很好，共同一致也是美德，整齐统一是美观，小学生运动会上，只要手足动作一致，看起来就舒服。"一边倒伏的花芒草，强风下边不乱摇。"出事时，国民保持步

画 | 小林清亲

调一致，确实是很好的事。然而当局者应该记住，强制的一致就是扼杀自由。扼杀自由亦即扼杀生命。这次事件他们始终以为是为皇室、为国家着想，可是其结果却祸及皇室，不但没有把无政府主义者杀绝，反而播下了众多骚动的种子。诸君应该有容纳谋反者的度量和倾听年轻书生意见的谦逊态度。他们之中多少应有几个了解维新志士的意志、熟知先辈当年之苦的人。虽然不很清楚，但从明治初年的时事评论上可以约略知道，有许多受到政府虐待的有经验的阁僚。受虐待的媳妇熬成婆以后，又去虐待自己的媳妇。古今皆同此理。当局者检点当初的用心，应当做个书生才对。他们也许会进行辩解：有关幸德等人的案子，他们自信是恪尽职守的。以冷静的历史眼光看，他们绞杀无政府主义者，却为开展一种局面创造了天地，他们说不定被看成是某种意义上的恩人。他们也想仿效井伊对吉田的做法。然而，时代已不是德川末年了，而是歌舞升平的明治四十四年，在光天化日之下，将忠于陛下的十二名赤子捆缚沙场，加上谋反的罪名，公然绞死了之。政府对此负有不可推卸的责任。他们应当为死者披麻执绋，向陛下敬谢不敏，向国民陈述罪责，向十二名死者乞求谅解。虽死犹生。被杀的同时已变不可杀的牺牲，这本是为人之道。——应当尊重人格，背负的名称无足轻重，事业的成就亦不必过问。最后的审判将由思想深邃的我们加以断定。

向陛下应负其责任的是不忠不臣的那些人。

诸君,幸德君等被眼下的政府当成谋反者杀害了。然而,谋反并不可怕,谋反的人也不可怕,自己当了谋反者也不用怕。新的人物常常是爱造反的。"不要惧怕那种杀身而不能灭其魂的人。"肉体的死算得了什么?可怕的是灵魂的死。固守着旧有的信条,人云亦云,亦步亦趋,行尸走肉,苟安偷生,对一切事都缺乏自立自信、自发自强的精神,这就是灵魂的死亡。我等必须生存,为了活着必须造反。古人说:任何真理都不能停滞,停滞就等于坟墓。人生是解脱的连续。不管多么执着爱恋的东西,总有摆脱抛弃的时候,这就是留下形式、生命消亡的时候。"死者为死者所埋葬"。坟墓总是身后之事,幸德等人政治上造反而死,死就是复活。坟墓是空虚的,不能永远守候着墓穴。"若你的右眼妨碍了你,就将它摘除掉。"要战胜生死别离之苦。我们应当忍着苦痛寻求解脱。我再说一遍:诸君,我们应当活着,为了生存应该造反。对自己,对周围,都是如此。

诸君,幸德君等人作为乱臣贼子已化作绞台的露水消亡了。尽管有人对他们的行为抱有不满,可有谁会怀疑志士的动机呢?诸君,西乡也是逆贼,然而用今天的眼光看,他不是逆贼。像西乡这样的人还有没有?幸德等人误为乱臣贼子,然而百年之后自有公论,到时候必有人惜其事而悲其志者！总之，这是个人格的问题。诸君，我们要磨炼人格，切不可稍有松怠。

明治四十四年二月　讲演

附录一

和芦花在一起
——我走过的道路

德富爱子

芦花公园

武藏野的杂木林包裹着芦花公园,我拖着老迈的身子,躺在公园一隅,安静地度着余生。三十年前,那时这里叫千岁村粕谷。想起搬到这里来的那个时候,周围的景色和世上的样子都大大改变了。没有变化的只有人的真情,还有无限的感慨。

首先想到的是日俄战争第二年——明治三十九年四月,丈夫正在耶路撒冷旅行,归途中访问了雅斯纳亚·波里亚纳的托尔斯泰翁。当时,翁对他说:"光从读书到写作是不行的。要写生活中发生的事。""你可以当农民嘛。"这是深刻的暗示。丈夫决定在青山高树町暂住，写完《巡礼纪行》，他提出建议："今后只写自己真正想写的东西，为此，必须改变原来的生活，到乡下去过简朴的日子。"我当然举双手赞成。

我们的打算泄露出去了。灵南坂教堂的小崎弘道先生说："玉川附近的千岁村有座小教堂空着，不过不太方便。"诗人气质的丈夫一听玉川，想象着清流之畔，非常高兴。实地考察一看，完全出乎想象，那里净是桑园，教堂里也只有一间"四叠半"①，根本不是可以居住的房子。我们只好空手而返。

不过，从此就和这块土地结下了机缘。我们听从该村粕谷负责人吉冈先生的热心劝告，花二百二十元买下一反五亩宅基地。这本来是吉冈的养父送给邻村一个弃子的，养父将这个弃子领养过来了。这个弃子成人之后做生意失败，可怜夜里逃出村子，在浅草上吊死了。后来邻村的一个木匠，将一位年轻女人放在这里，半是他的小老婆，让她缫丝。这房子被糟蹋得破破烂烂，就像临时搭建的草棚子。

我们带着水桶和扫帚，从青山步行到这里打扫。当时还没有什么交通工具，从道玄坂经三轩茶屋，穿过豪德寺

---

① 面积只有四铺席半的小房间。

横街到粕谷,慢慢走约有十多公里路程。记得我穿的鞋子把脚都磨出水泡了。

实际搬家是明治四十年二月二十七日的事。早春的夕阳明丽地照耀着武藏野,我们提着行李,迎着眩目的阳光,徒步进入村子。拿着一些干货和两叠棉纸拜访村里的五人组,请他们多多关照。还交了一圆初午①的酒钱。我们新的生活开始了。这个地方很不方便,离邮局六公里,离邮筒一公里多,离豆腐店五百米。起初,女佣们都说:"在这里恐怕住不了一年。"可是武藏野的风景使丈夫很感兴趣,终于决定在这里生活一辈子。

丈夫挥动着西洋农具,肩挑粪桶,自称"美的百姓",生活得很快乐。感兴所至,执笔作文,写作了《蚯蚓的戏言》。这本《蚯蚓的戏言》是日本田园文学之一,同时也是我们生活的记录,又是粕谷村的历史书。虽然同是描写自然,如果说过去写《青山白云》和《自然与人生》,丈夫是一个自然的观察者,那么在这本书里,可以看到丈夫已经扎根于泥土之中了。

而且,写一本书足足够买一反地,地面越来越大了。这一带本是德川时代的狩猎场,明治维新后,村里的老二

---

① 二月第一个午日,相传为京都伏见五谷神社主神降临之日。全国祭祀五谷神。

分家，开辟山林作耕地。地方布局虽小，正好适合于我们。由于房屋褊狭，又买下邻村农民的老屋，加以扩建。那时正当幸德秋水先生殉难的一年，为了纪念他，遂取名为秋水书院。

此后，大正七年，堺枯川①先生不知怎么搞错了，他说："听说你在台湾恒春有一所农园，要不要人手？"丈夫听罢觉得很有趣，随即采用了这个名称。这就是"恒春园"这一称呼的来历。

仿照旧农家的书院式建筑，在里院又增建了一座书院，作为丈夫的书斋。因为太暗，不便于学习，再加上建筑连着一段长长的走廊，感到很不方便，因此打算在完成《富士》一书的写作之后，再加以改建，敞开大门欢迎大家来访。然而，这一愿望未能实现，昭和二年九月，丈夫成了不归之人。

我被抛入了孤独的世界，但有一点，我们居住的四千坪土地和建筑献给了东京市，作为芦花纪念公园永久保存下来了。这里是我们夫妇生命的再现，我感到无上的喜悦。

春天的绿叶，秋天的红叶，四千坪的公园深深藏在美丽的杂木林中。这片杂木林不是一开始就有的。当初移居这片土地的时候，只有四五棵防风的橡树，是丈夫散步时

---

① 堺利彦（1870—1933），政治家，号枯川，福冈人。与幸德秋水创办《平民新闻》，信仰社会主义，提倡非战论，数度被捕入狱。日共首届委员长。

买的，还有的是老百姓拿来树苗移栽的，不知不觉就成了一片天然林木了。

那是什么时候呀，哥哥苏峰来说："光听说过开辟山林为旱田，而开辟旱田为山林的只有田中光显君和健次郎君两个。"说罢大笑起来。

二百多种树木中，有一棵是我们墙根种植的小杉树苗，如今成了三丈多高的大树。由种子繁殖的枫树，长得也很气派，枝叶茂密。废园的春天，依旧花开似往昔，各色的水仙，金黄的玫瑰；夏季的金鸡草、夹竹桃、山百合的郁香；秋天，芒草秀穗了，淡紫的紫菀迟迟不舍弃花瓣儿……一草一木，无不使人想起往昔的情景。

丈夫写作《蚯蚓的戏言》的时候，曾说过"希望在城市和乡村之间架起一块桥板来"。现在这片杂木林变为芦花公园，成了城里人休息头脑、改换心情的绿色场所，如果丈夫地下有知，他一定非常高兴。

然而，遗憾的是，本为大家共有的公园里的树木、花草和果实，总有人随便攀折、采摘，带回自己家里。我希望大家出于公心，都来爱护这座园林吧。

邂 逅

丈夫和我的故乡都是熊本县。丈夫生于明治元年十月二十五日，是苇北郡水俣村德富家的第三个儿子。我生于明治七年七月十八日，是菊池郡隈府町酒厂原田家最小的独生女儿。有的朋友也许知道，丈夫写的《往事的记忆》中的主人公菊池慎太郎的家乡妻笼，就有这样一位夫人。他虽然没见过这块地方，但描写得很真实。

虽说同是熊本县，苇北位于通往鹿儿岛的交通要冲，同自然和外部接触多，很早受新文明熏染，充满活力。反之，隈府孤立于北部的山谷盆地，继承了南朝忠臣菊池家族的传统，以古老、朴实为荣。

两人的出身完全不一样，德富家是倡导"实学"的名门望族，受到的是严格的儒学教育，外加横井小楠的新思想。长子苏峰是新闻界知名人物，二女儿光子，嫁给实业家河田精一，三女儿音羽子嫁给牧师大久保真次郎（该女嫁的是久布白落实），四女儿初子嫁给安中名士汤浅治郎。近亲之中有著名宗教家横井时熊、矫风会头矢岛楫子、教育家竹崎顺子等。生在这个枝叶广布的大家庭里，只有丈夫健次郎，其才能不被承认，一直活在阴影里，在逆境中长大。

与此相反，我家是乡下人家，没有坚实厚重的家风，只是受到父母的宠爱，天真无邪，模模糊糊在顺境中成人。教育方面，丈夫没有正式上过小学，十三岁那年从同志社退学，一度复学，二十岁时因为恋爱一事逃出学校。我由熊本师范附属小学顺利升入公立女高师，从小养成一副温顺柔弱的性格。

　　不同的环境造就了不同的性格和气质，结成夫妻之后，我们发现两人是那么不一致，感到非常苦恼。为此，夫妻互相谦让，保持一种外表的调和，这固然是美好的事情，但夫妇之间也是互不妥协，进行着艰苦的战斗。然而，我们互不保留，肝胆相照，在夫妻爱的熔炉里凝结为一体，朝着一致的目标前进。

　　有件事也是我后来才知道，还是少女时代的明治二十一年，当然那时我已经住在熊本了。我家二楼曾经举行过一两次基督徒的集会，丈夫也来过。当时我曾经在他教书的熊本英语学校上过学，要是时机不到来，两人形同路人，只是在人生的道路上擦肩而过，既不认识，也不知道姓啥名谁。

　　明治二十三年三月，我随父亲上东京去，进入御茶之水女子高等师范学校。按规定年龄还差几个月，为了入学，报了十七岁，是班上最小的一个。在校园里一个人玩球。上体育课时有的同学请假，我老追问她请假的原因，她冲着我说："这不是你该过问的事。"我就是这样一个女孩子。

　　后来，胞兄良八把我送到一桥高等商科学校，在他多方面关怀下，我成了一个独立的女学生。三年级暑假，哥哥带我到伊豆避暑，不巧，我们要去的逗子养神亭客满，哥哥住到一位同乡的屋里，我一个女的没有住处。当时，德富家的人在这里租了一座别墅消夏，承他们好意，邀我跟他住到一起去。后来想想，我感到在他们那里的十天，似乎引起了丈夫父母的注意，他母亲曾满心期待地漏过一句话："你能来住，我们真太高兴了。"看来他们正在为健次郎找对象，特意叫我来给他看看的。

玩了十天，要回东京了。我和逗留中的苏峰先生同车，他和我哥哥早已熟悉，当着我的面夸我："你有这样一个好妹妹！"说得我很不好意思，涨红了脸。回到东京之后，向丈夫的父母发了感谢信，谢谢他们对自己的多方照顾。对方十分满意，于是我在不知不觉中成了他们未来的儿媳妇。

那年寒假，我到位于东京芝地的哥哥的宿舍去玩，哥哥向我提起一个未曾想到的问题。他说："德富家很喜欢你，对象是苏峰的弟弟，今年二十五岁，叫健次郎，如今在报社工作。他的文章写得很漂亮。"说着，递过来一份登载丈夫文章的旧《国民新闻》。

我把报纸带回来，在学校的自修室阅读。这是一篇关于德国毛儿忒开将军的报道，不知怎的，紧紧吸引着我的心。听哥哥说，他的朋友充分写信问了对方的想法，因而我时时盼望着丈夫的来信。但是，他终于没有来信。于是，有调皮的朋友给我说："健次郎约你见面。"我上了他的当，真的跑到没有一个人的会客室去看了看。不过，我没有勇气先写信去。我心里七上八下,不安地等待着毕业的一天。

其间有一次,在二重桥草地前边,我和丈夫擦肩而过,这也是因同伴的提醒才知道是他,没有说过一句话。从学校毕业的第二个月,明治二十七年五月五日,二十一岁的我,梳着高岛田式发髻,嫁到了德富家。这之前,我和丈夫互相都很陌生。

丈夫由于京都恋爱事件的伤口尚未愈合,其后几次有人介绍也都没有成功,所以他对我也没抱什么希望,一切都交给了父母。说着说着,就到了该举行婚礼的时候了。要说草率,这可是最草率的一桩婚事了。

新婚夫妇

我们的婚后生活,在我们合著的《富士》一书中有详细的叙述,这里不再重复了。只想在这里,以夫妇之爱为中心,谈谈我作为一个女人、一个妻子的成长过程。

我们夫妻,双方都没有什么思想准备,就进入了夫妻生活。正如我以前所说,现在年轻人的头脑先进,也许会让他们笑话。可是想想,我们二人之间有着许多征服未来世界的兴趣,也有着许多应该互相学习如何做人的地方。在一张白纸上画画,使我们感到无限快乐。说实在的,当时丈夫的心并不是一张白纸,他是一个含而不露的人,而我稀里糊涂,根本没有觉察到这一点。

虽说新婚夫妇,但没有另外的新家,同位于赤坂冰川町的公婆住在一起。丈夫在报社上班,我因为受义务工作年限的限制,到水天宫旁边的有马小学校上课。虽说公婆对我很满意,备加呵护,可在这样的家庭里,总有许多不便,只有在夜里才能同丈夫说说私房话。

"你作为妻子有何想法?"一天夜里睡觉时,丈夫要我作出爱的保证。我不知说什么好,记得在学校里学过一首古歌"海枯石烂心不变",便以此回答他。丈夫又吟出一首古歌的上句:"若令君心换我心。"我又一口说出下句来:"万丈波涛何所惧?"夫唱妇随,男欢女乐。"开始淡,逐渐浓。"我说着,一头扑在丈夫怀里。

说淡,是指关于两性方面的知识太少,丈夫的身体像熊一样长满深毛,这让我吓了一跳。丈夫问我:"新婚第一夜的处女,照例应该做的事是……"我不知他说些什么,只能回答"不知道"。

我幼稚无知,除了母亲教给我的以外,没有任何关于性的知识。经丈夫一问,才开始知道"处女"一词是什么意思。

丈夫似乎在我外出时偷看过我的日记。我也受好奇心的驱使,偷看了丈夫的日记。上面写着:"幼稚,只要好生教育,可成贤妻。"可是他实际上对我没有任何教育,过不多久,他就像阿苏山①火山爆发一样,时时冲着我大发脾气。我又惊又悲,真不知如何是好。

照丈夫的想法,往昔失恋的痛苦应由新婚的妻子承担。但我是个对恋爱一无所知的幼稚女子,再加上学校工作忙,心无余力以满足丈夫的要求。丈夫要我对他投以满腔热情,可我不懂得爱的技巧,对丈夫还是过去那种不温不火的老实态度。丈夫对我骂道:"我不需要一个四平八稳的老婆!"当时,我生气了,要是能吵上一阵子,这说明是对爱的激烈反应,丈夫反而会高兴的,可是……

丈夫要把我的爱独占于一身,他具有男子汉的绝对权威,对于那些妨碍他独占我的爱的人,不论是谁,他都是针锋相对,揪住不放。他不愿学校夺去我的时间,不愿我在学校里和男教员一起工作。我的学生到家里来玩他不满意,我到平和町母亲和哥哥家里玩,他还是不满意。

公婆——指点我这个未成熟的儿媳妇,如何熟悉这里的家风。丈夫对此也是不满。当然,我同大伯子说句话,他更是不高兴。丈夫对我说:"要把哥哥当父母看。"所以,有一次,我无意之中为大伯子打领结儿,丈夫看了勃然大怒。

尽管如此,丈夫是个性格内向、讲究脸面的人,他不

————————
① 横跨熊本县和大分县境的活火山。

直接面对面向对方发火，而是对我投以强烈的嫉妒之情。丈夫曾经一手掀翻了饭桌，把我亲手缝制的和服撕得粉碎。

而我却不懂得，爱其实就是一种嫉妒，我是一个多么愚蠢的女人！我虽然不觉得自己有什么错，但为了收场，还是一个劲儿赔罪，然而这种卑屈的态度又引起丈夫的不满。我一时无法安慰丈夫暴烈的情绪，大多都是怀抱着小猫，流着眼泪过日子。我终于患了神经衰弱，学校方面的工作决定到九月底结束。

一种流言传开了，说丈夫如何如何虐待我（第三者只能这样看）。娘家人愤怒了，甚至一时提出了离婚的问题。然而，我坚信自己的丈夫，没有听娘家人的话，抓住丈夫的衣袖不松手。

吃了那么多苦，能够忍受下来，我赢得了人们的同情和怜悯。当然，不管谁，挨了打总不是高兴的事，但不知不觉，我对于丈夫疯狂的暴行，在容忍之中感到了经受一阵暴雨般的快慰。

如今想想，这是一种畸形的心理，但也许这是我对于夫妇之爱的最初认识。

……

原载 1939 年 1—2 月号《妇人公论》

附录二

德富芦花和"大逆事件"
—— 关于《爱子日记》[①]

神崎清

幸德秋水等人的所谓"大逆事件",堪称日本政治史上一桩大案件。尤其是明治四十四年大法院的判决,引起文学家德富芦花强烈的反应,进行了大胆的抗争。本人已经发表了《德富芦花和"大逆事件"》一文(《文学》一九五六年八月号),这里对于《谋反论》等文章的写作动机及前后情况,作一些简要的说明。幸而保留了爱子夫人的日记,从中可以窥知芦花当时的动静。

[①] 本文是作者为《德富芦花集》所作《解题》中的一部分,题目为译者所加。

一月十九日　阴　星期三①

午后，报纸来。"喂！"我夫从书斋里叫了一声。不知出了什么事，连忙过去一看：二十四人被判处死！

书斋里一直谈论着此事，心情不安。结果呢？二十四人竟判了死刑！！……

前一天的一月十八日，大法院判决下达：二十六名被告，除两人外，其余二十四名死刑。登载死刑判决消息的报纸，十九日午后送到，给予芦花夫妇极大震动。

一月二十日　雪　星期四

今天一整天谈论二十四人的案子。我蹲在餐桌旁边烤柿米饼，我夫也坐着，从桌底下拿着吃。内心一直记挂着牢里。

一月二十一日　晴　星期五

圣恩如海，下诏十二名减刑。

我夫以为政府依然保有几分聪明，其余人等，数日后将有诏敕下达，有再度减刑之可能，因一次全体减刑，看来过于宽大。然而，幸德及菅野二人，再加

---

① 日记中的日期和星期不一致，恐日记作者记忆有误。

大石三名，或许没救了。为此，致信兄君，祈求为所余十二人尽力。此信由高井户发往东京。

对于十二人减刑的决定与发布，是十九日晚些时候的事，所以未赶上二十日的报纸，二十一日才登在新闻报道栏里。芦花致兄德富苏峰信呼吁道："其余十二人隔时当有特赦之恩命。若处以死刑，则大势去矣！""处死十二人，当有一百二十人复活，较之彼等残年之总和多数倍，将缩短皇室之命脉。""务请一思，愿速忠告桂①总理。"可是，未见苏峰受芦花之托而奔走救助的迹象。十九日的恩赦，采取由桂总理上奏、明治天皇进行裁断的形式。实际上是按照军阀巨头山县有朋②的意志而进行的政治表演。

  一月二十二日 响晴 星期日

"一高"两个学生来邀请讲演。正巧要抒发满心忧郁，遂相约以原来的"谋反论"为题。

---

① 桂太郎（1847—1913），军人、政治家、公爵、陆军大将。于山县有朋之下推进军制改革。曾三度任首相。
② 山县有朋（1838—1922），军人、政治家、陆军大将、元帅、公爵。明治初年视察欧美，制定征兵令。历任内务大臣、首相。中日甲午战争任第一司令官，日俄战争任参谋总长。后任枢密院议长、元老，在政界具有极大权威。

这两名"一高"学生，是辩论部成员河上丈太郎和铃木宪三。据河上回忆，当时"一高"辩论部有个惯例，即到年末新旧人员轮换之际，要举办讲演会，这次决定请德富芦花讲演。他们经过新渡户校长批准后，踏着甲州街道的积雪，来到粕谷芦花家里。"本来担心会不会吃闭门羹，到书斋一提要求，便满口答应'可以'。商量讲题时，芦花一边烤火，一边用火筷子写字，一看是'谋反论'三个字，这才恍然大悟。芦花说：'一高正是鸣不平的好地方。'我们马上知道讲的是'大逆事件'，但回到学校没有报告，布告上写着'题目未定'。"

写在煤灰上的"谋反论"这三个字，灼人眼目。

  一月二十五日 晴 星期三
  我夫不能安眠。早晨卧床，思绪万千，看来只得向天皇陛下上书言事。……姑先草拟一书。天色尚朦胧之中，书院大敞着门，望着温暖的旭日之光，呵笔疾书。一边写一边思考。桂先生摒弃书生之言，未回一字。只能托付《朝日》池边先生，他也是志士之后，将奉陛下言事一文登在报上。写好之后，十一时许，连同致池边先生信一起，打发阿冬到高井户，作为挂号信寄出。……

午后三时许，报纸来。"喂！已经杀啦！都死啦！"他叫道。我甚感惊异，跑到书斋一看，已经于昨二十四日午前八时执行死刑！！何其迅速乃尔！……

《朝日》报道临终模样，我夫时时饮恨吞声地读着，我听着肝肠寸断，泪如泉涌。我夫劝止说："不哭，不哭。"说着，他自己也哭了。……彼等被嘲为大逆不道之徒，有否领尸之人？姑且去看看。若没有，就领到这里来。此地离松阴①不远，彼等可葬于此。正欲准备行动，见报上有加藤时十（次）郎先生和枯川先生认领的报道，遂作罢。

一夜谈论未成眠。

芦花自然不能安眠。二十四日早晨，东京监狱已经执行死刑，幸德秋水（午前八时六分绝命），以下十一名被绞首。翌日二十五日，剩下的菅野菅子的生命亦被夺。芦花费尽心血所作上奏天皇的文书，已成明日黄花。然而，幸而用毛笔写在两张绵纸上的奏文底稿，保留在芦花文库。芦花奏文题为《敬奉天皇陛下》，恳请明治天皇救助其余十二名死刑犯。

芦花直接寄给《朝日新闻》主笔池边三山的信稿和往

---

① 此处指吉田松阴的墓地。

来书简，经野田宇太郎之手，发表于《明治大正文学研究》季刊第二十三号（昭和三十二年二月，东京堂）。芦花不是天皇制的否定者，但他不畏天皇的权威，仗义执言，是明治时代产生的自由主义者的卓越典型，堪称一名真正的死刑废止论者。

　　一月二十六日　晴　星期五
　　黎明为呜咽之声惊醒。我夫陷于梦魇之中。正欲叫醒他，转念一想，实出于可怜无助矣！徒叹奈何而已。……
　　我夫所谓"政府的谋杀和暗杀"，确是如此。大石先生说"弄假成真"，确是实话。生杀予夺，阴险政府之作为！彼等也是日本国民，难道不是热爱国民的兄弟中的一分子吗？
　　……

芦花将"大逆事件"看作是政府的谋杀和暗杀，挺身抗议滥用国家权力的行为。

　　一月二十八日　雪后雨　星期六
　　"一高"演讲稿完成。我抢先做第一个听众，不由得鼓起掌来。衷心高兴，幸德先生等可瞑目矣！忍着腹痛起草，成为心灵的呼号！

此演讲稿保存于芦花文库，有第一稿、第二稿和残稿三种，颇多添削，可窥其苦心推敲之迹。

中止逆徒死刑的忠告，桂首相未有采纳，上奉天皇之奏文如石沉大海。故而，芦花已经呼告无门，只得竭尽全力，准备"一高"的讲演。

二月一日　阴　星期三

今天去"一高"。此数日胃肠不好，打算只进稀粥。正好正午十二时出车，三时开始讲演。无事终了。但愿学生能充分理解。

夜八时归宅，欣然出迎。见鹤子未睡待归，甚喜。今日是凭吊演讲，亦感念车夫等人。往返二人计二元二角，付给五元，皆大欢喜。

安全归来，实可庆幸。两个小时的演说，全场寂静无声，无一人喧哗。可爱的孩子啊，个个都在静静听讲。天下最天真无邪、最能讲真话者只有你们青年人。洁身自爱，勿作世上所谓聪明人。要清纯，要深刻。永远永远。

我夫完成一项任务，今夜应能安睡。我心充满感谢之情。

辩论部成员河上丈太郎提起此事甚为感激，他说："当天的会场安排在第一大教室，听众十分踊跃，连讲坛上都坐满了人。未能入场的同学，攀着窗户听讲。讲演即将开始之前，揭去《讲题未定》的告示，打出《谋反论》的正题。站在讲坛上的芦花，穿着黑色正装礼服，戴着黑边眼镜。似乎没有看讲稿。要是为草稿所拘束，不可能有那般火热的演说。总之，这是一次非比寻常的演讲，态度认真，论旨深刻，听众都屏住呼吸听讲。会场的空气极度紧张，既无人拍手，也无人咳嗽。那感觉，就像静静的太古的湖水，只是回荡着芦花的声音。最后，他以'人格的修养'作结论，走下了讲坛。这是一次一生只能听到一次的伟大讲演。大家满怀感激送走了芦花。芦花趿着木屐，迎着夕阳走出大门，那身影至今依然历历在目。"

芦花的《谋反论》，是针对当时天皇制政府的强权统治的爆炸性演说。有人说这是一次"大不敬"演讲，这个问题竟然发展到要追究"一高"校长新渡户稻造①和学校当

---

① 新渡户稻造（1862—1933），思想家、农学家，盛冈人。札幌农学校毕业后，留学美国和德国。历任京都大学教授、"一高"校长。主张国际和平，曾任联合国副秘书长、太平洋问题调查会理事长。病殁于加拿大。著作有英文《武士道》、《修养》和《农学本论》等。

局的责任。据爱子夫人的日记里记载，芦花对此很担心，向桂首相、小松原文相和"一高"（辩论部河上丈太郎）等写信，请求援助。遗憾的是，尚未发现这些信件。

新渡户稻造校长的态度很好，没有向辩论部转嫁责任，故河上丈太郎平安无事。"因芦花的《谋反论》，新渡户校长和畔柳部长受到了谴责处分，实在叫人伤心。这桩处分使升级延长一届。在全体寄宿生的茶话会上，也有人发言攻击我，简直被置于被告人的位置上了。但是，邀请芦花讲演，并非我一人独断，预先获得了校长和部长的许可，所以不能处罚我。当时，芦花给我的信到达时，宿舍的舍监说暂时存在学校，没收了芦花的信件。于是，我一个人跑到芦花家里问候，送上讲演的谢礼，大约是十元。"

对芦花的《谋反论》抱着感激之情的"一高"学生中，有一个叫作矢内原忠雄的年小学生，为大正二年的《向陵》杂志写作《辩论部史》时，他对"不敬演说"之类的不正当攻击毫不屈服，拥护芦花的《谋反论》，同时强烈抵制文部省的压力和思想统制：

"二月一日新旧委员换届大会，没想到酝酿起天下的物议来了。自雅斯纳亚·波里纳亚归来不飞不鸣、在粕谷过着田园生活的德富健次郎先生，这一天穿着正装礼服，丰颊黑髯，一副真挚的风貌出现于讲坛之上,作题为《谋反论》的伟大讲演,会场里挤得水泄不通。窗边、讲坛上、演讲者背后,济济而坐,满场听众没有一声咳嗽。演说结束数秒之后,始闻迅雷般的掌声,打破第一大教室的薄暗。吾人未曾听闻如斯之雄辩。而传闻此演说之一端的人们,沸然责之曰:'此论不应存于向陵。'又曰:'听众何不起而要求中止?'其见浅薄哉!其间接之误解可怖哉!思之,未有如一高学生如此尊重人格、静肃听闻演说者。演讲者特别真挚的声音,在坚实而诚挚的一高健儿胸中,真正获得了共鸣。"

芦花为明治四十四年三月新落成的书斋,取名"秋水书院",以纪念被处死的幸德秋水。这座书院现存于芦花公园中。

译后记

德富芦花（1868—1927）是我国读者熟悉的日本小说家和散文家。他本名德富健次郎，出身于熊本县的名门贵族家庭。芦花十一岁时，在哥哥德富苏峰的引领下，进入京都教会学校同志社学习，十八岁接受基督教洗礼，二十二岁在苏峰经营的《国民新闻》社当记者。一九一〇年，统治阶级借所谓"大逆事件"，镇压国内民主运动，芦花奋起抗争，发表慷慨激昂的演说，抨击反动势力的暴行，倡导思想自由解放。这是作家在人生道路上迈出的最勇敢的一步。

德富芦花的文学活动集中于中日甲午战争到日俄战争这段时期（1894—1905）。一八九八年，三十岁的芦花发表了成名作《不如归》，这是一部反对封建婚姻制度的小说，描写青年男女在封建家族制度下受到的精神压迫。《回想记》写于一九〇〇年，反映资本主义上升时期青年一代思想发展的历程。一九〇二年，代表作《黑潮》问世。这是一部具有深刻思想意义的长篇小说，作品揭露了极权主义政治的黑暗和腐败，展现了贵族寄生阶级的肮脏生活和丑恶灵魂，鞭笞了统治阶级出卖民族利益的可耻行径，在日本文学史上占有重要地位。散文集《自然与人生》，开始写于一八九八年，断断续续发表于《国民新闻》上。一九〇〇年由东京民友社结集出版，题目始定为《自然与人生》。

二十世纪前半，芦花长篇小说《不如归》、《黑潮》等就有了中译本，但散文集《自然与人生》等尚没有译介过来。"文革"后的一九八二年，我偶然看到这本书，立即被一篇篇珠玉般的短小文章所吸引，很快翻译了出来。《自然与人生》是我最初整本性的散文译作。此书出版后引起广泛的反响，以后经过几次再版，有的篇什入选中学语文课本和各种教材，被我国青年、学生当作范文阅读。后来，百花文艺出版社出版了芦花散文集。前几年，台湾志文出版社还出版了《自然与人生》的繁体字本。可以说，德富芦花散文已经深入人心，成为我国读者最爱阅读的外国散文之一。

如今，此书出版已经二十余年了，初版译本已经很难寻觅。此次的新版本，主要以《自然与人生》和《蚯蚓的戏言》两部散文集为基本，另外再加上几篇重要散作和两篇附录。《自然与人生》初版译本，没有收入《风景画家柯罗》一篇，这次新译补上。《蚯蚓的戏言》在原译的基础上，进一步扩充内容，增译了部分篇章。两作的原有译文重新审订，改正了错别字，增加了注释。德富芦花是一位非常有个性的作家，文如其人，他不但文章漂亮，而且人格高尚。为了请读者"立体"地看待芦花,在散作部分中,除保留原译本中的两作外,新译了《胜利的悲哀》一文。附录部分是作家的妻子以及芦花文集的编者所写的两篇回忆与评论的有关章节。

算起来,我开始翻译日本散文已有三十年的历史了,可是对于如何译好散文依旧茫然不知。这一点,我在《幸田露伴散文选》的《译后记》里已有说明。老实说,我不大相信翻译理论什么的,开始译散文时可以说全凭兴趣和爱好。当然,这不等于说翻译理论不重要。理论富有指导意义,但不能代替实践,这和学习游泳是一样道理。与其热衷于理论,不如倾力于实践。我以为,要搞好翻译,除了一些基本素养之外,最重要的是自己"下水",到"翻译的海洋"里经受风浪的锻炼。喝上几口咸水不要紧,这几口咸水说不定就是今后宝贵的经验。具体地说,一个初学翻译者,最好先从研究着手,将你认为较好的译文对照原作,一字一句,认真解读,从词义的选择与转换,句式的构造与变化,译者对原作整体文学意象的把握和传达等方面,用心研究,仔细揣摩。然后可以撇开范文,独立试译,反复修改,直到自己满意为止。最后再把自己的译文和范文对照、检验,找出优劣得失。长此以往,必有收获。

此外,我对文学翻译也有自己的看法。我认为翻译不是再创造(或再创作),也不应该再创造,更不需要再创造。翻译的实质仅仅在于文学意象的转化,译者的全部活动都应归结于如何做好"转化"这个基点之上。任何所谓的"再创造",只能是对原作的不忠与悖逆。

　　我的这个看法,也许被某些人视作离经叛道,因为"再创造"这一说法,早已在翻译界占主流地位,具有一定的权威性,许多大专院校的文学翻译理论课都在向学生灌输这一信条。实际上这是对翻译活动的误解和误导。由此,我对传统的"信、达、雅"翻译标准的认识是:一个"信"字足矣,"达、雅"之说皆属多余。至于散文的翻译,我觉得应有更高一层的要求,译者最好同时是散文作者,至少是散文爱好者、痴迷者。我以为,要译好散文,还是从前那句老话:掌握好情韵和语言(文字),这两点解决得好,大致能得到较好的译文。当然,这句话说起来简单,做起来困难,需要长期进行艰苦的修炼。我还认为,文学翻译需要精益求精,不可批量生产,这一点不亚于创作。译者必须有精品意识,切忌粗制滥造。就我个人来讲,翻译二十多万字的一本书,从准备到交稿一般需要十个月到一年,若是散文,时间还会长一点。我选择译题,少部分是应出版社之约,大部分是凭兴趣,也就是被原作紧紧吸引,欲罢不能,不管将来能否出版,先译出来再说。凡属于这部分的译作,整个翻译过程充满着快乐,时间也会相应缩短,大有"春风得意马蹄疾,一日看尽长安花"之感。我前一时期翻译幸田露伴有关中国古代文士情恋的随笔集《幽情记》就是如此。

最后，衷心感谢广大读者多年来对我翻译日本文学（包括散文）的鼓励与支持。

译　者

2008年岁在戊子立春之日

于日本爱知县高森山庄闻莺书院

新版寄语

我最早翻译芦花散文是二十世纪八十年代初，发轫于新潮文库本《自然与人生》，当时由天津百花文艺出版社出版，可能是国内最早的中译本。这本书赢得广泛欢迎。百花社连续推出多种不同设计的版本，发行国内外。因篇幅短小，语言精练，多被选入各种教科书和散文集中。百花社还另外出版了《德富芦花散文选》集子，扩大编选范围，增添众多内容。例如那篇芦花专程访问托尔斯泰的文章，至今仍为许多人念念不忘。

人民文学出版社于 2008 年 12 月出版《德富芦花散文》，收入《自然与人生》、《蚯蚓的戏言》两部作品。十多年过去，至今这本书也很少见到了。

如今，华东师范大学出版社以人文社版本为底本，再行推出芦花散文新版，相信又会赢得众多新老朋友尤其是青少年读者的欢迎与喜爱。作为译者，期待大家对译文中不足之处批评、指正。

译 者

2019 年（己亥）10 月晚秋于春日井